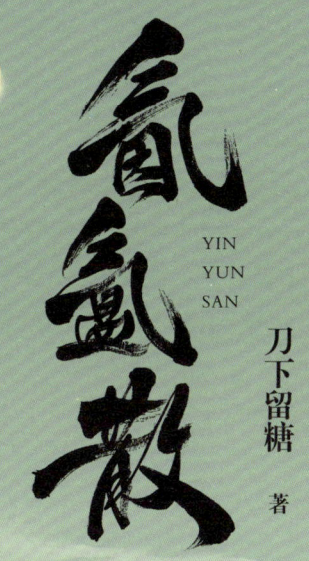

氤氲散

YIN YUN SAN

刀下留糖 著

台海出版社

他用一枝桃花唤醒了她心里的春意，
那一刻她的心里繁花似锦，万物盛开，
全天下的好风景都在他眼中，
上京的河、圆月的街、静林的竹顿时都失了颜色。

是那年杏花微雨，江淮练得一手好剑，
身影摇动之间有无数花瓣落下，
他身形落拓修长，冰冷的剑在他手上也被舞得分外好看，
而她就坐在边上安安静静地看他。

目录

第一章 宸音郡主	001
第二章 斗篷姑娘	009
第三章 当时年少(1)	021
第四章 当时年少(2)	031
第五章 当时年少(3)	048
第六章 栖灵之山	056
第七章 再见故人	065
第八章 圆月花灯	074
第九章 当年明月(1)	082
第十章 当年明月(2)	100

第二十一章 世道如此	241
第二十二章 情之一字	251
第二十三章 天上人间	262
第二十四章 恩义两绝	273
番外一 一封家书	286
番外二 长风有信	288

目录

第十一章 当年明月 119

第十二章 当年明月（3） 134

第十三章 狼子野心 143

第十四章 苦海寻欢 151

第十五章 画地为牢 160

第十六章 再回将府 171

第十七章 寸血寸心（1） 192

第十八章 寸血寸心（2） 207

第十九章 鸟尽弓藏 221

第二十章 新的身份 233

第一章 宸音郡主

冬雪初晴，乍暖还寒的好时节。

小酿提着食盒轻盈地穿过青石板路，她身穿杏红衫子，裙摆随着脚步摇曳飞起，一张鲜嫩的小脸在讨喜的颜色映衬下更显娇俏。屋檐下日照的剪影重重叠叠，雪花簌簌落下，衬得她宛如冬日的一只蝶，鲜艳迷人。

这只蝶飞过青石板路，飞过冷杉树，飞过落雪的屋檐，往东边尽头的院子飞去。

飞啊飞，裙摆下、脚步里，藏着满满的萌动和不为人知的野心。

东边尽头的院子住着疆场上回来的武将，亦是将军府主人的住处。

可惜天不遂人愿，小酿一脚尚未踏入院门内，便被人结结实实地拦在了门口。

东院的管家婆子唤作茗姨，一张脸白净到吓人，站在一地未化干净的雪里，和雪色没差几分。

"去干什么？"

凌厉的声音穿耳而入，吓得小酿有些怵了，到底是刚及笄的少女，还没练就一颗钢铁般的心，细柳样的身段在风中重重一颤，惹得守院的护卫都侧目。

小酿的声音糯糯的："去，去给将军送吃的。"

前头一声冷笑,细长的手指力道万钧,重重地点在小酿的额上。

茗姨不屑的嗓音掷地有声:"骗劳什子呢,将军今日根本不在府中,要你送什么吃的?给鬼吃啊!"

话到此处突然停下,茗姨像想起来什么似的,伸出的手指突然僵在半空,嘴里那个"鬼"字抖了抖,音调不成形。

小酿吓坏了,没发觉异样,她抱着食盒哆哆嗦嗦地发抖。

"罢了。"茗姨叹口气,冲小酿挥挥手,"下去。"

小酿赶紧福身离开,来时像蝶儿,去时像猴儿,见鬼一样逃出东院。

茗姨看小酿的身影消失,面无表情地转身往回走,脚步踏过青石板,慢慢走向东院深处。

半晌,茗姨抬起头,望着远方的长空,目光深邃。

那儿冷杉丛立,茫茫天际苍白一片,天地间似乎只剩下了黑白两色,黑色割裂苍穹,白色冷得像座座墓碑的颜色。

恍惚间,耳边好像又响起一个人的声音,她爱笑,无论和谁说话时都带着三分笑意,眼里有盈盈的光,好似全天下的烦闷到了她这里统统可以一笑而过。

她总是踩着落雪而来,提着一盏小小的灯笼,身上披着黑色大氅,戴着风雪帽,颈间一圈白狐狸毛,脸上因为吹了风泛着红,明明呼口气都冷极,她却笑得比日头还暖,看得人心尖都软。

"茗姐姐是知道我今夜要来,所以特地在此处等着我吗?"

她的眼睛弯成弦月,清亮的声音里和着风雪的凉:"果真是我的好姐姐,日后我一定要和阿淮说道说道,让他给你许一个好人家。"

茗姨,不,那时她还被叫作"茗儿"。她尚不是东院的管家,只是老管家的女儿,帮上了年纪的父亲在夜里守着小侧门,时不时就得给这个二八少女开个门缝,放她悄悄溜进东院。

"我才不要嫁人。"她一边开门,一边小声嘀咕,"这种话说着羞不羞……"

"哎呀!茗姐姐你说话被我听见了。"她往前跑了两步,回头吐了吐舌头,"都是阿淮那个坏胚子总这么说我,把你们都带坏了,我要好好收拾他。"

茗儿看着她清丽的脸庞,嘴角爬上无奈的笑意。

这女儿家身份说起来尊贵,但没什么官家小姐的刁钻脾气,平日里和她总打成一片,是以茗儿和她讲话不时都会忘了拘谨。

好在少女不介意,小女孩儿情窦初开,心里眼里都是自己的心上人,哪还有心思和旁人多计较半分。

年轻的茗姨望着黑色大氅的一角消失在拐角里,慢慢掩上侧门,心头不无叹息。

堂堂恭谦王家的宸音郡主,每夜往将军府里跑,算是个什么事儿。

少主子平时稳重自持,在这上头也真是个不知事的,竟都不拦着些,还陪她一起胡闹,十几年学下来的礼仪规矩都丢进狗肚子里去了。

……

风吹来,像在叹息往事。茗姨的回忆有些模糊,因着那实在是太久远的记忆,猛一回想,竟然都想不起到底是几年前的事了。

那年应该是大和九年,原本签了停战协议的南越突然发难,兵临青霭关,少主子也是在那时第一次披挂上阵,正式带领三军出征。

算起来已经八年了。

宸音郡主没了快八年了。

八年的时间说长不长,说短不短,管家的女儿从"茗姐姐"成了"茗姨",当初说着不嫁人的话如今也已经生儿育女,老管家年迈,抱着孙儿享受天伦之乐,含饴弄孙好不快活。

八年前的少主子从骁骑卫成了大将军,名震三军,功高盖世。如今太平盛世仍旧威名不减,宛若一道灵符,护着上京的周全。

漫长的光阴,斗转的日月,茗姨瞧着大将军从意气风发的少年郎渐渐褪去青涩,练就一身冰冷戾气,腰间的佩剑沾了无数鲜血,神鬼都莫敢近身。

人都道江将军年少有为,是上京城里顶好的良婿,茗姨想着的却是八年前，江淮着一身戎装，跪在摆着棺木的灵堂里，哭得肝胆俱裂的场景。

七日后，宸音郡主的葬礼同婚礼一起举行，江将军以活人之身娶了死人为妻。

一块牌位摆在江家的灵堂里，上书"妻，江陆氏"。

可上京里头，谁人不知那位宸音郡主当初是如何死的。

茗姨没有忘记，她知道江淮也没有忘记，只是他们谁都不敢提。

造化弄人，真是造化弄人。

若当年宸音郡主没死，恐怕如今将军府就是另一番光景。

可人死不能复生，世上又哪来那么多"如若是"。

江淮不在将军府东院，早朝过后，他被皇帝单独留下。

当今圣上是他的表兄，大他六岁，当初夺嫡之争中江淮的父亲江彻坚定地站在如今圣上这边，帮助当时尚是二皇子的皇帝坐稳皇位，又在三年后两位皇子联手反叛时血腥镇压，清除异党，立下不小功劳。

皇帝对这位舅舅很是敬重，对同自己一起长大的表弟也颇为关怀。

江淮走进殿中时，皇帝正在看一封奏折。

江淮行了礼，端正地立在一旁。

皇帝没看江淮，目光落在奏折上，眼里没什么多余的情绪，手指点了点纸面，对江淮说："户部侍郎想请朕为你和他的女儿赐婚。"

江淮敛眸，低声道："臣不愿。"

"为何？"

"臣有妻子。"

"户部侍郎家的姑娘说了，她愿意做小。"皇帝将折子扣在桌上，抬眼看着江淮，轻笑，"这姑娘对你倒是挺痴情。"

江淮没接话，他抿着唇，背脊挺得笔直，一眼看去像极了一棵经年的松树。

"皇上已经有了户部侍郎结党营私的证据，何必拿臣开玩笑。"

皇帝挑眉："户部侍郎的事情是一回事，我同你讲的是另一回事。"

皇帝口中称谓由"朕"变成"我"，便是不和江淮讲君臣之礼，要同他讲兄弟之义了。

江淮心里清楚，绷紧的脊背放松了些。他略抬头，说道："臣已有妻儿，无论如何，都不宜再娶。"

皇帝："哪来的妻儿？"

江淮："妻江陆氏，恭谦王独女，八年前嫁给了臣。虽然不算风光大办，但也是明媒正娶。"

"可她已经死了。"

江淮顿时不作声。

皇帝起身走到江淮身边，蹙起眉拍了拍他的肩膀，沉声道："江淮，宸音郡主已经死了。"

江淮低头，说道："臣知道。"

"那不是你的错。"

江淮又不作声。

皇帝看江淮这副模样，心下戚戚，有心安慰又无从开口，只说道："人死不能复生，我知你心痛，当年你非要办个玩闹似的婚仪，我也准了，但事到如今，八年了，总该够了吧。"

够了吗？

江淮不知道到底够了没有，所有人好像都以为他是在惩罚自己，因为八年前那件事，大家以为他是自责，自责自己害死宸音郡主。

大家都在安慰江淮，说那不是他的错，说他这些年做得已经够多了，已经足够了。

可分明不是这样。

江淮往后退了一步，恭恭敬敬地向皇帝行了个臣子的礼，朗声道："臣这一生心系宸音，不会再娶，请陛下恕罪。"

皇帝难以置信："难道你打算让舅舅绝后，打算让自己一生都再无子嗣？"

江淮:"臣有个孩子,八年前已经去地下陪臣的父亲了。就算要怪罪,等臣死后见了父亲,再和父亲好好解释这一切,想必父亲会谅解。就算父亲真的恼了,罚臣入阿鼻地狱或刀山火海,臣亦无惧。"

皇帝被江淮说得哑口无言,他有心规劝,可话说来说去还是只有那句"宸音已经死了"。这话对江淮实在太残忍,他不愿再说一次。

其实八年里大家劝过江淮何止千次万次,但江淮从来不听。

二人相对无言,殿内的龙涎香还在熏着,江淮行了个更恭敬的礼,低声道:"臣告退。"

皇帝侧目过来:"这就走了?"

江淮低着头:"今天是她的生辰。"

皇帝依旧看着江淮,静静地回想,已经八年了,当初江淮从战场上回来,说什么都要和宸音郡主举行冥婚,他自然不想答应,但江淮很固执,他不应,江淮就在殿外跪了两天两夜,求得他答应。

皇帝本想着,江淮不过是因为愧疚,这些恩恩怨怨总也要有一个方式去做了结,或许再过些日子江淮的愧疚之心淡了,也就过去了。

毕竟是战争,战争本身就有很多身不由己。

可是皇帝错了,八年来江淮都在认真地尽一个"丈夫"的职责。江淮也曾是上京城里的帅气少年,趁着春酒醉人在街头打马而过,惊起一地风华,勾了许多姑娘的芳心,但如今……

江淮比皇帝想的要深情。

可这种深情在此时已经成了最大的枷锁,因为宸音已经死了,死人是感受不到活人的深情的。

那些执念、那些感情、那些遗憾,烧成纸钱烧成灰都不可能传到宸音郡主的耳中。

江淮告退后没有回将军府,穿着朝服直接去了白鹭山。

冬日的日头不红艳,淡淡的光辉笼罩着半山腰。

墓地还是和不久前见过的一样,因为时常有人来,坟头附近没什么荒草,江淮在墓碑前蹲下,用朝服的袖子擦了擦碑面。他将墓碑上每个字都认真擦过,比擦拭自己多年不离身的佩剑更仔细。

光滑的墓碑上刻着寥寥几个字——妻,江陆氏之墓。

活人和死人的冥婚荒唐又不祥,皇帝不允许江淮大肆操办,江淮便只能在白鹭山上找个僻静的地方安置她的衣冠冢。

江家所有的族人都葬在这里,这里是她的家,江淮相信她去了地下至少也不会孤单。

鼻尖闻到一股淡淡的苦味,也可能是风中枯草萧索的味道,江淮看着墓碑上的字,低声说道:"今天,陛下又在试探我,他想替我寻个妻子,也想给江家延续香火。我没答应,我知道你肯定不会高兴。"

"你活着的时候我就没做过什么让你高兴的事情,你死后我又怎么舍得让你伤心。"

"如今四海之内海晏河清,南越已经归降,大和太平了很多年。"

"今天是你的生辰,不知道你想要什么礼物,所以空手来了,你会不会怪我?"

江淮一直说着,一直说着,可是方圆之地里没有人回答他。

江淮看着墓碑,过了好一会儿才施施然地站起来。

江淮伸手抚平自己朝服上的褶子,将两手背在身后,对着墓碑后小小的土丘说:"日子虽然很难过,但好歹也过下去了,我还撑得住,没有违背从前答应你的话。"

风吹起枯叶,不知名的鸟儿攒着声声悲鸣,空空的山谷回荡起沉重山风,吹起往事浮尘。

江淮看到他自己正穿着战甲坐在马上,姑娘捂着帕子站在马前,哭得鬼哭狼嚎,撕心裂肺,毫无美感可言。

江淮第一次上战场,陆舜华很担心,怕他出事却又不好意思说,只能念阿弥陀佛,求菩萨保佑他长命百岁。

陆舜华日日担忧,日日压抑,终于在江淮出征前情绪绷到极点,送江淮走的时候愁眉苦脸的模样好像已经预料到了回来的一定是一具尸体。

江淮看得背后发凉，只好硬着头皮下马，想给陆舜华点安慰，不料陆舜华反手从怀里掏出一个护心镜，"啪"地一下贴到江淮的胸膛上。

"哇——"

突如其来的一嗓子，把站在周围的将士统统吓了一跳。

陆舜华哭得一把鼻涕一把泪："完蛋了，我要当、当寡妇了。"

江淮彼时年纪小，被陆舜华这一嗓子嚎得脸色一红，护心镜收也不是不收也不是。

"好可怕啊！我还没嫁人，就要守望门寡了……"

江淮的脸色一阵红一阵白，正考虑着要不要干脆捂着陆舜华的嘴让她安静下来，江彻的旧部下出来解围。

部下勉强挂着笑，把护心镜接过来塞到江淮的衣内心口处，安抚道："小郡主，你别太担心了，少将军虽然没上过战场，但他好歹是镇远将军的独子，将军的在天之灵一定会保佑他平安无事的。"

陆舜华从怀中掏出一方帕子抹眼泪，眼泪越抹越多，抽抽噎噎地道："那都是说书人骗人的，叶叔叔，你都一把年纪了居然还相信这种鬼神之事？"

"……"

最后，还是江淮好好安抚了陆舜华一番，在众多将士看热闹的眼光中同她道别，翻身上马，率领三军出征。

陆舜华咬着手帕跟了半里地，眉眼间流转的全是难过："呜呜，叶叔叔，你一定答应我，活要见人死要见尸。"

江淮："……"

江淮那点隐秘的不舍，在陆舜华的乌鸦嘴里灰飞烟灭，他一夹马肚，马儿嘶鸣一声，狂奔而去。

第二章 斗篷姑娘

　　这些事情仿佛还清楚地发生在昨天,眼前陆舜华咬着帕子眼泪汪汪送他出征的画面还历历在目,可是江淮知道,她早不在了。

　　她死了,死无全尸,衣物算作她,一抔黄土埋了一生。

　　疾风刮过,叶子簌簌作响。

　　江淮站直了身体,最后看一眼墓碑,沉声道:"六六,生辰快乐。"

　　墓碑冰冰冷冷的,不似姑娘的笑脸。

　　恋人作了古,旧事作了土。

　　江淮苦笑,负手摇头。风停叶落,天地间寂静得似乎只剩下江淮一个人。

　　江淮如今二十八岁。

　　江淮真惨,答应过她长命百岁,离百岁竟然还有整整七十多年。

　　七十多年漫长无望的余生啊,好像永远过不完。

　　"总会过完的。"江淮低声喃喃,"你要等我。"

　　淡红色的光芒洒落,给江淮镀了一层明晖,朝服套在身上有些大了,衬得江淮身姿更加挺拔也更加落寞,他往来时的路大步走了一段,身影很快消失在白鹭山的坟前。

　　那座坟安静地立在那儿,微风吹得小草向一边倒去,如同八年来每次见到的那样,日复一日,经年不变。

江淮下山后没有立即回将军府，拐了个弯儿去山下不远处的如意铺。

上京的人大多都认识江淮，就算不认识他也认得他那身朝服，看他的眼神探究又好奇，三分敬畏七分佩服，沿街卖花儿的小姑娘见了他，红着脸用帕子遮了口鼻偷偷地笑。

这些江淮统统视而不见，买了份如意糕，付钱后拎在手上往回走。

如意糕泛着香甜的气味，粉粉糯糯的煞是好看，是上京里有名的吃食，姑娘家都很喜爱。

江淮冷着脸，面上没什么多余的表情，提着糕点都像提着佩剑。偏偏就是这副不近人情，冷到了骨子里的模样更加夺人心魂。

没见过宸音郡主的人心头都会嘀咕，想那个姑娘到底是个怎样的天仙似的人物，才能让眼前这百炼钢都化成绕指柔。

真是好奇极了，冷漠戾气的将军柔情万千时，是否也和天下普通男子一样，眉眼间也漾着比平安河还温柔的春水。

如意铺离将军府有些距离，江淮走到半路，途经一家客栈时遇着了点事。

也不是大事，这家客栈的老板娘叫王二娘，是个泼辣美人，经商手段很高明，但为人脾气不是很好，江淮路过的时候，正好听到她扯着嗓子讲话。

"哎呀，姑娘，不好意思啊！我不是故意往你身上泼水的！"

"这儿人少，我根本没看清，真是对不住！要不我给你擦擦？"

江淮侧目，发现王二娘说话的对象是一个背对着长街的女人，那个女人一身黑色斗篷从头包到脚，脸上还蒙着块纱，王二娘对她说话说个不停，她只是摇头。

江淮看了穿斗篷的女人两眼，心底飞快地掠过一丝奇怪的感觉，心头仿佛被针刺了般痛了一下，让他险些弯下腰来，他品味着那丝异样，但仔细想想又捕捉不出什么名堂，只觉得莫名其妙。

手里的如意糕还散发着香气，提醒江淮今天是什么日子。他要赶回去将它送给自己的妻子,而不是在这里看两个女人说话,想一些无关紧要的事情。

江淮转身往前走,因为心里有事脚步很急,王二娘还在后面喊着什么,声音尖细,道歉的话听起来和骂人似的。

大概真的是受不了王二娘的嗓音,穿斗篷的姑娘皱起秀气的眉,轻声说了句:"没事。"

那两个字轻飘飘地落到江淮耳中,他听见了,却没放在心上。

江淮想着的、念着的,还是要将手里的如意糕送去江家祠堂。

身后,穿斗篷的姑娘还在和王二娘说着话,距离太远,声音也就没再传到江淮耳里。

王二娘觉得自己今天很倒霉。

她真不是故意的,今早她难得想偷个懒,喝令自己的死鬼丈夫起来开门,自己一觉睡到了日上三竿才醒,刚端着水走出门,人还没清醒过来,眯着眼伸手将手里水盆一倾,一盆洗脸水哗啦啦地泼出去。

水在地上溅起珠子,大珠小珠落到姑娘的脚边。

王二娘被吓了一跳,她瞄一眼,是个披着黑色斗篷的姑娘,脸蛋儿蒙了张白纱,看不着面目。

奇奇怪怪的。

心里这么想着,可她脸上不能表现出来,王二娘端出一张迎客的笑脸,抱着盆子凑上前去一通道歉,又问:"姑娘来住店?"

斗篷姑娘摇摇头,一双眼睛黑白分明,抬头瞧着"吉祥客栈"的匾额,轻声说:"这儿以前不是回春堂吗?"

"回春堂?那个老郎中开的药馆?"王二娘皱着眉头:"唉!早没了呀,这都多少年前的陈芝麻烂谷子的事儿了。"

"什么时候没的?"

王二娘回想了下,说道:"五六年前吧。"

"怎么没的?"

王二娘看出这姑娘不像是来住店的,不耐烦地挥挥手,说道:"那姓张的老郎中死了,回春堂这块地被他的赌鬼儿子便宜卖给我,就这么没的。"

斗篷姑娘没再问了。

王二娘懒得理她,余光看了她几眼,她还是抬着头动也不动。

王二娘啐了口,心里骂了一句莫名其妙,转身进了客栈。

转身前斗篷姑娘还站在原地,动也不动。

淡淡的微光落下,偏就半点没沾到她身上,她一身黑衣静静地立在无人的长街上,乍看之下竟有些森森冷意,像个从坟里爬出来的鬼。

斗篷姑娘拢了拢身上的斗篷,默默地向另一个方向走去。

那条路王二娘认得,似乎是恭谦王旧府的方向。

这个姑娘,真的好奇怪。

日照西斜,走了不知多久,斗篷姑娘终于走到了恭谦王府门口。

王府门口很冷清,莫说管家,就是平时气派威严的大门竟都生了锈,那两座石狮子磨得眼睛都快平了。

斗篷姑娘在门口站了会儿,拉过一个路过的小孩子,问他:"恭谦王府里怎么没人?"

小孩子一身衣裳精细非常,看起来是个有钱人家的小公子。小公子戒备又奇怪地看着面前这个把自己包裹得严严实实的女人,往后退了两步,才说:"什么恭谦王府呀?这里头不住人的。"

"怎么会不住人,祖奶……老夫人不是一直在吗?"

"什么老夫人?我不知道。我只晓得这儿从来没住过人。"

"你今年几岁?"

"七岁。"

斗篷姑娘听完,弯下腰,与小孩子的视线齐平,说:"你从什么时候知道这里不住人了?"

小孩子回想了一下,掰着手指头说:"我不知道,反正我从没见过这里头有人。阿娘说了,这里面的人都没了,让我不要进去玩。"

说着说着,他突然缩了缩脖子,吐着舌头补充道:"阿娘还说,可不能进到里面去,要是进去了,会被大将军抓到牢里狠狠打屁股,打起来很疼的。"

斗篷姑娘的脸色白下去,小孩子的声音传到她耳中,分明听得一清二楚,但又似模糊了,被风一吹,轻易散作沙。

斗篷姑娘涩声问:"都没了?"

小孩子点点头。

"那,葬在哪里?"

小孩子挠了挠后脑:"什么是葬啊?"

斗篷姑娘静了一会儿,站起来,淡淡地说:"我知道了。"

说完越过小孩子往另一个方向走去,没走两步停下,转身回到小孩子的身前,躬身摸了摸他的脑袋,说道:"谢谢你。"

"姐姐,不用谢。"

斗篷姑娘怔了怔,而后拍了孩子的肩膀一下:"不要叫姐姐,叫姨。"

小孩子看着她的脸,歪了歪头。

"姨比你大二十岁,可以做你阿娘了。"

小孩子脆生生地应道:"姐姐,你骗人。"

斗篷姑娘摇摇头,脸上的表情仿佛想笑,仔细一看又像要哭出来似的。

她抬起手,瘦枯的手掌缓缓捂住白纱下的脸颊,半晌没说话,只欠了欠身,转身走向来时的方向。

"姐姐,你不进去吗?"

斗篷姑娘回头:"你不是说,进去的话就要被大将军抓到牢里?"

小孩子脸色一窘,支支吾吾地说:"可是你不是想找里面的人吗?"

斗篷姑娘摇摇头:"不找了,找不到了。"

小孩子追了两步上来:"姐姐,虽然我阿娘经常说江将军不是什么好东西,但我听人讲过,说他是个好人。你如果想找人不如去问问江将军吧，说不定他会帮你。"

斗篷姑娘闻言，身形倏地一僵，不可置信地偏过头，声音轻颤着道："你说的江将军，是谁？"

"江淮江将军呀。"

恭谦王旧府前的老树落下枯叶，斗篷姑娘眼中仅有的零星笑意都沉到底。

她抬头看向不远处干枯的树木，那里的枝丫光秃秃的，只余几片叶子，风一吹打了几个转摇摇晃晃地落到地上。

小孩子脆生生问道："姐姐，你认识江淮江将军吗？"

斗篷姑娘盯着那棵老树，就像盯着自己的仇人一样。

认识江淮江将军吗？

认识。

怎么可能不认识？

江淮。

她看着那棵树，就在那里，很多年前也曾站着一个负剑少年，长身玉立，神采飞扬，年轻稚嫩的脸庞满是热血。

江淮说："六六，大丈夫为国为民，肝脑涂地，死而后已，我要这千秋史册里也有我的姓名，也有我江淮的一笔。"

彼时年少，意气风发，想的是纵横捭阖，要的是扬名立万。

却不知，一将功成万骨枯。

八年了。

整整八年，这里居然换了个人间。

小孩子看斗篷姑娘又不讲话，心里直犯起嘀咕，想到阿娘和自己讲的不认识的人肯定是坏人，他犯了怵，趁她没看自己，悄悄往后挪着。

万幸斗篷姑娘只是看着那棵树，根本没注意他。

小孩子觉得奇怪，那棵光秃秃的树有什么好看的，他和自己的玩伴都不喜欢去那里玩，她在看什么？

他伸长脖子也往前看过去，什么也没看出来，瘪了瘪嘴准备拍拍屁股走人。

就在此时不知从哪儿来了一阵风,吹得地上落叶狂飞,沙子迷了眼睛,他低呼一声,伸手用力揉了揉。

揉着揉着,突然揉不动了。

他看到风吹起了斗篷姑娘的斗篷,露出了她藏在斗篷下的身体。

她很瘦,腰肢细得仿佛能被风吹折,小小一个的,看起来不像二十七岁,像十七岁。

但与这极瘦的身形相悖的却是她的脸,蒙面的厚重白纱被自下吹拂而起,小孩子看到斗篷姑娘的脸颊——半边脸是完好的,另外半边脸横七竖八地布满了青色泛红的血痕!

简直、简直就像地狱里爬出来的厉鬼!

小孩子吓了一跳,伸手捂着心口,眼睛向上翻,手脚一阵抽搐。

小孩子用力呼吸了好几回才勉强从喉头发出了颤抖的声音,凄厉的叫声划破寂静长空:

"鬼啊——"

小孩子惊慌的喊叫惊得斗篷姑娘清醒过来,她几乎是惊慌地转身,慌忙捂住自己的脸,不知所措地靠近这个孩子。

小孩子一步步后退,看她的眼神满是惊惧。

"别、别过来!你走开,走开!"

斗篷姑娘出声:"别怕,我……"

小孩子的手脚都在颤抖,泪水从眼眶里落下,丝绸衣衫染出深色的水渍:"鬼啊,有鬼!阿娘,救我!救我!"

斗篷姑娘不动了,她明白过来,他害怕的是自己,只要她不过去,他就不会哭。

她平静地看着他,声音放缓:"别怕,我不过去。"

小孩子依然在发抖,脸色渐渐变得苍白,对上斗篷姑娘黑色幽深的瞳仁,只觉得下一刻她就要变出原本的样子来吸干自己精魂。

他怕极了，想都没想就往后跑去，刚跑两步就撞进一个熟悉的怀抱。

他闻着鼻尖的味道确定来人，登时有了底气，"哇"的一下放声大哭起来，埋在来人的肩头抽泣道："娘，有鬼！有鬼！好可怕，韫之好害怕！"

来人是个美少妇，衣着华贵，一看就是官家夫人。

她一把抱住怀里的赵韫之，将他扣到肩头安慰。一抬头，看到不远处转身背对自己的女人，心里存疑，厉声喝道："你是什么人！干什么装神弄鬼吓唬我儿子！"

斗篷姑娘不说话，低下头肩膀一颤一颤的，身量越发显得卑微。

赵夫人脾气大，几步走上前去就要扳她肩膀。一手摁上斗篷姑娘的左肩，掌下立时摸到根根分明的骨头，这姑娘瘦得惊人。

"问你话呢！在恭谦王府门口装神弄鬼，我看你是……"

斗篷姑娘突然伸手。

一只细白的左手搭在赵夫人的手掌上，手掌冰凉。

赵夫人被冻得打了个激灵。

初春时节，竟然还有人的手比冰雪还冷。

"阿紫。"

一道低柔的女声，轻轻地传入赵夫人的耳中，带着上京未消除的寒意和八载的旧时光。

赵夫人一怔，险些抱不住怀里的赵韫之。

斗篷姑娘回过头，赵韫之一瞥，立刻将头埋到赵夫人怀里。

可赵夫人不敢转头。

她很多年没有听到这个声音了。

明明、明明会用这个声音唤她的人，八年前已经死了。

八年前赵夫人还不叫赵夫人，她还是个芳龄少女，闺名叶魏紫。

叶魏紫屏着呼吸，一只手抓着斗篷姑娘肩膀，顺着她的力道慢慢将她转了个身，眼睛一眨不眨地盯着她。

斗篷姑娘转过身，掀去自己头上斗篷的帽子，露出满头的青丝，再反手摸到自己脑袋后面的细绳，勾住解开，厚重的面纱掉落下来，露出能把人吓哭的一张脸。

斗篷姑娘微微颔首，嘴角挑起一抹笑，早春的风裹着叶子拂过，她在呼啸冷风里抚上自己的右脸，眼中不悲不喜。

"阿紫。"

叶魏紫狠狠地抱紧赵韫之，手指掐到他的皮肉里，痛得他哇哇大叫，她却浑然不觉。

叶魏紫盯着面前的女人，眼里的情绪犹如排山倒海般滚滚而来，同旧时的回忆一道拐过山路水路，从八年前翻涌至此刻，是柳暗花明，也是恍然如梦。

叶魏紫大眼睛，身体颤抖着，话尚未说出口，泪水先滚落下来。

"你，没死？"

别院的门"吱呀"一声被推开，所有仆从都被命令退到假山池子后。赵韫之被看护婆子抱走，叶魏紫打开别院的房门，将人迎了进去。

叶魏紫强迫自己冷静下来，然而僵硬的手指却将叶魏紫的心绪暴露无遗，指尖颤抖得不像话，几度关不上门栓。

叶魏紫能感觉后头的女人身上正散发着森森寒意，有一种不属于活人的肃杀之意正围绕着自己。

叶魏紫深吸口气，缓缓转身，走到桌边坐下，神思恍惚间，叶魏紫端起桌上的水想要饮下，想要平复纷乱的思绪。

"杯子里没水。"

叶魏紫一顿，讪讪地放下茶杯。

叶魏紫搓了搓手指，终于鼓起劲抬头，一双眼用力地盯着坐在自己对面的女人，盯着她无波无澜的眼眸。

面前的人褪下了外头披着的斗篷，露出一副瘦骨嶙峋的身躯，腰身和袖口都用细带束紧，尤其是腰肢，看起来勒得过于用力了些，仿佛再紧几分就能把人给拦腰折断似的。

右边的脸颊上，从眼下到脖子布满了青红色的细痕，似要渗血，张牙舞爪。

"你……"叶魏紫开口，嗓音干涩："六六。"

陆舜华也露出笑容："阿紫。"

"你没死。"叶魏紫低喃，重复着三个字，指头在桌子上扣弄。

"你没死，你没死，你没死，你没死——"

话说得越来越快。

语气时而欣喜若狂，时而悲愤欲绝，宛若疯魔。

"你没死。你没死？你没死！"

叶魏紫猛地抬起头，眼神如一把锋利的剑。她抄起桌上茶杯，重重地摔在地上，"啪"的一声瓷杯四分五裂，她在清脆的响声里大喊："陆舜华，你没死！你没死你为什么不回来？"

陆舜华没说话，拎着茶壶往空杯里倒水，被叶魏紫一把抢过去全都摔在地上。

噼里啪啦，名贵的瓷器碎裂一地，叶魏紫却一点不知道心疼，站在满地的瓷器碎片里哇哇大叫，脸庞扭曲、声音也扭曲，整个人都扭曲。

"你没有死！你既然没有死你为什么不回来？你凭什么不回来？你，你为什么？为什么？"

叶魏紫的声音嘶哑，像被火烧过一样。眼睛亦是赤红，布满血丝，比那年她得知赵二公子笑话她"粗鄙无礼，并非闺秀"后哭了一夜还红。

陆舜华看着叶魏紫眼底疯狂涌动的情绪，抬手将自己的右手放到了桌上。

陆舜华开口，声音很轻，说话时神情很平静。

"阿紫，我确实已经死了。"

满室寂静，她解开束着袖口的细带。

一寸一寸的皮肤露出来，从手腕延伸到手臂，满满的红色，紫红发黑。

全是死人身上才会有的东西——尸斑。

陆舜华摸着自己长满尸斑的手臂："我是个死人。"

陆舜华把袖子拉下来，向后伸展了一下身体，自言自语般地道："八年前就死了。"

叶魏紫看着那条布满了紫红尸斑的手臂，所有的话登时噎在喉头。她强作镇定地坐下，拿过桌上仅剩的一个茶杯递到唇边，手指骨却节节泛白，握着茶杯的手不由自主地颤抖起来。

陆舜华察觉她的异样，默不作声地将自己的袖子拉下来，重新拢起披风将自己盖住。这回将系带也系上，整个人像是坐在了一个黑色的器皿中，只露出白森森的一张脸。

"你……"叶魏紫转着茶杯，屋子里安静极了。

陆舜华低下头，眼神不知落在哪儿："阿紫，你知道祖奶奶葬在哪里吗？"

陆家没有祖坟，恭谦王陆昀当年异姓封王，死后按氏族习惯送回了故乡安葬，陆家在上京这一脉几近凋零。

叶魏紫道："老夫人葬在栖灵山。"

陆舜华点点头。

陆舜华周身的气质实在阴森可怕，明明瞧着也并没有多少攻击力，偏偏让人感觉无法靠近。叶魏紫单是看着她，便陡然生出许多不知如何是好的茫然。

叶魏紫想了想："你刚才说你……是怎么回事？"

陆舜华答非所问："你可知道祖奶奶葬在山上何处？"

叶魏紫沉思片刻，像是想到了什么不愉快的事情，眉头猛地皱起。

"不知道，老夫人的葬礼是江淮操办的，江淮应该知道，而且……"

叶魏紫用眼神瞄了陆舜华一下，犹豫着说："老夫人未曾立碑，牌位供在江家祠堂。"

陆舜华微微一滞。

大和习俗，自尽之人不得立碑。

"六六，你……"

陆舜华打断叶魏紫，慢慢地开口，声音响在空荡的室内，有种沁骨的冷："阿紫，帮帮我。"

第三章 当时年少（1）

叶魏紫将人安置好以后，天已经黑了。

赵家的别院很安静，赵京澜这几天为了平定叛党的事情天天早出晚归，府里一切都由叶魏紫做主，她三令五申此事谁都不许说出去，倘若被她发现有人泄露口风，立马卖进窑子里，绝不姑息。

叶魏紫少时骄纵，嫁了赵京澜后被宠得无法无天，脾气更是泼辣，奴婢仆从们个个都惧怕她，嘴巴像缝了线一样，是以哪怕对院子里气质阴森的姑娘十分好奇，谁也没敢多议论一句。

晚间，月光明亮，斜斜地照进别院厢房。陆舜华摘了面纱，去了斗篷，静静地躺在柔软的床褥上。

别院的厢房不算大，只一张床和一副桌椅，桌上摆着水壶，不远处的矮几上头立着一方别致的古铜镜。

夜里寂静无声，陆舜华就着半躺的姿势和镜子里的自己对望，铜镜中映出她的身影，半张脸横七竖八交错着青红发黑的血痕，每一道都极深，像被人用可怕的烙铁从皮肤里头烫出来似的。

身体某处一下一下刺痛着，陆舜华抬起手，镜子里的女孩也抬起手，摸上了自己布满血痕的脸。

陆舜华无声地翕动嘴唇："你是谁？"

不像人，也不像鬼。

她到底是个什么东西。

镜子里的女孩也与陆舜华对视了半晌。半晌过后，陆舜华往里翻了个身，眼睛看着雪白的墙壁。

半明半暗里传出一声幽幽叹息。

不像人，也不像鬼。

像个怪物。

更声敲响三下，陆舜华用手枕着脑袋，强迫自己闭上双眼。

睡觉于陆舜华而言本已可有可无，她可以几天几夜不阖眼，不会疲惫亦不会产生困意，但或许是周遭太安静，也或许是赵家的别院给了她久违的安全感，她迷迷糊糊地竟然昏睡了过去。

陆舜华做了个梦，梦到了十三年前，梦里有纷飞的桃花和年少的爱人。

故事开始在大和四年。

刚继位的皇帝十分年轻，他的父皇曾亲手打下一片江山，奈何人老了贪图享乐，晚年十分糊涂，身体亏空得厉害，没熬过一个冬天，便一命呜呼在龙床上。

老皇帝死得干脆，身后事处理得却不算利落。老皇帝膝下仅有三子，皇后未育，有长无嫡，且未封太子，未立遗诏，依自古规制，帝位应取贤者居之。

夺嫡之争一触即发，正是腥风血雨之际，镇远大将军江彻手握数十万精兵，力排众议，誓保二皇子登基。

众人皆知，二皇子生母乃是镇远大将军嫡妹，便是血浓于水，无可厚非。

奈何两位王爷贼心不死，合谋之下，竟联合南部越族人发难，兴兵北上。

龙榻之上怎容他人酣睡，镇远大将军受命出征平反。本可一举剿灭叛党，然而小皇帝念及旧情，下令让江彻无论如何留两个兄弟一命，保他们不死。

江彻说起来是个只懂行军打仗的莽夫，对觊觎皇位的两人十分看不上眼，几欲杀之而后快，奈何君命在上，不可违抗，只得咬牙受下。

这场仗打了三个月。

三个月后，连同两个皇子一起回京的除了南越的停战协议，还有江彻的尸体。

那一天，小皇帝亲临将军府，白衣缟素，三跪九叩，悲恸哀鸣不绝。那时他不是万人之上的帝王，只是一个失去亲人的孩子。

后来有传闻，小皇帝将两个弟弟永囚地牢，其间不知为何，一个发了疯投井自尽，一个吊死在地牢中，死相极为难看。

死的时候两人都只剩下一只手，比起回京的时候又少了两条腿。

此为前话。

大和四年，春色深如许。

静林馆是上京有名的学堂，教习师傅出自太学院，德高望重，虽然为人古板，但教学有方，是以静林馆声名远播，远近闻名。

这天静林馆来了个奇怪少年。

叶魏紫悄悄和陆舜华说，那是镇远大将军的独子，当今圣上的表弟，姓江，单名一个淮字，名唤江淮。

江淮是个可怜人，父亲死于半年前的平叛，尸体刚运送回上京，棺木还摆在灵堂，江夫人红着眼睛喊了声"将军"，便一头撞死在棺木上殉了情。

江淮刚得知自己的父亲战死，眼泪还没流下，跌跌撞撞地跑去灵堂，一脚刚踏进去就目睹了自己的母亲撞向棺木的情景。

叶魏紫："听我爹爹说，江淮都没来得及拉夫人一下，棺木摆在门口，夫人的血都溅在他脸上，他的眼睛比血还红。"

她说起此事，语气有种事不关己的云淡风轻，但陆舜华听到心里，有种难言的唏嘘。

叶魏紫撑着下颌，她对这个人没什么兴趣，不过是听自己爹爹说起来就讲上两句："太惨了，好好的家突然一下全没了，只剩一个皇帝表哥，伴君如伴虎，其实也就是孤家寡人一个，江淮也是可怜。"

陆舜华被她左边一个可怜，右边一个惨弄得都有点于心不忍，刚想说点什么，叶魏紫一拍双手，提着裙摆起身，朗声道："六六，吃饭去！"

话音落，她拽着尚且愣怔的陆舜华飞快地跑出学堂。

陆舜华冷不防，被陆舜华拉着踉跄两下，嘴唇张合，终究还是什么也没说。

用了晚膳，叶魏紫同陆舜华告别，她的爹爹是江彻的副将，南征北战多年难得有假，叶夫人热泪盈眶地将她从静林馆接了回去和叶副将一家团聚。

陆舜华家里也只有一个祖奶奶，这几日去了栖灵山礼佛，她干脆住在静林馆后头女眷住的厢院里。

夜色浓浓，星子点点，陆舜华负着手慢悠悠地从学堂往女眷厢院走去。

经过学堂长廊的时候，陆舜华突然听到了一阵笛声。

幽远绵长，断断续续的，一首曲子吹得磕磕绊绊还时不时停一下。

陆舜华驻足，侧耳听了会儿，确定这人是在吹《渡魂》。

陆舜华皱着眉头，在黑暗中踌躇了一下。

笛声还在继续，吹到了第二小节。

也不知为什么，陆舜华脑子里倏地跳出了"江淮"两个字。整个静林馆大半夜的还在吹《渡魂》的想都不用想只有他一个人。

"唉。"陆舜华在黑暗里轻轻地叹了口气。

陆舜华转过身，循着笛声传来的方向走去。

天色暗，陆舜华特地找了盏小灯笼，远处的长廊一片漆黑，灯笼下晃出几圈影子，像是鬼魅般如影随形。

陆舜华走了没几步，行至长廊尽头，再绕了个弯，一抬眼就看到了坐在地上靠着假山的一抹身影。

灯笼发出的光勉强照亮方圆几尺，陆舜华依稀能看到少年两手控着竹笛，将它放在唇边，吹着熟悉却破碎的曲子。

"你……"

"滚开。"

两个声音同时响起。

陆舜华愣住，提着灯笼走近了些，少年注意到了光亮，但依旧没有回头，略弓着脊背目光沉沉地盯着摆在自己面前的东西，冷冷地道："我不吃。"

说完，又拿起竹笛，抵在唇边准备继续吹奏。

陆舜华伸长脖子看过去，发现摆在他面前的是一本乐谱，这乐谱她很熟悉，正是《渡魂》。

合着他原来根本不会吹这首曲子。

难怪……

陆舜华放下灯笼，走近了两步，冲着面前的人喊了句："江淮。"

笛声戛然而止，江淮总算发现来的人并不是将军府的仆人，他放下笛子，扭头往后看过来。

这一眼，将江淮赤红的眼睛都暴露了出来。

站在他后面的果真不是将军府的人，一个个头不高的姑娘立在无边的暗色里，脚边摆放着一盏小灯笼，默默地看着他。

江淮的身子侧过来，蹙着眉头，细长的眉眼里满含凌厉，跟夜色一样凉。

"别烦我。"

陆舜华由衷地感慨这人的脾气真不好，脚下却动也没动。

她仿佛自己撞破了人家最想隐藏的私密，走也不是，留也不是。

她眯起眼，端详着江淮的背脊，薄薄的一层衣服将他并不强壮的身躯勾勒出单薄的线条，江淮的后背弯着，有些低了，似乎再低几分就能低进泥土里。

陆舜华不知道刚才自己有没有看错,他似乎眼睛红红的,像刚哭完。

陆舜华仰起头,看到所在竹林的上空,斑驳的竹叶里头的一轮明月,再次长长叹口气。

陆舜华想着,这人脾气看着不好,可是他长得真好看,哭得也好伤心。

莫名就勾动了恻隐之心。

眼看着江淮又要继续吹笛子,陆舜华赶紧上前,一把按住江淮的手腕。

江淮瞧着她的腕子怔了一下,忽然怒道:"我说了我不吃,滚开!"

江淮身上的戾气陡然迸发出来,脸庞紧绷,目光噬人,浑身凶相毕露,看起来十分可怕。

陆舜华更用力地摁住江淮的手腕,江淮约莫是断断续续没多少进食,手下力气不大,竟然被陆舜华轻易制住。

陆舜华定定地看着江淮,很认真地说道:"我不是来劝你吃饭的。"

江淮抬起眼,握着竹笛的手指骨发白,看着陆舜华不说话。

陆舜华说:"你的曲子吹错了。"

听到这句,江淮脸色稍缓。喉头上下一滚,眼里的暴戾敛了几分,换上怀疑之色。

陆舜华见江淮软了下来,松口气,手下放开他,终于将那句自听到笛声后就憋在心里好一阵子的话给说出口:"你这竹笛,吹得也太难听了。"

说完这一句,就看见面前的人双手用力抓着竹笛,一双眼睛在黑夜里红得像野兽,死死地盯着她。

陆舜华不知道江家小少爷的脾气到底好不好,但颇能理解他现在的心情。

陆舜华很想说点什么,比如你不要太难过了,但又觉得说这些话其实更空落,恭谦王死的时候多少人见了她都和她说一句节哀顺变,可她半点没有因此就不难过，甚至别人越说，她的悲伤就愈加蔓延增长。

两人间一时无言，陆舜华心里合计着到底该和他说点什么，还是就这样转身离开，没想到却是他先开口。

江淮捏着竹笛脸色沉沉，低声问道："哪里错了？"

陆舜华愣了一下。

江淮皱了皱眉，又问她："你说的，哪里错了？"

陆舜华提着灯笼靠过去，蹲在地上，翻着摊开的乐谱指了指第二小节中的某段："这里。"

江淮看了半响，问："哪里有错？"

陆舜华又指了指，说道："这里，你把这儿的音漏了。"

大和的民俗，若吹《渡魂》，则必须从头到尾吹完一首完整的《渡魂》，不得错一个音，日次方能让亡魂安息，若是有错就必须整首重来。

陆舜华也看出来了，江淮此人在音律上的造诣恐怕平平，吹了半天居然都没发现自己吹错了曲子。

江淮神色复杂，盯着那本乐谱，又拿起竹笛放在唇边，磕磕绊绊地开始吹着《渡魂》的第二小节。

陆舜华站在假山边上，听江淮时断时续地吹奏着。听着听着，她实在忍不住了，凑过去又摁住了他的手腕。

江淮抬起头，这次的脸色稍微好了些，只是冷着脸问道："又怎么了？"

陆舜华张了张嘴，脱口而出就要说照你这样的吹法，镇远大将军的魂魄恐怕得永远留在黄泉路上无法安宁，但瞄一眼江淮瘦到脱相的侧脸，又默默地吞了回去。

陆舜华蹲到江淮身边，伸手夺过江淮手中的长笛放到唇边，眼睛没有看乐谱，静静地吸了口气，顿时清越的笛声如山泉鸣涧，响在漆黑的夜空里。

第二小节重复吹了三回，陆舜华才把笛子放下，伸手递到江淮面前，问道："怎么样，这回学会了吗？"

怎料江淮没有接笛子,目光颇有些古怪地看了陆舜华一眼。

"怎么了？"

江淮没说话。

陆舜华把笛子递过去点,长笛那端直接戳在江淮的手心,问："你不吹了吗？"

江淮缓缓摇头,将长笛接过去,目光不知有意无意,在她刚才嘴唇相抵的地方流连了一会儿,才若无其事地挪开。

《渡魂》再次响起,这次的笛声相较之前总算有些进步,可惜还是吹错不少音节。

陆舜华在心里头感慨孺子不可教也,心想江淮这辈子恐怕都和音律无缘了,这天赋何止是平平,简直是平庸,她要是乐师,真能被他气死。

魔音穿耳,陆舜华受不住了,认真地开口说："江淮,我可以教你的。"

江淮不理她。

她以为江淮没听见,又大声地重复了一次。

江淮还是不理她。

这回陆舜华知道了,江淮是故意的,明显不乐意搭理她。

得,不理就不理,人家不想搭理她,她又何必自讨没趣。

算起来现在夜深了,她也困了。

陆舜华打了个大大的哈欠,伸着懒腰想站起来,腰板挺直到一半,冷不防额头上抵上一根微凉坚硬的物体。

陆舜华翻着眼睛向上看,差点把自己的眼睛翻得背过去,看到正戳着自己脑门的就是那管竹笛。

陆舜华翻着眼睛："你做什么呀？"

江淮端着竹笛,往后收了力道："请赐教。"

"……"陆舜华伸出两根手指夹着竹笛把它从脑门上挪开,抬起脑袋："若不是你字句清楚,我还以为你刚刚是在向我下战书呢。"

江淮面无表情，往后退了一步，向陆舜华行了个请教先生的礼："《渡魂》一曲，烦请郡主赐教。"

陆舜华伸出一根手指指着自己："你认得我？"

江淮微微抬起头，嘴角勾起凉薄的笑意，笑容十分勉强："静林馆中，试问还有谁会吹一整首《渡魂》。"

《渡魂》一曲，夫死妻奏，父死子奏，妻死妾替，无论如何除非家里的长辈亲人都死光了，决计轮不到小辈来吹。

是以整座静林馆里会吹《渡魂》的，不出意外只有亲缘几近凋零的宸音郡主。

上京人常说，异姓王陆昀独女，名舜华，小字六六，是陆家老夫人手把手教出来的好孩子，天真机敏，善良聪慧。

如今看来，传闻确实不假。

江淮再弯腰，行拱手礼，字字铿锵："在下江淮，问候宸音郡主。"

那夜后，陆舜华有了个使命，她与另一个身世凄苦的少年有了约定，陆舜华答应做他的师傅，教他日日吹笛。

陆舜华是个好师长，虽然她自己在学堂里功课做得不怎么样，还时常被祖奶奶罚抄佛经，但不影响她教学育人的热情。

第二天夜里，到了陆舜华和江淮约定好的时间，陆舜华早早带了根短笛过去，顺便捎上了之前叶魏紫给她买的如意糕。

如意糕是如意铺最有名的吃食，香甜软糯，入口即化，虽然不饱人但胜在能满足口腹之欲。

这是陆舜华最爱的吃食，叶魏紫临走前把自己收着的两块都留给了她，陆舜华吃了一块还有一块，想了想，用帕子包起来打算送给江淮。

没想到人家根本不领情。

江淮看了眼用干净帕子包着的一块小糕点，又看了一眼陆舜华，没什么表情地说："多谢郡主好意，不必了。"

如意糕有半个巴掌大，甜味喜人，陆舜华看着被她献宝似的端起来的如意糕被嫌弃成这样，心头难免失落。

陆舜华狠狠地将糕点放进嘴里咬了一大口："江淮，你这人真不近人情。"

江淮皱眉："郡主，食不言。"

陆舜华不为所动，把整块如意糕吞了下去后，从鼻子里哼出一声。

江淮兀自转着手里的短笛："郡主吃完了，便开始吧。"

陆舜华把帕子收进怀里："你不必时刻称我'郡主'。"

江淮半闭着眼睛，不说话。

"我姓陆，陆舜华。"陆舜华颇为郑重其事："封号宸音，先皇后取的。父亲是恭谦王陆昀，母亲是西疆来的农家女……"

她一通自报家门，就差把自己的祖宗八代都给抖落出来。

谁料，江淮听她说完，竟是又冲她行了拱手礼，冰雪染就的眉眼冰冷到没有温度，正儿八经地说："陆郡主。"

"……"

陆舜华摆了摆手，挫败地道："罢了，开始吧。"

第四章 当时年少（2）

夜半亥时，笛声吹响在静林馆后院的竹林中。

江淮一直对着乐谱，眼神专注。陆舜华手里转着短笛，没怎么说话，只在他吹错、吹漏时出声提醒两句。

和江淮那张漂亮脸蛋不同，他的音律差得没边儿，陆舜华忍受了一晚上魔音，等到亥时快过去，江淮已经停了吹笛，陆舜华耳朵边上还若有若无萦绕着可怕的笛声。

江淮默不作声，把短笛扣回了腰间，转头面无表情地看着陆舜华。

陆舜华盘着腿坐在假山上，比他高出一大截，就着月光俯视江淮，问道："看我做什么？"

江淮将手压在腰间，嘴唇微微张开，说了句什么。

一阵强风刮过，竹叶婆娑作响，迷了陆舜华的眼睛，她只看到江淮吐出个"你"字就什么都听不见也看不见。

等风停，陆舜华揉着眼睛问道："你刚才说什么？"

江淮转过眼去，说道："没什么。"

喊。

陆舜华心里啐他两口，面上表情不显。陆舜华从假山上跳下来走到江淮身边，学他的样子坐到地上。

江淮眼尾上挑，看她的眼神有些疑惑，似乎在问她突然过来干什么。

陆舜华还没说话，静静的夜空里传出一阵古怪的咕叽声。

江淮的表情也变得十分奇怪。

陆舜华眨眨眼："其实我是想过来和你说，你刚才肚子一直在叫。"

"……"

陆舜华："你吹笛子没听见，可我听出来了。"

江淮："……"

陆舜华想到已经被自己吃到肚子里的如意糕，语重心长地说："江淮，你这人怎么这么犟呢。"

江淮背对陆舜华："郡主以后听到了可以不必理会。"

江淮对着陆舜华露出了大片的脊背，身形线条是独属于少年人的清减，肩膀不算宽，腰却窄得过分，裹了层黑色外衫，活像这丛丛竹林中细长又独特的一根墨竹。

陆舜华沉思了片刻，说道："江淮，我阿爹以前说过一句话，人这辈子最重要的，就是不要和自己过不去。"

江淮霍地站起身，这回换他居高临下地看着她。

江淮用那双黑白分明的眼睛和陆舜华对视了好一会儿，才低哑着声音说："郡主，我阿爹以前也说过一句话。"

陆舜华条件反射般地问："什么话？"

江淮背着手转身，往竹林深处走过去，声音随着夜风飘来——

"人这辈子最重要的，就是不要多管闲事。"

陆舜华："……"

疾风拂过，竹叶随风掉落几片，初春的风尚有料峭寒意，吹得陆舜华皮肉似乎都紧了几分。

陆舜华抱着手臂久久地看着江淮的背影，直到江淮彻底消失在竹林拐角处，方才低下头，自言自语地道："这人的脾气，真的很不好啊。"

陆舜华是个乐观的性子，前一天不开心的事情过一天就能忘记。

江淮冲陆舜华行了数次拱手礼，也说了"赐教"，陆舜华也实打实地在教江淮吹曲,那么在陆舜华心里,她已经是江淮的半个师傅。

既然是师傅,那就必须有师傅的样子,不仅要育人,还得有师德,需得心宽体阔,不同逆徒计较。

所以哪怕前一天江淮说了让她不要多管闲事,陆舜华还是乐颠颠地带着如意糕去找江淮了。

如意糕是新买的,白天恭谦王府的管家儿子阿宋奉命来看她,给她带来了新鲜的糕点,铺子师傅用了巧心思,将糕点印成梅花状,看着越发喜人。

陆舜华捧着如意糕:"江淮,你要不要吃一块?"

江淮翻着乐谱,充耳不闻。

陆舜华:"很好吃的,你不饿吗?吃一块吧。"

还是不搭理她。

陆舜华再接再厉:"甜甜的,保证比你吃过的所有糕点都好吃……"

江淮终于把头从乐谱里抬起来,眼神极为冷淡地扫过她和她手里的如意糕,嘴唇翕合,漠然道:"多谢郡主,我不嗜甜。"

陆舜华耷拉下脑袋,一下泄了气。

江淮垂下眼帘,白玉般的手指握着一管短笛,轻轻地摩挲着。

自从双亲去世后,江淮陡然变得忙碌起来,各种各样的事情占据了他大把时间,不要说是吃东西,就连睡觉有时也是奢望。

不是不够睡,是江淮根本睡不着,闭上双眼,眼前仿佛还能看见无边无际的血红和双亲血肉模糊的尸体。

那些画面扎根在他的血肉里,叫他日日夜夜不得安宁,所以他消瘦得很快。但他感觉不到饿,因为他的心被仇恨滋养着,况且就算饿了,他也不会吃如意糕。

江淮是真的不喜欢吃糕点,尤其还是这种甜到腻牙的糕点。

可现在,他的眼角余光瞥到身边的姑娘,看着她垂头丧气的模样,不知怎么心里忽然一动。

陆舜华长了个小巧玲珑的样子,整个人都像没长开的瓷娃娃,两个手掌小小的,托着几块如意糕问他话时,眼神亮晶晶的,仿佛盛满星星。

她多单纯,多无辜。

明明只是单纯地来帮他,他却无形之中将自己的满腔不忿和冰冷锐气都发泄在她的身上,拒人于千里之外,从不给她什么好脸色看。

江淮有恨有怨有悲,但那是对越族人的,和陆舜华有什么关系。

陆舜华与他本是陌生人,只是因为她的善良,才有了如今的交集,说起来他该感谢陆舜华才是。

但江淮是什么人,他自小和父亲在军营里长大,骨血里全是强硬。他不会低头,道歉或者道谢都不那么容易,导致他思来想去也不知道该对陆舜华说点什么才好。

正愁苦着,耳边听得一句话,轻如蚊呐地嘀咕道:"镇远将军此等英雄,怎么教出来的儿子跟头犟驴一样。"

江淮皱眉:"你说什么?"

陆舜华的脑袋摇成拨浪鼓,一迭声道:"我说镇远大将军是大英雄!"

江淮闭眼,慢慢地吐出口气,待再睁开眼的时候神色已经恢复平静。

陆舜华紧了紧嗓子,说:"郡主一番好意,多谢。"

"无妨,无妨……"陆舜华捂着帕子,掏出块如意糕晃了晃:"那,我自己吃了啊。"

江淮点点头。

香甜的气味充斥于两人之间,陆舜华吃相好,没什么咀嚼声音,于是乎周遭除了风声只能听见江淮翻动乐谱的声音。

陆舜华是个闲不住的,她默默地看了江淮翻乐谱的侧影许久,又抬起头看了下夜空上挂着的一轮明月,似是无意地说:"江淮,镇远大将军真的是个英雄,我不是在敷衍你。"

江淮不紧不慢地研究乐谱,对她说的话置若罔闻。

"那你呢?"

江淮的手停顿了一下。

陆舜华身体向前探了些，问道："你也想当英雄吗？"

江淮薄唇紧抿。

陆舜华说："我听教习男弟子的老先生说，你只上半日的课，其余时间从来不在学堂，他们说你去了校场，这是真的吗？你是不是在习武，以后也准备参军？打仗很危险的，阿爹以前就经常受伤……"

"郡主。"江淮打断陆舜华，他的声音里带着明显的冷漠。

陆舜华张嘴，傻傻地"啊"了一下。

江淮转头盯着陆舜华，低声说道："你就这么喜欢多管闲事？"

陆舜华想都没想："你不是闲事啊。"

江淮笑了，好像听到什么了不得的笑话一般。

"不是闲事，那是什么？你和我很熟吗？为什么管我的事？"

管他会不会吹笛子，管他饿不饿，管他参不参军、受不受伤。

陆舜华没回答，她沉浸在江淮此刻的笑里，恍惚着忘记了回答。

陆舜华这是第一次见到江淮笑，虽然冷笑较真起来并不算一个笑容，但好歹也是笑，她看到江淮冲着她露出这样明显的笑容，居然有点反应不过来。

原来他笑起来是这个样子。

江淮看陆舜华傻不隆咚的样子，无言地扯扯嘴角，笛子也吹不下去了，转身欲走。

陆舜华反应过来，赶紧上前去拉住江淮的手臂。

"熟啊，我们当然熟。"陆舜华傻乎乎地看着江淮，鼻间分明是青草地里的泥土芬芳，可她竟然觉得自己醉了："我都教了你好几天笛子了，我还知道你叫江淮，是镇远大将军的儿子，你也知道我是宸音郡主，我们还不算熟吗？"

江淮无语："这就算熟了？"

"算啊。"陆舜华点头，想了半天，想到了他们另一层关系，手下力气更大了些，整个人也变得理直气壮起来。

"江淮。"陆舜华郑重地叫了他一声。

江淮沉着脸看过来。

陆舜华清了清嗓子，故作老成道："俗话说得好，一日为师，终身为……师。"

陆舜华硬生生地把那个"父"字给咽下去，转而得意扬扬道："既是师徒，你我之间就不要再说熟不熟这种话了，师徒本不必如此生分。"

江淮闻言，更是无语地皱起眉头。

江淮觉得陆舜华真是个傻子。

时间转眼到了半个月后。

等江淮能断断续续地不错音地将一整首《渡魂》给吹出来时，叶魏紫也快回来了。

跟叶魏紫一块回来的还有她的同胞哥哥叶姚黄。

静林馆收学生一贯教习到十六岁为止，开春时陆舜华和叶魏紫已满十四岁，唯独叶姚黄到了十六岁的年纪。

叶副将本打算带着叶姚黄去军营里锻炼几年，叶夫人哭天抢地地不允，好不容易把时间拖后了几天，是以原本三天后就回来的叶魏紫，硬是在外头野了半个月才回静林馆。

叶魏紫这回是陪着哥哥来告别的，同时带来了另一个消息。

叶魏紫要嫁人了，时间定在两年后，叶家给叶魏紫定的夫婿是宁远将军的次子——赵二公子赵京澜。

叶魏紫得知此事后，当天在家里一根白绫上了吊，被救下后闹得昏天黑地，要死要活，说什么都不肯嫁。

据说赵京澜听闻此事，只是说了句"粗鄙无礼，果真并非闺秀"。

对这门婚事倒是没有反对。

"赵二公子比阿紫大了十三岁。"陆舜华说，手指头比画出两个数，重复道："十三岁！都可以做她阿爹了！"

江淮一贯对这些风月八卦没什么兴趣，闻言淡淡地道："赵二哥脾气是差了些，人品却不错，是个良配。"

陆舜华一挑眉，忍不住小声嘀咕："能比你还差吗？"
江淮抬头，默不作声地看陆舜华一眼。
陆舜华讪笑，当着别人的面说人家坏话被听见了，说来还是有些不好意思的。陆舜华摸了摸自己的鼻子，笑呵呵地掩饰道："确实算个良配。"
江淮无言，低下头，说："郡主无事的话，我先告辞了。"
说完，用手臂撑着草地，利落地站起来，向陆舜华点点头转身欲走。
陆舜华一愣，觉得江淮怎么这么突然。以往他们都是学上一个时辰，现如今才过了半个时辰，他怎么就要走？
"你今天不学了吗？"
江淮没回头，手向后挥了挥，示意拒绝。
"可你都还没吹给我听过。"
江淮侧头："郡主，《渡魂》是吹给死人听的。"
陆舜华："……"
陆舜华向前跑两步，不知道是不是错觉，似乎闻到一丝似有似无的血腥味。
血腥味？
陆舜华心下疑惑，眼看着江淮从自己眼前经过，穿过长廊就要往男厢房走去，陆舜华加快脚步，几步跟了上去。
"江淮！"
江淮没停下。
陆舜华又跟了几步。
"江淮！"
江淮依旧未停下。
陆舜华深吸了一口气，提着裙摆跑上前，伸手摁住他的肩膀。
"江……"
江淮终于停下了，却是片刻之后，两腿一软，"扑通"一声跪倒在地。
陆舜华盯着自己的手，惊呆了。

这这这，这是怎么回事？

陆舜华慌张地想去扶江淮，江淮却自己一手撑着地坐了起来，只是看起来很没力气，只能虚软地坐在地上喘气。

陆舜华犹疑着问："江淮，你怎么了啊？"

江淮没回答，缓缓直起上身，一手捂着自己的小腿，一手扒拉着身后的树桩想要站起来。江淮的面色看起来白得可怜，一个起身的动作颤颤巍巍的，像是极其痛苦。

陆舜华目光向下，看到他捂着的地方，因为他穿着黑衣所以她刚才并未发现，现在仔细一看，他的指缝间分明全是淋漓的鲜血。

陆舜华吓了一跳，连忙去扶江淮的胳膊，惊讶地问道："你到底怎么了？"

江淮撇过眼，咬牙道："没事。"

陆舜华愣了一下，站起来就跑："我去找先生！"

江淮厉声道："站住！"

陆舜华没听见似的，一阵风似的跑出老远。

"你给我站住！"江淮红着眼嘶吼出声，"陆舜华！"

陆舜华站住，缓缓回过头，看到江淮捂着小腿死死地瞪着她，颤抖着抬起自己的手，指着她说道："你回来。"

陆舜华咬着唇，慢慢挪了回来。蹲在他身边，看到他的腿上全是湿漉漉的血迹，滴答下落。他们现在处在后院侧门过去的竹林草地里，青翠的草都被他的血染成红色。

刚才江淮忍了半个时辰。

不对，也许更久。

陆舜华又问出那个问题："你到底怎么了？"

江淮靠着树桩，长出一口气："习武受伤，在所难免。"

陆舜华看着江淮的伤口，那根本不是普通的伤口，明显是刀剑砍出来的。现在的世家公子都会习武艺，陆舜华知道江淮每天下午都会去校场，可她还是第一次看到真刀真枪把人给伤成这样的。

仿佛是看出陆舜华的怀疑,江淮松了手,轻声说:"是叶副将。"

顿了顿,又说:"他不是故意的,不要和叶家人说。"

陆舜华:"叶副将在教你?"

江淮低头"嗯"了一声。

陆舜华的嘴唇嗫嚅着,似是不解,问道:"你为什么……"

江淮抬起头,看她陆舜华的目光很淡,似乎含着警告,警告她不要追问下去,这个问题他并不想回答。

陆舜华却很固执,她看看江淮流血的小腿,又看看他腰间的短笛,陆舜华问他:"为什么?"

江淮不语,他望着面前的小姑娘。夜里的月光如水清凉,给她的脸蛋也蒙了层银色的光泽,像个很漂亮的瓷娃娃,更把她眼里的疑惑、忧虑照得一清二楚。

江淮放松了身体,不知怎么突然就想笑,可他很久没笑了,于是脸上露出了一个奇怪的表情,似笑非笑,安静了好一会儿,他才低沉地开口——

"郡主。"

陆舜华闻言抬头,等着他的下句。

岂料就没有下句了,江淮叫了一声她的名字,又低头看着地面。

陆舜华凑过去,手肘轻轻碰碰他,问道:"你叫我做什么?"

江淮一下子拉住她的手腕,目光幽深地盯着她,认真且郑重地说:"我阿爹是大将军。"

陆舜华点头:"我知道。"

"你之前说过,他是一个英雄。"

陆舜华:"嗯。"

"英雄的儿子,不能是个脓包。"

说完,江淮松了扣住陆舜华的手。

江淮的眼神很沉重,也很深邃,是一种不同于十五岁少年的老成。

陆舜华默默地把手背到身后去。

良久,陆舜华轻声说:"可你也不能把自己搞成这个样子。"

江淮曲起腿:"叶副将不是故意的,是我让他用真剑。"

讲完这句,江淮又扣着树桩想要起来,小腿颤颤巍巍的,血不停地往下流,又瘆人又触目惊心。

陆舜华反应过来,一伸手把他的双腿都摁住。

江淮痛得倒吸口气,脸色阴沉地望着她。

陆舜华一惊:"我、我不是故意的,对不住……"

江淮冷冷地说:"闭嘴。"

陆舜华双手唰地收回来,不防右手也沾了血,这么一动,血滴都溅了两滴在自己脸上,白玉似的脸蛋上几点红点,瓷娃娃遇上了个手生的师傅,金贵的脸颊都被染成梅花。

江淮向陆舜华伸手,问:"有没有利器?"

"啊?"

"刀,或者匕首。"江淮皱着眉:"我的佩剑放在房里。"

"哦……"陆舜华埋头,从怀里掏出一把小小的匕首,放到江淮手里。

匕首是极奢华精致的一小支,缀满宝贵的珠玉,脱鞘时露出一截锋利的冷光,吹毛断发,削铁如泥。

这是陆昀留给陆舜华的遗物。

江淮接过匕首,划开自己小腿处的裤子,露出里面胡乱包扎起来的几条布条。手法十分生疏,看着更像是完全乱缠了几下,对伤口应付了事。

江淮把布条扯下来,露出里面长长的一道伤疤,血肉都模糊到一处,流的血多了,乍一看都成了黑色。

江淮一咬牙,扯下袖口的布料,长布条在腿上裹了几圈,把伤口随意地包了起来。

陆舜华问:"叶副将怎么不带你去看大夫?"

"我没让他知道。"江淮低着头说,动作不停。

040

没让他知道?

这是咬牙硬挺着,死活坚持到静林馆才去处理伤口?

陆舜华神色复杂地看他一眼,何必呢?

真的是头犟驴。

沉默片刻,陆舜华说:"江淮。"

江淮在伤口处打了结,轻轻应了声。

"你这样子对自己,老天都看不下去。"

江淮手下一顿。

半晌,江淮慢慢抬起头。没看她,反而一直仰着脖子,看向头顶的一轮明月。

不是青天白日,脑袋顶上只有圆滚滚的月亮。

今天是十五,圆月的光辉很亮,辉映人间。

这种圆月寓意圆满,被人载以思念,引古往今来无数文人骚客为它着墨。

可谁说圆月就一定是圆满的。

至少在江淮的眼里,他看到的一轮明月不是圆满,而是孤独,刻骨的孤独。

江淮低声说:"老天看不下去?"他的声音僵硬,带着凉薄的笑意。

陆舜华觉得江淮有异样,没接话,江淮于是又重复一遍:"老天看不下去?"

只见江淮一只手捂着流血的小腿,一只手指着上空,靠在树桩上说话都无力,但仍然言辞凌厉,脸色发寒。

江淮厉声说道:"老天爷他能看得见吗?他看不见!不然他不会收走我阿爹!我阿爹一生戎马,忠肝义胆,为国家鞠躬尽瘁,到头来落了个什么下场?别人死在战场上好歹马革裹尸,我阿爹却死得那么惨!他的尸体都给老鼠啃烂了,那两个畜生!他们把我阿爹的手脚砍下来喂狗!"

"老天根本没眼!就算有,也是瞎了眼!他什么都看不见!什么都看不见!"

江淮捏紧拳头,目光非常痛苦,说话的声音到了后来已经嘶哑,一边说一边流泪,浑身僵硬,抖得厉害。

江淮不是在同陆舜华讲话,也不是在问老天爷,他自己都不知道到底在问谁。

猝然失去双亲的十五岁少年,纵然心里始终铭记父亲同自己说过的话,男儿郎为将者,忠义比性命更重要,当死于边野而非温床,肩担万里河山,心怀苍生大义,为国为民,肝脑涂地死而后已。

但到底才十五岁,那样年少,他有泼天的恨想要报仇,有千斤的痛不知何处放,到头来也只能问问老天,问他为何不长眼,问他是不是真的看不见。

可惜老天不会回答他。

江淮哭得很惨,虽然没有放声大哭,但是他每说一个字眼泪就往下掉,一双眼睛通红通红,手背抹了一把自己的眼睛,带血的指缝间流出清澈水液,压抑着发出低低的呜咽。

——江淮的眼睛比血还红。

陆舜华不由想到之前叶魏紫讲他亲眼看着母亲撞死在棺木前的话,动了恻隐之心。

陆舜华小小的身体凑近江淮,圆溜溜的眼睛瞅着他,嘴唇张合几下,说:"这个给你。"

江淮没理她,手掌用力搓了下自己的脸颊,抬起头就看到自己面前一只白嫩的手掌捧着一块帕子。

江淮扭过头:"不用了。"

陆舜华说:"你的脸上都是血。"

江淮抬手去擦,但他刚摸了自己的伤腿,双手本就全红,越擦脸上越红,根本擦不干净。

陆舜华看江淮兀自擦拭半天,叹口气,拿着帕子在江淮脸上使劲搓过去,本来还算白净的皮肤在她手下被搓得通红。

江淮任由她不温柔地在自己脸上擦来擦去。风吹动竹林发出沙沙响声,他们隔在这一方静谧里,没人来打扰。

江淮靠着树桩坐着,他的腿上胡乱绑着自己撕下来的衣料,绑得乱七八糟,血很快把布条又染红了,但至少没再往下滴。

陆舜华看得出来,江淮很痛,但她不知道应该怎么安慰他。

江淮撑着地勉强站起来,低声说:"我走了。"

陆舜华说:"你的腿还在流血。"

"没事。"

陆舜华看着江淮惨不忍睹的小腿,想了想,说:"明天阿宋来静林馆看我,我到时候让他带点伤药来。"

"不用。"

这人……

陆舜华在江淮身边跟着,说道:"那你什么时候回将军府,去找大夫给你看看吧。我知道上京有条平安河,河东的回春堂里有个老大夫,用药很准……"

江淮皱着眉:"你到底想干吗?"

陆舜华掏出刚才给他擦脸的帕子,在江淮面前晃两下。

"你受伤了,受伤了就要看大夫。"

他忍着不耐烦,问:"所以呢?"

"所以你要去看大夫啊。"陆舜华说:"这连三岁小孩都知道。"

"……"

江淮猛地抬起头。他发后束着白色的发带,刚才一番兵荒马乱头发散了些,从脸颊两侧垂落,粘在脸上,他没有伸手去拂,反而看着陆舜华,像好奇更像探究,半晌低低开口——

"你同情我。"江淮很笃定。

陆舜华倏地沉默下来。

江淮没说错,从一开始陆舜华就是在同情他。

正如他当初请教陆舜华《渡魂》,整个静林馆只有他们两个人会吹,陆舜华起初看到他坐在黑暗里磕磕绊绊吹着曲子的确有一种同病相怜的怜惜,所以才会走上前。

江淮继续说:"你在可怜我。"

这次陆舜华不能再否认,点点头,说:"是,但是……"

"但是什么?"

"但是现在不一样了。"

"哪里不一样?"

"你是我徒弟,我是你师傅,我关心你何错之有?"

没想到江淮听到她这么说居然笑了,他整个人放松下来,那笑淡淡的,转瞬即逝。

江淮从她手里接过帕子:"郡主,我不需要这种关心。"

停顿了一下,又说:"更不需要同情。"

又过了两天,叶魏紫带着叶姚黄回来了,而陆舜华晚上去找江淮时接连扑了两回空,他的人仿佛凭空消失了一样。

陆舜华把这回事说给叶魏紫和叶姚黄听,叶魏紫捧着如意糕,偏过头想不出个所以然。

"所以,江淮不见了?他去哪儿了?"叶魏紫扭头问叶姚黄。

叶姚黄是叶魏紫的同胞哥哥,长得黑黑瘦瘦,个头看起来很壮实,人却是个老实巴交的,叶姚黄给自己妹妹手里又塞了块糕点,摇头回答:"不知道。"

叶魏紫捧着如意糕啃了两口,含含糊糊地说:"我也不知道。"

叶姚黄看叶魏紫吃东西猴急的样子,忍不住给她拍着背顺气,余光瞄到陆舜华撑着脸若有所思的样子,想了想从怀里掏一个包裹递给她,问道:"六六,你怎么不吃?"

包裹里有两样东西,油纸包着的如意糕和一个做工精细的并蒂莲花金步摇。

金步摇上有短短垂珠，花样子是两朵莲花，虽是金制的，但看着很是精巧，并不俗气。

叶魏紫看到，哇哇大叫："哥，你给六六买金钗，为什么我没有？我也要！"

叶姚黄黑色的面庞泛起不可察觉的红，他说道："下次给你买。"

叶魏紫："那为什么给六六的如意糕是梅花印子的，给我的就是普通样子，你偏心！"

陆舜华怏怏不乐地把梅花印子的如意糕推到她面前："给你吧。"

叶魏紫挑挑眉："你不吃？"

陆舜华刚想回答，叶魏紫又说："你不是还在想江淮的事儿吧？"

叶魏紫边说，边掏出那块如意糕，珍惜万分地放进自己嘴里："他的脾气一向不好，到了静林馆以后更是神神秘秘的，他的事和你又无干系，你何苦替他担心？"

这一点叶姚黄十分赞同："是啊，六六，你少和他来往，我听阿爹讲，他从小就是这么难接近的，不是个好相与的性子。"

"不一样。"陆舜华说道，"毕竟我是他师傅。"

叶魏紫翻了个白眼："江淮行过拜师礼吗，喊过你'师傅'吗？不过露水情缘，你何必这么挂心。"

叶姚黄在边上咳得仿佛像得了肺痨病。他将手握拳，抵在唇边，轻声说："阿紫，露水情缘不是这么个意思。"

叶魏紫将叶姚黄的脑袋一把推开，根本不理睬他。反而挤眉弄眼地对陆舜华说："而且话本子里都这么说的，女师傅和男徒弟，总是……"

话音未落，窃窃贼笑就响起来。

陆舜华："总是什么？"

叶魏紫："就是徒弟对师傅总是抱着一种情……唔唔唔！哥你捂我嘴干吗？"

叶姚黄的脸上现出不自然的红晕，几乎像是快要坐不住一般，低低地痛斥道："阿紫，你都在看些什么、什么东西！"

叶魏紫说得正起劲，片刻不想停，被捂了嘴本就不开心，叶姚黄一贯顺着她，没承想在自己心上人面前就这么胆大包天。叶魏紫的火气上来了，不知从哪儿掏出一本册子，"啪"地一下拍在桌上。

陆舜华和叶姚黄不由自主地将目光落到册子上。

叶姚黄向桌边靠过去，问道："阿紫，这是什么？"

"切！你走开！"叶魏紫一把将他推开，抱着自己的册子挪到陆舜华身边，十分豪爽地把东西推到她面前。

"喏，六六你看。我娘给的，说让我好好参悟参悟。"

陆舜华拿起册子翻开，只看了一眼，脸色便腾地火烧一样泛红。

这这这！

叶魏紫把苹果拿下来放手里把玩，得意地耸肩："是不是很丰富？"

陆舜华浏览着翻开的书，哗啦啦翻了几页，入目的图案描绘极其生动且详细，场景竟然没一个重复的。

叶魏紫坐到厢房床边，挨着她动了动，又问了一次。

陆舜华边点头边赞叹："果真丰富！"

叶魏紫骄傲地挺起胸膛，委婉又不失张扬地说："谁娶了我阿紫姑娘，真是天大的福气。"

陆舜华附和道："实是福气！"

叶姚黄："……"

她俩一唱一和，配合得十分默契，叶姚黄虽然没看到册子里到底画了点儿什么，但从她们的只言片语里也能猜出些。

叶姚黄是个老实孩子，从小到大莫说烟花之地，春宫图是看都没多看一眼的。眼见两个姑娘兴致勃勃地开始讨论起画册内容，言语越听越无法入耳，脸上一阵红一阵白，憋了半天，颤抖着声音说道："阿紫，你，你别教六六这些！"

叶魏紫不嫌事大："哥，你心疼了？"

叶姚黄登时吃瘪，余光瞄向陆舜华，却发现陆舜华还是沉迷地看着手里的春宫图,没听见他们的对话。

叶魏紫将叶姚黄的表情尽收眼底,恨铁不成钢地摇摇头。

"走开走开,给我买金钗去!"

第五章 当时年少（3）

三天后，陆老夫人从栖灵山礼佛归来。

陆舜华被阿宋接回家时，老夫人正在大堂里头优哉地喝茶，听到她的脚步声，眼皮子都没抬一下。

"舍得回来了？"

陆舜华笑嘻嘻地道："祖奶奶回来了，其他什么事都舍得了。"

老夫人"呵呵"冷笑，放下茶盏，终于正眼看了陆舜华一眼，说道："我还以为你只记挂着回春堂，都忘记我这个祖奶奶了。"

陆舜华回头看了眼阿宋，阿宋捂着耳朵低下头。

老夫人："你别看阿宋，是我让他告诉我的，阿宋只是奉命行事。"

陆舜华想到自己屋里那包伤药，不由得有些牙疼。

她上前抱着老夫人的手臂撒娇，嗯嗯啊啊的刚起了个头，被老夫人一手指头戳得脑袋往后仰。

"你少给我来这套！"

陆舜华捂着额头："祖奶奶不就最吃我这套。"

"你就会跟我耍赖撒娇！"老夫人气不过，气着气着还把自己给气笑了，花白的头发颤了颤，眼角的纹路上扬，语气不再严肃。

老夫人问："听说你最近和镇远将军的儿子走得挺近？"

陆舜华给杯子里倒了茶，边倒边把最近的事讲给老夫人听。

老夫人听完,神色不变,饮了口热茶,说:"江家小子确实是个可怜人。"

陆舜华抱着水壶小鸡啄米样点头:"是啊,江淮好可怜。"

"罢了。"老夫人一扬手,撑着拐杖站起来,阿宋有眼力见,立马上前扶住她。

"江家小子虽说脾气是不好了些,但到底心眼不坏,镇远大将军是英雄,教出来的孩子怎么会坏呢?"

陆舜华放下水壶,闻言点点头,内心十分赞同。

"江淮这人脾气是不太好。"

老夫人摇摇头,半只脚跨出门,又扭头对她说:"江淮可以是良友,但是六六,你要记得,他这人真要许终身的话,不是个良配。"

陆舜华一愣,有点意外。

陆舜华除了教江淮吹笛子,顺带替他擦过脸之外,对江淮从未做出任何关乎男女之情的举动。

若非要说,还有请江淮吃好吃的如意糕,被他几次三番无情地拒绝。

陆舜华对江淮开始是同情,现在还是同情,也不知怎么祖奶奶就想到良不良配去了。

但这些都不重要,现在还有更重要的事情等着她去做。

看阿宋扶着老夫人走远了,陆舜华丢下水壶,立刻飞快地偷摸回到自己的屋里,从首饰盒底下摸出那包刚才从回春堂里抓来的伤药,往自己怀里一塞,确定四下无人,从恭谦王府后院一溜烟跑了出去。

陆舜华要去找江淮。

以陆舜华对江淮这几天的了解,她觉得江淮绝对绝对绝对不会去上药。

真要等他的伤自行痊愈,恐怕下辈子都等不到。

陆舜华不会骑马,好在静林馆离恭谦王府不远,陆舜华换了身轻便的衣裳,从小道很快就绕到了静林馆的男厢房后面。

可能是出于对男客的放心,静林馆的男厢房设在极偏僻的一处别院,从小道绕过去,同上京平安河也只隔了约莫两人高的一堵墙。

翻墙这种事情陆舜华没有干过,但是叶魏紫经常干,上京风俗男女无大防,叶魏紫不时拉着叶姚黄一同溜出去四处游玩,还绘声绘色地和陆舜华讲她是如何身手了得,两人高的墙一翻就过。

因而在陆舜华的心中,翻墙是件顶顶简单的事。陆舜华不知道,叶魏紫每次翻墙那么顺利纯粹是因为叶姚黄习武,叶姚黄轻松地翻墙过去,然后在墙底下接住叶魏紫。

陆舜华不知道,所以当她按照叶魏紫的方法,费尽力气从梯子上爬到墙沿,再从墙沿爬上那棵老梧桐树,站在遍布嫩芽的梧桐枝芽里往下看时,彻彻底底地傻了眼。

怀里的药包还在散发着药香,陆舜华蹲在粗壮的树枝上,裙摆勾在树杈里,在风中浑身僵硬。

这个时候如果有男客经过,就会看到恭谦王家的宸音郡主翻墙而来,蹲在老树上,欣赏着静林馆男厢院一览众山小的风光。

呜呼哀哉。

陆舜华抱头想了一会儿,她到底是留下这里"扬名立万",还是原路返回当没来过。

想了一下,陆舜华决定选后者。

陆舜华搂紧怀里的药包,小心地伸出腿去够墙沿,脚尖还在砖瓦上蹭啊蹭的时候,前方突然有了动静,不远处出现两个人影,一高一矮,走了没几步停在另一堵墙沿的梧桐树下说话。

陆舜华所在的方向只能看到矮的那人是江淮,还是一身黑衣,背上背着把长剑,眉目清峻,倒是看起来没那么瘦了。

好人家的女儿是不会做出听人墙角的事的,陆舜华自认为不能给地下的爹爹丢人,缩着脖子就要走。

"小少爷不用太心急,习武一事不可急于求成,倒是宸音郡主说得不错,小少爷不能再这么糟蹋自己的身体了。"

陆舜华默默地把伸出去的脚收了回来。

江淮似乎沉默了一下，良久才低沉着声音问道："谁同你说了？"

"自然是阿紫丫头，小少爷你不要怪她，阿紫一向和小郡主交好，小郡主担心你，她也跟着担心……"

阿紫丫头？

陆舜华恍然大悟，原来那高个的男人是叶副将。

江淮说道："我同宸音郡主，交情极浅，无担心一说。"

叶副将低低地笑了起来。

陆舜华把牙口磨得嘎嘎作响，发誓回去就要把这包伤药拿去喂阿宋养的大黄狗。

喂狗都比喂江淮这个没良心的家伙好！

叶副将："既然交情尚浅，小少爷又脸红什么？"

脸红？

陆舜华怀疑自己听错了。

陆舜华把头从树枝里头探出去，极力想看一下江淮的脸蛋是不是真的如叶副将所说的红了，奈何她的位置过高，江淮又是侧对着她，任她脖子都快梗住了也只能看见他笔直的背影。

江淮握着手里的短笛，垂眼看地，淡淡地道："叶叔叔看错了。"

"叶叔叔没看错，是小少爷心里怪叶叔叔说了不该说的话。"

"绝无此事。"

"小少爷不是认了人家做师傅，这么说的话小郡主可要伤心了。"

"……并无此事。"

陆舜华："……"

阿紫说对了，江淮不认她这个师傅。

陆舜华的手指头把药包都快撕碎了。

没良心。

除了是头犟驴，还是头白眼狼。

叶副将伸出满是硬茧的手，拍拍江淮瘦弱的肩头，意味深长地说：

"小少爷长大了。"

"……"

"说起来，将军去了已有半年了。"叶副将感慨，想着半年前在灵堂里眼睁睁地看着母亲自尽的少年，如今长成越发沉默的模样，内心戚戚然。

叶副将说："小少爷来静林馆这么久，可想过日后做何打算？"

江淮毫不犹豫地说道："入骁骑卫。"

叶副将点点头。眼前这个在青黑院墙前站着的少年是将军的独子，心性极正，胸襟宽广，叶副将相信江淮将来定会有一番作为，如同将军一样。

叶副将想到在黄沙戈壁里一身豪迈的男人，不由得怀念起来。渐渐的，男人的身影和清瘦的少年的身影重合起来，他抿着唇不说话的样子真是像极了将军。

叶副将说："少爷有自己的打算便好。近几日上京不太平，少爷自己小心。"

上京怎么了？

江淮和她疑到一处，问："上京怎么了？"

"前几日抓到几个越族人，看样子还专擅巫蛊之术，南越那地方一向喜欢研制这些偏门邪术，此番抓到的几个越族人不知意欲何为，总之少爷小心便是。"

江淮说："知道了，多谢叶叔叔。"

越族人？巫蛊之术？

陆舜华想起，陆昀还在世的时候似乎也同她提过，南越那一带的人喜欢这些歪门邪道，把虫子种到人的身体里，说是能生死人肉白骨，总归邪门得很。

他们怎么会来上京？

陆舜华兀自琢磨着，想着想着就走神了，趁着她走神的空儿，叶副将和江淮又嘱咐了几句话，说完便离开了静林馆厢院。

江淮同他告了别，背着自己的长剑短笛转身走过来，走了几步走到院角的老树下，抬起头往上看，和树上的陆舜华对个正着。

江淮说："郡主听够了？"

陆舜华愣了一下，继而脸不红气不喘地说："江淮，你怎么在这里，好巧。"

"这话该我问郡主。"

陆舜华："我是来给你送药的。"

江淮一挑眉，眼波微漾。

陆舜华从怀里掏出那包伤药给他看："你看，我真的是来给你送药的。"

江淮看了会儿那包药，又看了会儿她，伸出一只手，掌心朝上对着她。

陆舜华把药包抱紧，一闭眼，纵身一跃，从树干上跳了下来。

江淮吓了一跳，看到陆舜华毫无征兆地掉下来，眼睛吓得睁大，慌忙丢开手里的短笛，往前踉跄着跑了几步，向陆舜华伸出双手，将她接了个满怀。

江淮被陆舜华的冲力撞得跌倒在地上，两个人胶着在一块滚了两圈。陆舜华跳下来的时候没想那么多，等她整个人都掉到江淮的怀中，陆舜华才想起来，江淮如今腿受了伤，是接不住她的。

陆舜华躺在草地上，脑袋底下枕着江淮的手臂，睁开眼看到光秃秃的树杈和树杈中间的旭日，陆舜华动了动手脚，意外地发现自己几乎没有任何痛感。

江淮虽然瘦弱，腿又受了伤，但毕竟身量比她高了许多，这棵树不算很高，陆舜华掉下来时他的力道都压在没受伤的那条腿上，是以只是闷哼了一声，倒没感觉多疼。

陆舜华从地上鲤鱼打挺地跳起来去扶江淮："江淮，你没事吧？"

江淮"嘶"一声，匪夷所思地看着陆舜华："你跳下来做什么？"

陆舜华不明觉厉："不是你让我跳下来的吗？"

"……"江淮深吸口气,觉得自己和眼前这个女孩中间隔了比青霭关城墙还厚的距离,完全说不到一处去。

江淮说:"把药给我吧。"

陆舜华把药包递过去,想起刚才听到的话,问他:"你要入骁骑卫?"

骁骑卫乃直属皇帝的亲军京卫,掌送从护卫一职。

江淮才十五岁,陆舜华想不通江淮为何打算进骁骑卫。

江淮拿着药包站起来,说道:"嗯。"

江淮走路还是有些不稳,陆舜华发现江淮已经换了一条干净的布条,但绑得还是歪七扭八的。

陆舜华想了想:"江淮,你可以不当骁骑卫吗?"

江淮皱眉:"为什么?"

"当官不好。"

江淮顿了顿,看向地面却没有说什么。

良久,江淮才低低地开口:"我做骁骑卫不是为了官权。"

陆舜华又说:"可是骁骑卫也是官啊,当了官就有权,有了权就不好。"

江淮睨陆舜华一眼。

春风拂过,处处春意,江淮穿着那身黑衣,身架子依旧纤薄,一阵风可以把他的袖子吹得鼓起来,陆舜华想不明白这么瘦弱的一个人怎么能佩刀佩剑去深宫里头当亲军,江淮明明看起来比她还脆弱。

"郡主,我不是小孩子,而且……"江淮表情严肃,声音响在春风里头,带着沉默的凉意。

"你真的管太多了。"

陆舜华:"我是你师……"

"你不是。"江淮说,"我们什么关系都没有。"

陆舜华傻眼了,她呆立在原地,不知该说什么。

江淮提着药包起身,这一回是恭恭敬敬地向陆舜华行了个大礼,嗓音却依然冷冷的。

"郡主的多番好意，江淮在此谢过，日后郡主有难，只要开口，凡我能做到的定当义不容辞。君子一诺，言出无悔。"

陆舜华直视着他，她觉得江淮还有话没说完。

果然，江淮讲完，直起腰身，后退两步。他握紧了拳，郑重其事地说："请郡主以后，不要再管我的闲事了。"

第六章　栖灵之山

陆舜华睁开眼,看到别院上的房梁。

身边呼吸浅浅,小小的一颗绒毛脑袋挨着她,看陆舜华醒来,湿漉漉的眼睛与她对视了会儿,尖叫一声"咚咚咚"后退三步,一屁股跌坐在地上。

赵韫之拍着自己的小胸脯喘气:"吓死我了,吓死我了。"

陆舜华掀开被子起身,慢慢披上斗篷。

赵韫之绕到桌子后面,两只手抱着桌腿,探出一颗脑袋眨巴着眼睛看陆舜华。

"看什么?"

赵韫之吓得一抖,壮着胆子问道:"你,你是鬼吗?"

陆舜华捡起面纱戴上:"你觉得我是吗?"

"还好吧,阿娘说你是她的朋友……"赵韫之抱着桌腿直哆嗦,"应该、应该不是鬼吧。"

陆舜华坐到床边,目光淡淡地落到赵韫之的身上:"那么怕,怎么还来找我?"

赵韫之伸出一根手指,一指她,"嗖"地一下收回去,说道:"我怕你是鬼变成的……我告诉你,你不准害我阿娘!你要是害我阿娘,我不会放过你!"

陆舜华脸上没什么表情，点点头说："知道了。"

这就完了？

赵韫之把脑袋搁到桌子上，有点儿想不通。

女鬼都是这么好说话的吗？

说书人好像不是这么说的，而且凭良心说，光看这个"女鬼"没有伤疤的半边脸，她长得不但不难看，反而还很好看，一点儿也不可怕。

安静的厢房里响起一声轻呵。

赵韫之后知后觉地反应过来，自己刚才居然把那句话说出口了。

赵韫之小小的脑袋又露出半边，一双眼睛跟湿漉漉的葡萄一样，看着陆舜华时少了些害怕，多了点儿探究。

赵韫之问："姨，你的脸为什么会变成这样子？"

陆舜华转头看他，眼眸里倏地浮现出一抹凌厉和痛色，像是想到了什么非常不堪的回忆，神色霎时暗淡许多，本就没什么笑容的脸上，一下子多了更多的灰败之色。

赵韫之只是个孩子，不懂察言观色，童言无忌，他看不出来陆舜华脸上转瞬即逝的痛楚，觉得她那张一贯没表情的脸根本不曾有变化。

赵韫之自顾自地说下去："你的脸真的好可怕，怎么会有那么多伤痕？你以前惹了什么仇家吗？"

陆舜华说："我没有仇家。"

"那你的脸是谁划的？"

陆舜华举手，隔着面纱覆上那些伤痕，手臂微微发抖。

赵韫之真是天真无邪的，什么话都能问，什么话都敢问，可陆舜华却不是，她不敢答。

陆舜华只能说："不是谁划的。"

赵韫之撇嘴："难不成是它自己长出来的？"

陆舜华侧身："是啊。"

赵韫之没听出陆舜华话里的情绪起伏和难以隐忍的沉重，吐了吐舌头就跑出房门，心里只当陆舜华是玩笑。

不肯告诉他就算了,那么多可怕的伤疤,怎么可能是自己长出来的呢?他又不是傻子,才不会相信。

赵韫之走了没多久,陆舜华在房里坐了没一会儿,叶魏紫过来了。

门打开,叶魏紫提着食盒走到桌边,站在那儿将食盒里的饭菜一一端出来。

陆舜华低声说:"阿紫,不用给我准备吃的。"

叶魏紫的手指停顿了一下,然后没听见一样继续拿出吃食。

都是些很精致的小吃,最后一道点心是散发着甜糯味道的如意糕。

叶魏紫把如意糕往她的方向推了推:"这是你最爱吃的。"

陆舜华抬眼,说:"阿紫,我不用吃东西。"

叶魏紫很固执,说:"六六,你不试试看吗?味道和以前一模一样。"

说完,叶魏紫端着盘子走到床边,捻了块如意糕递给她。

陆舜华看着那块白色糕点,印的还是梅花印子,味道也许是很香的,也许是淡的,或者加了点别的配方,有了别的味道,吃起来也许好吃,也许难吃,于她全无意义。

陆舜华早已经闻不出来,也吃不出来了。

但对上叶魏紫的眼神,她还是心软,接过糕点塞进嘴里,麻木地咀嚼着。

叶魏紫舒了口气,坐回桌边给自己倒了杯水,接着说:"我昨天去找了当年替老夫人下葬的仆从。"

"如何?"

"时日已久,他着实记不太清,只略略说了个方位。"

陆舜华低声问:"能找到吗?"

叶魏紫说:"他说是在一棵老槐树下,需要些心力去找,但应该是能找到的。"

陆舜华微微仰头,淡淡的眸子掠过窗外的景物,低头摸了摸自己的右手腕骨。

叶魏紫没注意到她,从怀里掏出一支短笛放到桌上,问:"六六,你打算什么时候去?"

陆舜华把手拿下来,说:"尽快。"

叶魏紫点点头,眼睛直直地盯着她白纱覆面的模样,像是要从她脸上找出某个问题的答案。

陆舜华没有看她,却低声问:"怕我?"

叶魏紫摇头。

"那为什么这样看我?"

叶魏紫还是摇头,并不说话。

两人相对无言,须臾,叶魏紫突然出声问道:"你想见江淮吗?"

陆舜华的身形一滞,她想当作没听到这个问题,叶魏紫却再次重复问了她一次,又说:"你不想见他。"

这不是一个疑问,而是一句肯定。

叶魏紫:"要是想见早就去见了,何必等到现在。"

陆舜华不置可否。

叶魏紫又说:"如果换作是我,我也不会见他,见他做什么呢,那种没良心的东西……"

她越说越激动,越说越愤怒,陆舜华拧眉道:"阿紫!"

叶魏紫这才不甘不愿地停下。

陆舜华将短笛拿过来:"什么时候去栖灵山?"

"随时。"

陆舜华起身,大大的斗篷把她整个人都包裹得很严实,她将短笛别到自己的腰间,伸手拢紧斗篷,把自己彻底包住。

"我们走吧。"

栖灵山是上京较偏远的一座山峦,因里头修了座百年老寺,香火很旺,经常能得些佛缘子弟来此处礼佛。

陆老夫人生前是虔诚的佛教子弟,信仰菩萨与佛祖,日日吃斋念佛,恭谦王府里修了佛堂供她参拜,她还是时不时亲自上山清修些时日。

在以前，陆老夫人最爱做的就是罚陆舜华抄佛经。

一遍不够，就十遍，十遍不够，就一百遍。抄了几年，陆舜华都能将佛经背得滚瓜烂熟了。

陆舜华年纪小的时候非常顽皮，不喜欢抄书，每每都是潦草地一笔带过，被老夫人发现了以后罚得更狠，她叫苦不迭，到最后那些几十上百遍的佛经都是江淮仿着她的字迹帮她抄完的。

那时他们都还很年少。年少有年少的好处，随便抓住几分春色就能抱住一整个春天。

就在将军府的藏书阁里，点上一盏夜灯，外头清冷月华和星子交相辉映，陆舜华将脑袋枕在江淮的腿上，江淮抄书，她就躺在席子上看他，看着看着睡着了，醒来以后还是能看到点点灯火里江淮清俊的侧脸，眉眼间都是冷淡的气息，但她懵懵懂懂间觉得自己躺在了温暖的春天里。

记忆太鲜活，都已经是许多年前的事了，陆舜华还是记得十分清楚。

陆舜华边往山上走边想，这不是一件好事，如果可以的话，她希望自己能够忘掉。

如果忘不掉，也至少和它们好好相处，让这些回忆不要动不动就跑出来，刺痛她僵硬的心肝。

上山的路不好走，叶魏紫不想惹人注目，挑了个黄昏时分只身领陆舜华前来。

叶魏紫从前是尊贵的小姐，嫁给赵京澜以后更是十指不沾阳春水，因此没几步路就已经气喘吁吁。

陆舜华和叶魏紫一样矜贵，和陆舜华走同一段路，一路上却只听见了她一个人的喘气声。

无论多难多险的山路，陆舜华都一声粗气不喘，半点呼吸起伏都没有。

叶魏紫心里隐约猜到了点什么，却没去问。

陆舜华又不想说，有什么好问的。

陆舜华活着是她阿紫的朋友，死了也是她阿紫的朋友，做人做鬼都是她阿紫的朋友，这一点沧海桑田都不会变。

负责下葬的老仆说陆老夫人葬在一棵老槐树下，他指了个东南方向，说出一个大约方位，在距离老寺庙二里地的地方。

叶魏紫差人看过，那儿只种了一棵老槐树，不出意外，树底下就埋着老夫人的尸身。

想到祖奶奶，陆舜华感到一阵恍惚，她的心头麻木太久，突如其来的刺痛竟然让她头晕了片刻。

陆舜华有些茫然又有些惊慌地捂住自己心口，手掌下一片平静，没有任何跳动。

"祖奶奶是怎么死的？"

叶魏紫撑着一棵树扶着腰喘气，闻言回头，面露不忍，轻声说："投河自尽。"

陆舜华又开始摸自己的腕骨："为什么？"

叶魏紫更不忍心，几乎是可怜地看着她。

"当年你出事后，老夫人哭得太久，眼睛哭得瞎了。没半个月，又发了疯，一头跳进平安河，嘴里念叨着要去找你和恭谦王，阿宋找到她的时候，尸体已经泡烂了。"

少年丧夫，中年丧子，老年丧孙，这位老夫人的一生可谓是处处潦草，处处悲痛，相较起来，死亡都显得有些微不足道。

陆舜华抱着双臂靠在树干上，闭上眼睛回想了会儿刚才叶魏紫讲的话。

果然啊。可怜，太可怜。

但陆舜华早已经料到了。陆舜华觉得自己或许真的已经变成了怪物，人都是有感情的不是吗？可她没有，祖奶奶待她是如何好的，她心知肚明，在得知祖奶奶死得如此悲惨后，她心中最大的想法竟是"果真如此"，像是早已猜到了这场死亡。

陆舜华已经变成了一个麻木不仁的怪物，心里除了疲惫还是疲惫，莫说悲伤苦痛,她对疼痛全然没有感知,她心里明白得很,自己就是一个怪物。

陆舜华没有命在,也不是活着,她唯一的执念就是在祖奶奶的坟前为她吹一首《渡魂》,让祖奶奶能够魂归故乡。

陆舜华把自己拢得更紧,她抬头凝视着不远处的老槐树,脸上的表情无波无澜,说道:"走吧。"

叶魏紫默不作声地跟上。

夕阳的光洒下来,给山路上的两个身影蒙了层昏黄。

叶魏紫弓着身子顺气,指了指黄土小道尽头的一棵老树,说道:"就在那儿。"

陆舜华顺着看过去,细小碎石铺满的路径尽头,太阳一分一分落下去,那儿的路很平坦,无碑亦无坟。

倒是真正的尘归尘,土归土。

陆舜华走到树边,默默地跪下,向着夕阳落山的方向重重磕了三个响头。

第一个头,磕陆老夫人一世宠爱。

——"我们六六啊,是天底下最可爱的姑娘,要配也应当配天底下最好的郎君。"

第二个头,磕她亏欠的八载旧时光。

——"你爹爹他……唉!罢了,以后祖奶奶和你相依为命,有祖奶奶在,谁都不能欺负了你去。"

第三个头,磕她曾经辜负过的一切。

——"六六,江淮他……不嫁给他好不好,祖奶奶给你找个更好的,比他好千百十倍。"

陆舜华像是能听见风中的叹息,在一层一层的光里,她静静地跪着,熟悉的《渡魂》吹得比想象中顺利,她吹完一曲,郑重地再次叩首,起身时不知何处刮来一阵强风,吹得老树上的叶子狂飞。

一片枯叶吹到陆舜华的脸上，贴在她眼下伤疤的位置，她将它摘下来，手指摩挲着叶子，抬头看向远方。

远方漫天无际的晚霞，这个位置能看到整个上京城，所有的繁华尽收眼底。

陆舜华看到无边的红，上京是皇城，聚拢着天底下的野心和满溢出的奢侈，浇灌出来的三月明媚里也带有一股子糜烂味道。

这是上京，这是天下，是那个人深爱着的家园土地。

叶魏紫走上前，小心翼翼地看了眼陆舜华的神色，斟酌着道："六六，节哀。"

陆舜华冲叶魏紫摇头，说："没事。"

叶魏紫问："你以后有什么打算？"

陆舜华沉默了一会儿，说道："去做一件事。"

"什么事？"

陆舜华捏着短笛，目光很浅，空洞漠然。

陆舜华说了一句奇奇怪怪的话："去找一条虫子。"

叶魏紫疑惑地问："什么虫子？"

陆舜华轻声说："很难看的虫子，咬起人来很疼，很不安分。"

"你找这种虫子做什么？"叶魏紫似懂非懂，"我去让赵京澜帮你找。"

陆舜华拒绝道："不必了，我知道它在哪里。"

"在哪儿？"

陆舜华："一个离我很近的地方。"

"那找到了以后呢？"

"杀掉它吧。"陆舜华说完，突然笑了。

陆舜华从斗篷里伸出一只苍白的手，转动着手中的短笛，好像做了什么特别好玩的事情，笑着说："把它找出来，杀掉它，再去找故人。"

叶魏紫发着愣，有些没反应过来。

陆舜华除了她还有什么故人，莫非是江淮？

叶魏紫偷偷瞄了陆舜华一眼，心道她可能只是随口一说，当年那样的情况，江淮就算身不由己，可换作谁大约都没办法做到毫无芥蒂。

叶魏紫不无遗憾地想，要是陆舜华和江淮之间能够纯粹点就好了，比如他们就是单纯的陌生人，或者干脆是仇人，这样原谅来得轻松，恨也来得轻松。

但偏偏不是，他们之间有感情，浓烈又炙热的感情，还是天底下最简单也最复杂的爱情。不管什么事情，但凡爱情掺了一脚进去，恨或者原谅都变得没那么简单。

叶魏紫到现在也不知道陆舜华对江淮到底抱了一种什么心情，或者说，叶魏紫到现在也没搞懂这个站在自己面前的"人"。

陆舜华天生一双圆溜溜的眼睛，笑的时候像极了弯月，眼缝里透出灵动，现在虽然笑起来更多的是死气，可乍一瞧和十七八岁的样子也没差几分。

叶魏紫只有从这种笑里才能勉强找回一点熟悉感。

"时候不早了，我们先下山。"

陆舜华的眼里恢复死寂："你说祖奶奶的牌位供在哪里？"

"将军府祠堂。"

将军府。

陆舜华低下头，抿了抿唇："走吧。"

叶魏紫奇怪地道："你想去祠堂……"

身后突然响起一个声音，三分冷漠三分质疑，剩余四分全是不容置疑的阴冷——

"站住。"

第七章 再见故人

一听到这个声音,陆舜华的脚步便如被泥水灌了一样,再也挪不动了。

陆舜华浑身的气质原来就森冷,这下连骨子里都冷了起来,下意识地抬手去遮自己的右脸,直到触摸上了厚重的白纱才想起来自己此刻白纱覆面,来人根本看不见她的容颜。

来人一身黑衣,负手而立,腰间佩着一把长剑和一支短笛,相貌是不带攻击性的俊美,目光却很冷,眉眼间似乎住了万年冰雪。尽管他只说了两个字,已经叫人完全无法忽视他周身极重的戾气与肃杀。

叶魏紫挡在陆舜华面前,要笑不笑地说:"江将军,巧啊。"

"不巧。"江淮冷漠的语气一点也不客气,走了几步拦过去路:"赵夫人何时也信佛了?"

叶魏紫挑起眉头。

叶魏紫和江淮从前就不对付,两个人之间你来我往,大有不死不休的架势。叶魏紫讨厌极了江淮,江淮也不是一个温柔忍让的脾气,因为叶姚黄的缘故,对叶魏紫更是从来没什么好脸色。

"我信不信佛,需要向将军来报备了?将军管上京的守卫,还管别人家是不是吃斋念佛?"

江淮嗤笑一声,道:"自然不管。"

叶魏紫扬起下巴:"那便让开,好狗不挡道。"

这话说得有些难听,江淮立时皱起眉头。

"叶魏紫。"他连尊称都舍弃,干脆撕开脸皮,话语里的冷厉味道尽显:"别以为我不敢拿你怎么样。"

叶魏紫仰头:"你当然敢,江淮,你有什么不敢的?你有本事也杀了我啊,我还会怕你不成!"

这个"也"字让江淮的脸色白了几分,江淮的杀气顿时收敛了大半,但仍有极大的压迫力。

江淮看着面前的两个女人,声音狠厉:"你现在就给我离开这里!"

叶魏紫不怕江淮:"栖灵山是你家的?凭什么让我滚,我想来就来想走就走,你凭什么拦我,又凭什么让我滚!"

江淮被叶魏紫吵得头疼,一句废话都不想和她多讲。

叶魏紫嚣张过头,也只有她敢在征南大将军面前口出狂言,跋扈得无法无天。

上京的人都以为江淮是给了赵京澜几分面子不与她计较,只有知道内情的人明白,江淮对叶魏紫,无非是冲了四个字——爱屋及乌。

但再忍让也是有限度的,尤其是叶魏紫如今出现在了一个不该出现的地方。

江淮侧过身,凝神看了眼叶魏紫身后的穿着斗篷的女人。江淮觉得她很熟悉,像是在哪里见过,但无论如何又想不起来。江淮对叶魏紫说:"她是谁?"

叶魏紫说:"一个朋友。"

江淮的唇抿成一条线。

越看,越熟悉。

她包得太严实了,斗篷似乎成了她身体的一部分,成了她的防御外壳,他想仔细去探究一下斗篷里面的女人到底长得什么样。不是出于男人的欲望,而是一种好奇,好像有个叫作"好奇"的东西被种在了他的骨肉里,而见到她的第一眼它就活了过来,驱使他去探究她。

江淮对上她的眼睛。不由自主地,他的脑子里出现了一幕很模糊的画面,似乎是纷纷扬扬的桃花,或者梨花,转瞬即逝,快到抓不住。

江淮盯着后面的人,问道:"什么朋友?"

叶魏紫冷笑:"关你屁事。"

江淮不理叶魏紫,直直地走向陆舜华,叶魏紫惊愕之下忘记阻拦,眼睁睁地看着江淮的手都快摁上陆舜华的肩膀才反应过来,一下子横插在二人中间。

"姓江的,你想干吗?"

陆舜华低着头,往叶魏紫的身后退了两步。

江淮看着她,问道:"你是谁?"

叶魏紫火冒三丈,怒道:"说了是我的朋友,江淮,别给我上赶着找晦气!"

江淮抱着双臂:"你的朋友?"

"不行吗?"

"哪个朋友?"

叶魏紫勾起嘴角,刻薄到故意:"好端端地活着的朋友。"

江淮放下双手,脸色霎时阴冷下来。

九个字,已经够他无力承受。

"叶魏紫,你以为有赵京澜护着,我就真的拿你没办法了?"江淮缓缓地说道,每说一个字杀气就重一分,最后眼底浮出红色血丝,手握住腰间佩着的长剑,一字一顿,冷如冰霜道:"你信不信,我现在就能杀了你。"

叶魏紫不屑地嗤笑,将陆舜华护在身后。叶魏紫的眼里没有丝毫的惧怕、胆怯之意,满满的讽刺和鄙夷。

"信,征南大将军有什么不敢的!"叶魏紫气急,脱口而出道:"你都能眼睁睁地看着未婚妻死在你面前无动于衷地见死不救,我当然信你什么都敢干!你不要看赵京澜的面子,想杀就杀,我不怕你!"

字字诛心。

说的人一时畅快,听的人却是不同心情。

两个人,两种心情。

江淮伸手往自己的腰间按去,叶魏紫见状哆嗦了一下,却仍然固执地仰着头,像是真的不怕江淮拔剑杀她。

但江淮并未拔剑,他把手按在了自己腰间那支黑色的短笛上。

笛子很旧,因为被主人时常拿在手里摩挲,笛身通体光亮,依然难掩岁月痕迹。

江淮没看叶魏紫,甚至也没再看身后的女人一眼。江淮低着头,她们看不见江淮的表情,只能看到他一瞬间弯下去的背脊和微颤的双肩。

良久,江淮低声开口道:"滚。"

叶魏紫还要再说,被身后伸出的一只手扯了扯袖子。

那只手冰冷冰冷的,毫无暖意,冻得叶魏紫打了一个激灵,要说的话生生咽了下去。

打了一个激灵的时间,叶魏紫猛地想起她并不是只身前来的,身后还有一个人,一个最不该和江淮见面的人。怪她平时对江淮耍惯了嘴皮子,竟然忘记了这一出。

回想过来,叶魏紫惊出丝丝冷汗。

叶魏紫咽了咽口水,反手扣住陆舜华的手,拉着她往来时的山道上走去,当真如江淮所说的"滚"了。

江淮负手侧身,冷冷地看了她们一眼,他什么话也没讲,一言不发地让了路。

叶魏紫快速拉着穿斗篷的女人从他身边经过。江淮初始的好奇心和探究欲在跟叶魏紫的争吵中所剩无几,叶魏紫用她八年来重复无数次的行为,残忍而无情地将他的伤口再一次剖开,他头疼欲裂,险些站不住。

只是当穿斗篷的女人经过时,不知为何,江淮突然有种奇怪的念

 068

头,觉得不能让她走。

江淮想不明白,等再回头去看,两人的身影已经缩小成黑点,几乎看不见。

那个女人穿着宽大的斗篷罩衫,又是白纱蒙面,从头到脚只露出一双眼睛,眼里无波无澜,没有任何感情。

江淮看出来她的身量很瘦小,似乎风一吹就能倒下,而刚才她看着他和叶魏紫争吵,没有开口说一句话。

是个哑巴?

叶魏紫哪里来的神秘兮兮的朋友?

江淮心头的思绪乱成一团,极其莫名的疑惑抓着心肝,让他的头疼得更加厉害。

到底为什么?

江淮回望,平坦山路边一棵老槐树沙沙作响。

刚才有人在吹笛子,他听见是《渡魂》。

江淮在离槐树几步路的地方站定,蹲下身,手指抚摸地面上两个浅浅的凹痕。

有人跪在这里过。

江淮刚才看得清楚,叶魏紫的膝盖上没有任何一点儿脏污。

跪的人是那个穿斗篷的女人。

叶魏紫带着陆舜华匆忙下了山。

陆舜华一路上沉默不语,叶魏紫不清楚陆舜华是什么想法,心里思忖着自己刚才说的那番话,越想越懊悔。

她怎么就忘了六六和江淮……

作孽。

走到半山的时候,他们碰到了赵府的家仆。

家仆是叶魏紫未嫁人以前从娘家带来的,对叶魏紫最为忠心,知道叶魏紫去栖灵山有要事,恪守命令不去打扰,此刻出现在这里,定是有要紧事。

果然,家仆一见到叶魏紫,急急忙忙地上前,张口道:"夫人,小少爷他被二爷带走了!"

叶魏紫倏地皱起眉。

"赵京澜带他去哪儿了?"

家仆小心翼翼地道:"渲汝院地牢。"

叶魏紫吓了一跳,声音立刻变得高昂起来,反反复复地和家仆确认,在得知赵京澜确实带着赵韫之去了地牢以后,急得当场爆出粗话。

渲汝院掌管大和刑狱案件,地牢则是关押重罪要犯的地方。

不是所有犯人都会乖乖地认罪,对待一些不怎么听话的犯人,就会将他们送进地牢。

能从地牢里出来的只有两种人,一是招供者,二是死人。

叶魏紫咬牙切齿:"他带韫之去地牢做什么?也不怕吓着他!"

家仆道:"二爷说了,小少爷既然是他儿子,胆量自然不会小,就算小,地牢里的东西见多了也就大了。二爷还说,他很久没见到小少爷了,实在想他想得紧,奈何公事繁忙,所以只能……"

叶魏紫气得浑身发抖:"赵二这狗贼!吓坏了我儿子我饶不了他!"

家仆低着头装哑巴。

长风瑟瑟,夕阳渐沉。陆舜华看着站在初春草木中的叶魏紫,看叶魏紫气得跳脚,骂自己大大咧咧的丈夫,念叨自己胆小怕事的儿子,心里竟萌生出一股欣慰感。

当年她没来得及参加阿紫和赵京澜的婚仪,如今再去看,叶魏紫虽然长了年纪,有了成熟妇人的韵味,但脾气一点没变。

赵京澜将叶魏紫保护得很好。

真好啊!

叶魏紫十万火急地想赶去地牢接儿子,嘴里把赵京澜这个王八蛋骂了千百遍。陆舜华看叶魏紫确实心急难耐,便提出让叶魏紫先去地牢，把赵韫之带回来。

她们来时为了不引人注意，是悄悄走来的，如今家仆来报也只骑了一匹马，渲汝院离赵府有很长的路程，要是走着去恐怕天黑了都到不了。

叶魏紫再在心里头把赵京澜祖宗十八代都问候了个遍，丝毫不在意也把自己骂进去了。叶魏紫为难地看了眼陆舜华，陆舜华立刻明白叶魏紫眼中的含义，道："阿紫，你去吧。"

"那你？"

"我自己走回去。"

叶魏紫嘴唇翕动，似乎在犹豫。陆舜华看她这样心中多出几分明了。

陆舜华对叶魏紫说："没事的，阿紫，走一段路罢了，我又不是瓷器。"

叶魏紫犹豫再三，翻身上马，提着缰绳回头，冲陆舜华喊道："你先回赵府别院等我，我把韫之接回来就来找你。"

陆舜华站在原地点点头。

叶魏紫这才一夹马肚，马儿嘶鸣一声，将将要疾驰而去。

就在这时，陆舜华开口道："阿紫。"

叶魏紫勒住绳子，侧过头看到站在夕阳里的陆舜华，一身黑衣包裹着一个不似在人间的躯体，那双看着人时黑洞洞的全是死气的眼却意外地鲜活了起来。

陆舜华往前走两步，向她伸出自己的右手，紫红色的尸斑在温柔的光里居然也不再恐怖。

叶魏紫没懂她什么意思，下意识伸手握住了陆舜华伸出的右手。

陆舜华的手指是冰冷的，没有半点儿温度。

"阿紫，你是我这辈子最好的朋友。"陆舜华抬起头看她，风吹动厚重的面纱，露出她修长的脖颈和脖颈上刺目的伤痕，"最好的、最好的朋友。"

叶魏紫受她感染，抬眸一笑，恍惚像极了十五岁的少女："同我说这个干吗，肉麻死了。"

"有的话需得亲口说出来，不说出来，总觉得有遗憾。"陆舜华说："谢谢你，阿紫。"

"谢什么？"

陆舜华笑笑，摇头不答。

"阿紫。"陆舜华低低叫着叶魏紫的小名，"阿紫。"

"六六。"叶魏紫坐在马背上看着陆舜华，"你还有什么事？"

陆舜华摇摇头，淡淡的夕阳金光下，陆舜华迎着光仰起头，看着面前的叶魏紫，也看着她身后的大好河山。

"我觉得上京很好，我是上京人，生于上京，长于上京，不管怎样也总归要回到上京来的……" 陆舜华喃喃着说道，往后退了几步放开叶魏紫的手。

"以前阿淮总同我说，让我不要和江山黎民吃醋争宠，我那时候不懂，只觉得在他心里可能全天下什么都比陆舜华来得重要。可现在看看好像能懂了。"

苍白的手指指了指沐浴在余晖里的上京，太阳完全落下去，可是上京的繁华不灭。

这是上京，是大和最坚不可摧的皇城，平安河护着它，圆月街点缀它，它静立此处，迎来送往，生生不息。

"上京多美啊！"陆舜华露出笑容，轻声说，"这是我们的故乡，它没有被毁、没有被夺，依然是大和子民的上京……"

陡然提起江淮的名字，叶魏紫愣了一下方才反应过来。

叶魏紫的声音低了几分说道："你别想他了。"

八年后的江淮早已经不是那个意气风发，虽则冷漠但并非不近人情的江淮。

江淮是征南大将军，是上京的守护神，是天下人的江淮。

时势造英雄，江淮当年血洗南越皇族，迫南越归降，皇帝顺势将南越置于大和的直接统治之下，改称南疆，江淮自此一战成名。

江淮凭着一腔恨意义无反顾地扑到了时势当中,做了历史的书写者,流芳百世,名垂千古。

哪怕那场战役的代价是他的未婚妻子。

没有人去问年轻的将军,江淮,你后不后悔?

因为无论是当年死于青霭关一役的宸音郡主,抑或是更多无辜枉死的臣民百姓,统统都只是历史的尘埃,他们在史书上留下的痕迹不过寥寥几笔。

历史如潮水前进,尘埃淹没于湍流,至多得一声叹息。

天下人永远会记得英雄,记得壮举,可没有人会去问一问,立于史书之后那个有血有肉的男人,当年那场惨烈的战役,你到底有没有后悔。

或者,你到底难不难过。

第八章 圆月花灯

叶魏紫走后，家仆按叶魏紫的吩咐，隔着一段距离领陆舜华回府。

栖灵山的山道不好走，等他们从山上下来，天色已经半暗。

家仆果真是忠心耿耿，一路上半个眼神都没有看向陆舜华，埋着头走在前方，不远不近地领着路。

从栖灵山到赵府别院，要经过圆月街。

圆月街是横亘于平安河上的一条长街，因为每到十五时，河面总能清楚倒映出皎洁圆月，故而得名。

上京有一种热闹叫作"花灯节"，三个月一次，因大和民风开放，男女之间无大防，每到这一天，姑娘们都会约了自己心中的情郎到圆月街上，或赠一枚香囊，或赠一方手帕以表心意，如果对方同样心有牵挂，则回赠姑娘一些物件，算作定情。

花灯节时圆月街上挂满了彩色花灯，皓月当空，月华如水，晚间河边有人放焰火，天上绚丽灿烂，也有人赶着放河灯，天上是一处华丽，地上又是另一处华丽。

圆月街上人来人往，仿佛上京的百姓全在这一天出来了，要把三个月的热闹在这一天都用完似的。

陆舜华站在圆月街街头，望着熙熙攘攘的人群，才想起原来今天是花灯节。

家仆低头走过来,轻声问:"姑娘想赶热闹吗?不想的话我带姑娘走另一条路。"

陆舜华摇头,说道:"去看看吧。"

家仆说"好",走在前方准备为她辟出一条道路。

刚走出两步,却又站定。陆舜华看着眼前的万紫千红,莫名感到一阵无力。

无力过后,是更深的麻木。

陆舜华长长地叹了口气:"算了,不看了。"

家仆应了一声,转身和陆舜华一起往另一方向走去。

但不知为何,也许是今天的花灯节着实热闹,他们不过在街头站立了一小会儿,身后忽而涌上来一群人,陡然将二人冲散。

姑娘的脂粉气、孩童的奶香味、花灯里烛火燃烧的淡淡焦味混到一处,晃了家仆的心神,等他回过神来抬头一看,四周哪里还有陆舜华的人影。

陆舜华被人群挤到了圆月街中段。

陆舜华不喜欢别人碰她,又害怕挤伤了幼童,拼命护着自己,无奈之下随着人流向前走,走着走着就走到了中段。

圆月街当属街头和结尾最热闹,可以猜灯谜,也可以放河灯,中段虽然视野最开阔,能看到一整条长河里的月影幢幢,但是来花灯节的男女,能有几个是为了看月亮。

圆月街中间这块,摆放着几张简陋的座椅,几户商家趁着花灯节编了个"团圆粥",寓意团团圆圆,其实不过普通清粥,硬是卖出了比往常高几倍的价格,因此来往中段的人便更稀少。

陆舜华打量了周围几眼,挑了个小铺子前的桌椅坐下,老板因为生意清淡已经打起了瞌睡,头一点一点的,就快要去见周公。

陆舜华找不到赵家家仆,但依稀记得回赵家的路,只是现在人太多,得在这等等,等到人少了,再回去赵府别院。

陆舜华抬眼望向远处。世事如棋局局新，这儿的热闹却从未变过，无论是八年前还是八年后。

时隔八年，生离死别都经历了一遍，岁月荏苒，如今站在同一个地方，看的还是同一个月亮，心境却大不相同。

腹部又开始隐隐作痛，这是陆舜华在人世间唯一能感受到的知觉。

陆舜华吃了无数苦头，跋涉了万里回来上京，只有一个执念，就是见祖奶奶一面。如今三个响头磕了，《渡魂》一曲吹过，她在人世间最后的执念已然消逝，现在需要思考的，是今后何去何从。

陆舜华静坐在方凳上，眼眸渐渐幽深。她看到了河里的月亮。很圆，很皎洁，银色月华如丝缎铺陈，点点红色河灯流淌在平安河上，载着男男女女的心愿和欲望。

微笑从白纱覆盖的唇边露出，陆舜华第一次情真意切地笑起来。

陆舜华要好好看看月亮，这么好看的月华，以后再没机会看到了。

等叶魏紫回来，她就要同她道别。

如果叶魏紫想问，她还可以和叶魏紫说说这八年，说说她遭遇的一切。

然后，她就可以一身轻松地去见地下的故人。

这才是真正的，尘归尘，土归土。

陆舜华欣赏着河里的月亮，就像天真的小女孩欣赏自己喜爱的小玩意儿。她陆舜华看得那么仔细，那么入迷，连身旁什么时候来了人也没察觉。

几片桃花瓣飘到她眼角，迷了她的眼睛，陆舜华抬手去拿时才看到不远处站着的年轻公子。

不知道江淮在那里站了多久，等陆舜华回头望向他时，江淮已经迈步走了过来，腰间的长剑和短笛碰撞发出清脆的声响。

江淮身负霜华，手执一枝桃花，缓缓走过来。

恍惚间，像极了当年踏月而来的少年。

六月，初夏好时节。

自上次一别，在那过后很长一段时间，陆舜华都没见到江淮。

听到江淮的消息，是叶姚黄说他入了骁骑卫，年纪够不上，人家看他也算皇亲国戚便睁一只眼闭一只眼放过了。

陆舜华应一声，神色如常。

关她什么事，他都说了让她不要多管闲事。

江淮拿自己当闲事，她也没必要上赶着找不痛快。

日子就这么过下去，转眼到了三月一度的花灯节。

今年的花灯节同以往不大一样，据传是花神的寿辰，因此要准备比以往更盛大的祭祀典礼，长街十里跪拜，祭典置放在圆月街的中央，上京子民期待花神能给他们带来丰厚的福泽。

福泽不福泽这事儿叶魏紫和陆舜华都不很关心，她们关心的是花灯节这一天，静林馆破天荒地停了一天学。

新帝登基后第一次祭祀花神，颇为看重，祭典用的佳酿与祭品都自宫中所出，前一天护送至静林馆后院放置，第二日花灯节时再送到圆月街。

后院被几大缸子的酒占满，酒味实在诱得人心痒难耐，馆里的学生全是少年心性，根本按捺不住，干脆停学，节后再回。

祖奶奶又去山上礼佛，没人罚陆舜华抄佛经，陆舜华很开心地和叶魏紫、叶姚黄在外头耍玩一整天，月上枝头才回去静林馆。

静林馆对入馆时间有严格规定，凡逾时不归者无论何种理由皆不得入内。陆舜华心里清楚自己早就过了入馆时间，也不急，和叶家兄妹告别后慢悠悠地走到男厢院后墙外。

这地方自从上次她为给江淮送药爬过一次后就留了心眼，特地趁无人时溜过来在墙下用石砖垒了高高的台阶，方便她逃学时进出。

陆舜华踩着外头的小马扎费劲地爬到墙上，顺着树干绕了一圈，脚尖轻易够到了石阶，小心翼翼地往下放身子。

这种事情陆舜华做的次数不多，好在艺高人胆大，手脚生疏了些但动作还算利索，没一会儿就灵活地落到地上。

只是在回头时出了点差错，陆舜华猫着腰从最后一级石阶上跳下来，忽然一个声音响在耳边，伴随着点点溅起的水花。

糟了。

陆舜华跑到置放在石阶边上的酒缸，踩着石头上去，就着明亮的月光费力地往下看，果然清浅的酒缸子底下静静地躺着一只并蒂莲花金步摇。

要命。

陆舜华下了石头，退后几步，打量眼前放置的几口大酒缸。

酒缸不愧是皇家御用的物品，雕纹极尽精美繁复，玉制的大缸子散发出温润的光泽，酒香四溢，醉了月光。

可陆舜华现在没工夫欣赏这口看着笨重实际可能花费巧匠无数心思的酒缸，她伸手比画了一下，酒缸比她矮了小半个头。

砸缸是不大可能的，陆舜华也没这个胆子砸。她在心里头默念了好几声罪过，从树上扯了根分叉长枝，嘴里念念有词："花神娘娘，得罪了。"

自然没人应她，周围只有她拿着树枝搅着酒水发出的声响。

陆舜华提心吊胆，眼观六路耳听八方，手下动作不停，偏偏那支金步摇和她作对似的，好几次都已经碰着它了，将它提溜到一半又顺着缸壁再次滑到缸底。

如此多试了几次，陆舜华就烦了起来。

陆舜华再加了块石砖，将自己垫得更高，半个身子都探到缸前，一手扶着酒缸边缘，一手摆弄树枝去叉自己的金步摇。

天可怜见，花神娘娘你开开眼吧，快帮信女把这玩意儿弄上来。

陆舜华的手都酸了。

换只手好了。

……

天旋地转，哗啦巨响。

水花溅出几尺高,水声和"扑通"声齐齐划破长夜。

——陆舜华掉进酒缸里去了。

悲哉,怪哉,丢脸哉。

咕咚咕咚地喝了好几口陈酿,陆舜华憋着一口气探出脑袋,右手堪堪扒拉住酒缸的边缘。祭祀用的酒缸十分大,陆舜华两只手扣到缸壁上,用尽全力才勉强露出鼻子眼睛,脚底还悬空着。

陆舜华鼓着气跳了两下,没跳出来。

咬着牙用臂力想翻出来,翻不动。

一脚踹到酒缸上,抱着"能不能把酒缸踹破"的天真想法,差点又掉进缸底。

嘶……好痛。

陆舜华眼泛泪花,下巴搭在酒缸边上,感受陈年佳酿的香气环绕鼻间,红着眼睛长长叹了口气。

她又要"扬名立万"了。

明日花灯节祭祀,上京的人都会知道,恭谦王府的宸音郡主做了如此大逆不道又十分丢脸的事。

陆舜华在心里开始盘算着,这回祖奶奶又要叫她抄几遍佛经。

抄佛经真的太累了,上次她和阿紫偷溜出去玩,手都写疼了,还欠了三遍没抄完。这回看下能不能打个商量,求祖奶奶罚她跪佛堂好了,大不了等后半夜再让阿宋过来偷偷放她出去。

陆舜华心里想着怎么和祖奶奶求饶,想着想着入了神。六月初夏的夜尚且微冷,那股子酒意带来的燥热消退后,她泡在酒缸里终于感觉有点儿冷。

陆舜华又晕又怕,不敢想自己泡一夜以后被人捞出来上京的人会怎么传她,缩着肩膀可怜兮兮地扒拉在酒缸边,伸长脖子四处打量,盼着能有谁从天而降,拯救她于酒水之间。

眼珠子在四周转了两圈,不知是不是错觉,她似乎看到拐角处露出了一抹月牙白的衣衫。

陆舜华登时想到了今天早上出门前碰到叶姚黄,也是穿了一件白色的冰绸长衫。

陆舜华大喜过望,没多去思考叶姚黄此时此刻怎么会出现在这里,费力地挥手:"姚黄,姚黄!快救救我,我掉进酒缸里了!"

来人动了下,露出半个肩膀。

陆舜华更高兴了,抓着这抹希望的曙光,喜悦地要哭出来。

"姚黄,我在这里!快来救我,我好冷,还头晕,你快来捞我!"

白色衣袍随之而动,来人正过身子,露出整件衣衫的原貌,分明就是简单的布衫,哪里是什么冰绸长衫。

江淮缓缓走过来,脚下洒落大片银白月华。

长剑和短笛碰撞,声音清脆。

这种声音,这种脚步,这种熟悉的漠然态度,这种不发一语眼睁睁地看着他人上蹿下跳的冷眼旁观——

江淮走到酒缸边,低下头,长长的睫毛在眼下落下小片阴影,一头黑发高高束在脑后,几缕散发垂在脸颊两侧,平添了几分少年人的朝气。

三个月未见,江淮的身量看起来似乎更高了些,肩膀也不似从前那么瘦削,穿着常服,袖口和腰身紧紧束着,一副利落的打扮。

江淮神色淡淡的,垂眸看着酒缸里用一双湿漉漉的眼睛期盼地看着自己的陆舜华,勾起嘴角要笑不笑。

"郡主好兴致。"

陆舜华眼巴巴地冲他露出一个讨好的笑,可惜笑意才露了个边边,耳边又听得这可恶至极的人说道:"如此,便不打扰郡主饮酒作乐了。"

说完,面无表情转身离去。

陆舜华扒着缸沿,傻眼道:"你这人,你这人……"

陆舜华的嘴唇张合,雷劈了一样讷讷地道:"怎么一点都不懂得尊师重道!"

江淮身量变了,身份变了,不再是红着眼睛边哭边吹笛子的绝望少年,但唯一不变的还是那副脾气。

和三个月前一样,又臭又硬。

第九章 当年明月（1）

眼看着江淮越走越远，陆舜华急得脸色时红时紫，一口银牙差点咬碎。

陆舜华扯着嗓子冲他的背影大喊："你就这么对为师的？"

江淮步履不停。

"哎，江淮你不能这样！别走啊！"

江淮充耳不闻，快要拐到厢院门口。

陆舜华吓得声都变了："江公子！江少爷！骁骑卫大人！"

江淮停下，侧头看她一眼。

陆舜华见有希望，搬出了对祖奶奶惯用的那套，可怜兮兮地撒娇："骁骑卫大人，救救民女！"

她把自己闯祸时最喜欢用的招数都使出来，声音酥酥软软的，带着点儿上京人特有的娇，一句话说得婉转悠扬，语尽意不尽。

江淮原本也不是真的打算袖手旁观，他压下心底那股莫名而来的烦躁情绪，冷着脸转过身，回到酒缸边。

待在酒缸里的人见他回头，眼里迸出惊喜的光芒，嘴咧到耳根子后去，冲他伸出一只手，抿嘴得意地道："多谢骁骑卫大人。"

笑容实在太得意，带着一种"我早就知道"的明了，生生让江淮心里更加不痛快几分。

他面无表情，两手扣着她双臂，一用力将她整个人从酒缸里提了出来。

"哗啦"一声后，陆舜华身子一轻，脚底重新踩在长着小草的青草地上，这才反应过来，一脸不可思议地看着江淮，惊叹道："江淮，你这手劲也太大了吧。"

江淮没理她，还挂念着她刚才说的话，心上千头万绪无从理起，下意识地想逃离这个让他烦恼的根源，转身欲走。

谁料被人从身后一把拉住，少女圆圆的眼里晕满笑意，双眸放光，语气正经："骁骑卫大人，能否再帮民女一件事。"

江淮还没开口拒绝，就听得陆舜华又用那种能让人软掉骨头的声音说道："行个方便吧，骁骑卫大人。"

陆舜华捧着手里的金步摇，拧干袖口擦了又擦，笑得见牙不见眼。

"还好捞出来了，不然平白浪费姚黄一片心意。"

此言一出，江淮清冷的眉眼间寒气更重。

陆舜华自是感觉不到，她十分宝贝地将金步摇插回发间，向江淮一拱手，豪气地道："多谢骁骑卫大人！"

江淮眉头轻蹙，勾着唇角，说道："不必这么唤我。"

"那我叫你什么呀？"陆舜华愣愣地脱口而出，"我叫你徒儿你不认，叫你江淮你也不理，如今连'骁骑卫大人'也不许我叫了，你是想我怎么称呼你？"

江淮的手还搭在剑柄上，闻言，手指僵硬了一下，摩挲着剑柄的手慢慢停下。

"你……"江淮说。

陆舜华恍然大悟："噢！我知道你希望我叫你什么了！"

江淮愣住，反问道："什么？"

陆舜华长长地舒口气，抬头看着眼前人。

江淮脸上清清淡淡的神色万年不变，似乎山崩地裂也不会有所动摇。

别人说江家小子脾气忒不好，冷淡孤傲，不可亲近，陆舜华倒从不这么觉得。也许是因为那天静林馆竹林里见了他失声痛哭的一幕，陆舜华始终觉得江淮的心是柔软的，可能还有点儿甜甜的芬芳，像她最爱吃的如意糕。

"你说……"江淮久久等不到她答话，问了一句："你说什么？"

陆舜华抱着手臂，笑得单纯无害，更近了他一些，仰着头看他。

头顶是墨色长夜，苍茫月色下风动竹林，隔墙处平安河河水流动，映着灯火，也映着不知哪家的少女心事。

"阿淮。"陆舜华笑着叫他，声音清亮，"我叫你阿淮。"

江淮愣住了。

这次不同于未反应过来的呆滞，是一种从心头蔓延开来的迷茫。

江淮迷茫着，耳边萦绕着清脆的一声"阿淮"，低低的两个字有女孩儿清甜的语调。极普通的一个称呼，以往阿爹阿娘也是这么叫他的，但却不似此刻，让他的心莫名失控。

失控的感觉很不好，江淮再低下头，看到陆舜华黑亮的眼睛深深地望着自己。

陆舜华真好看。

比花神娘娘还好看。

也像极了圆月街下静静流淌的河水，干净、清澈、纯粹。

这样好，叫他这样心动，这样喜欢。

江淮心里清楚，他有滔天的恨意，也有无尽的戾气。他的身体应该是空的，在父亲战死、母亲殉情的那一刻就化作齑粉，现在胸膛里跳动的这一颗是全新的，是靠着仇恨浇铸出来的铁水般的心。

国仇家恨，他要背负的东西那么多。可现在就因为两个字，就因为一个称呼，这颗铁水做的心居然险些化作一汪春水，而他竟然无力阻止。

江淮胸口微微一动，目光上移，从陆舜华的脸庞移到了她的发间，一支并蒂莲金步摇斜斜插着,装饰少女颜色。

云鬓花颜金步摇,芙蓉帐暖度春宵。

是谁的春宵?

思及此,江淮的脸色重新淡了下来,那份压得自己有些透不过气的感觉也轻松了些。

江淮握着佩剑,低声说:"我送你回恭谦王府。"

陆舜华奇怪地看着他,不是很明白他怎么应都不应一声,但听得江淮说要送她回家,心头一喜,忙不迭地答应。

陆舜华顾不得自己身上滴滴答答地还往下流着酒水,快步迈到江淮身边,挨着他往厢院门口走去。

才走两步,被人摁住肩膀向后转过身子。

被酒水浸湿的衣裳贴紧身躯,勾勒出小少女初长成的玲珑身段,曲线曼妙,青涩美好。

陆舜华没明白:"你又……"

一件白色罩衫兜头罩下,将陆舜华裹了个严严实实。

裹罩衫的人还嫌不够,不知从哪儿抽了根长布绳,把她从头到尾给捆得结实。

这下好,半点湿身的风光再也看不见。

陆舜华:"你捆我干吗?"

江淮低头看她,退后两步,上下审视着她,检查还有哪儿不妥当。

陆舜华误会了他的意思,以为他故意为难自己,惊得脸色突变,跟个虫子一样扭两下,发现自己根本挣不开,只好憋屈地一屈一撅,一跳一跳地蹦跶到江淮面前。

"我说你干吗捆着我,快给我解……"

江淮低下身,手里微微用力,有力的手臂隔着罩衫揽住她的双腿,将她整个人一把扛到了自己的肩上。

世间景色在陆舜华眼里倒了个儿。

陆舜华被顶得头晕眼花,差点吐出来,急得直蹬腿:"喂,你做什么呀？快放开我！"

江淮抱紧她，腿一使力，轻轻跃上厢院墙头。

江淮扛着陆舜华，稍显得有点吃力，但行动不减迅捷，跃至静林馆的屋顶，稳稳当当地往恭谦王府而去。

万家灯火都在她脚底。

月夜里，他们离厢院越来越远。

陆舜华第一次见到上京全部的景致，惊愕之下甚至忘了呼喊。

陆舜华费劲地抬起脑袋，余光瞄了眼青青草地上的酒缸。

在快被颠得吐出来以前，陆舜华心里头唯独剩下一个想法：信女不孝，苦了花神娘娘，要喝她的洗澡水了。

江淮抱得很稳，但这个姿势换了谁都不舒服。

陆舜华试着和他商量："其实你可以抱着我的，或者背我也行。"

江淮没理她。

陆舜华嘟囔着抱怨一句："你这样把我扛在肩膀上，我的金步摇都要掉了。"

江淮在她看不见的地方露出一抹冷笑。

倒是挺心疼她的金步摇。

可江淮面色不显，只问："郡主很喜欢这支步摇？"

陆舜华点头，随即意识到他是看不见的，赶紧说道："喜欢，这是姚黄送我的，是他的心意。"

江淮微微侧过头，声音听起来平静极了："郡主原来喜欢步摇。"

陆舜华忍着欲呕的感觉，说道："也不是喜欢步摇，这是朋友的好心，若是你送我步摇，我也一定会很喜欢的。"

江淮说："叶姚黄是郡主朋友？"

"是呀。"陆舜华爽快地承认，叶姚黄年长她两岁，对她和叶魏紫一般好，在陆舜华心里叶姚黄是如同亲兄长一样的存在，自然亲近。

陆舜华嘴里数着叶姚黄的好，从他小时候替她抓蝴蝶，到长大了给她送点心,一一罗列出来,生怕漏了什么别人就不知道他有多好似的。

殊不知江淮的神情越发暗下来。

半晌,陆舜华听不到江淮的回应,用下巴在他背上拱了拱,问道:"你怎么不说话?"

风声呼啸而过。

江淮冷冷地说:"你这人有时真是让人恨不得……"

陆舜华一怔:"恨不得什么?"

恨不得什么,江淮也不知道。

江淮只知道,陆舜华有些时候真的太讨厌了。

江淮不喜欢陆舜华明显同情的眼神,不喜欢陆舜华偶尔扰乱他的心绪,不喜欢陆舜华叽叽喳喳地说个不停。

尤其不喜欢,陆舜华对着他喊姚黄的时候。

真的,讨厌极了。

江淮问:"叶姚黄是郡主的朋友,那我又是郡主的谁?"

陆舜华不语。

江淮无声嗤笑,一时无言。

良久,终于听得身后传来一个闷闷的声音:"是你说让我不要管你的闲事的,这回可是你来管我,不能怪我。"

江淮心里想说,分明是你求着我帮你的,可他又实在觉得没必要说出口,和一个女娃儿斤斤计较。

"江淮。"

江淮淡淡地应了一声。

陆舜华的声音有些细,飘在风里,随风飘进江淮耳中。

"你是我冤家。"

江淮的脚步一顿。

陆舜华说:"对你好不行,对你不好也不行。"

"叫你的名字不行,叫你官职也不行,怎么都不行。"

"我教你吹笛子,给你送药,你还让我离你远点,你这人蔫儿坏。"

"一口一个'郡主',生怕别人不知我身份。我倒还想问问,江少爷是什么人,上京富贵里养出的金贵身子,里头怎么还包着一颗金刚做的心?"

江淮抿了抿嘴,没说话。
陆舜华哼唧两声,也不讲话了。
江淮:"郡主怎么不继续说了?"
陆舜华:"……"
江淮笑了笑:"郡主继续说,有什么不满的,大可以全都说出来。"
陆舜华趴在他肩头,半死不活地哼哼道:"我怕你把我扔下去。"
江淮勾唇,轻声道:"不敢。"
陆舜华心里想着他才不会不敢,他敢得很,要是她真的继续多说两句,指不定他就真把她丢下去了。
下头可不是花神娘娘的佳酿,是硬邦邦的地面,她要摔下去了可不得折了腿又折了胳膊。
从静林馆到恭谦王府的一路,她都老老实实,一个字都没吭。
江淮本身也不是多话的性子,他抱着她,踏着浓浓夜色翻身跃进恭谦王府后院。
景物重新倒回正常样子,陆舜华有种不切实际的虚浮,脑袋晕得可怕,一阵恶心犯呕。
江淮冷着脸往后退了好几步。
陆舜华看他这副避之不及的模样很是受伤,苦着脸说:"你也不用这么怕吧,我又不是真吐,就算真吐我也不会吐你身上。"
少女苦兮兮的表情看着很是惹人怜爱,身上还散发醉人的酒香,声音似空谷山风,干净自然。
江淮吸口气,黝黑的眼眸里软化几分,说道:"郡主,告辞。"
"江淮,江淮!"陆舜华蹦跶几步追过去,姿势可笑:"你替我解开呀,不解开我怎么回房。"

总不能让她跳着回去吧。

江淮仿佛才想到这点，皱眉看了她几眼。

陆舜华的神情极其诚恳，眼巴巴地盯着他。

江淮点点头，掉头走回来，伸手扯住罩衫的带子。

陆舜华笑道："多谢……"

"不必。"

说完，江淮一把扯住陆舜华颈后罩衫，提着她微一使力，将陆舜华拖上恭谦王府的屋顶。

陆舜华："……"

"咳咳咳咳。"陆舜华一阵咳，被勒得喘不过气来："你，你干吗？"

江淮打量周围几眼，看中一间房，踩在檐边推开窗子，将陆舜华一把丢了进去。

陆舜华在地上打了两个滚，只觉得脑袋里星子点点，待陆舜华回过神，稍一使力一个鲤鱼打挺跳了起来，蹦到窗边，看着坐在不远处屋檐边的黑衣少年，气恼道："江淮，你什么意思？"

江淮微微低头："我送郡主回来，倒成了我的不是了。"

"你可以好好地把我放下来，做什么丢来丢去，我又不是你扛的麻袋！"

江淮抬眼，说道："我从没扛过麻袋。"

"那你扛女孩儿不能温柔些？"陆舜华眉头皱起，只觉得这人十分讨厌。

江淮一腿屈起，淡淡地道："我也从没扛过女孩儿。"

陆舜华愣住，觉得江淮这句话有种说不清道不明的味道。她莫名感觉自己有点热。

陆舜华想，也许是因为刚才呛了酒，酒意又上来了。

江淮扶着树站起来，隔着一段距离与她遥遥对望，低声说："这几日上京突然多了许多越族人，渲汝院就快关不下，消息尚未传出来，总之……"

江淮低了下头，又抬起来，神情似有犹豫，说："总之郡主多加小心，不要再独身夜行了。"

语毕，江淮便一转身，如来时一样，轻轻跳跃两下，动作敏捷地消失在夜色中。

陆舜华看着江淮的背影，怔怔地站在窗边，脸颊泛起微微红色。

陆舜华想，酒不是个好东西，她真的不大喜欢。

就像今天，她明明只是咽了几口，却感觉自己醉得厉害，密闭的胸腔里失控般地迸发出喜悦，令人措手不及，无暇应对，却又恨不得它能长一些，再长一些。

最好比这夜色，更长，更久。

第二天晚上，圆月街花灯节。

陆舜华早早起床，给叶魏紫递了消息，约好祭典过后一同上街。

陆舜华记得昨晚江淮和她说的话，特地叫上了阿宋。

花灯节的热闹是民间的热闹，不用拘束，不讲规矩，陆舜华拉着叶魏紫的手，两人穿行在人潮中，一脸乐意的叶姚黄和一脸苦哈哈的阿宋跟在后头。

阿宋时刻记得老夫人的嘱咐，在陆舜华和叶魏紫跑到一个摊子前玩起猜灯谜时壮着胆子走了上去，小声提醒："郡主，时候不早了，该回去了。"

陆舜华把手里的花灯往阿宋怀里一塞。

"还早着呢，我难得出来玩，你别扫兴。"'

阿宋怀里一大堆东西满得拿不下，叶姚黄见状接了大半过来抱在自己怀里，听她这么说，露出憨厚的笑，转头对阿宋说："不如你先回去吧，若是时候太晚了，我送六六回府便是。"

叶魏紫闻言，随口应和："就是嘛，反正都是一家人。"

说者无心，听者有意，阿宋在心里更愁苦了几分。

这叶家兄妹搞什么，谁同他们是一家人了。

一个两个的，真以为没人看出叶姚黄的心思。

可他毕竟是个下人，下人不能妄议主子，阿宋也只能把话憋在心里，以讨饶的目光看着陆舜华。

陆舜华完全没回头搭理他，被摊子上一只纸鸢吸引了注意。

纸鸢做得不算精美，但上头画的锦鲤戏水栩栩如生，看着跟活了一样，她只看一眼就很喜欢。

叶姚黄发觉她的心思，上前问摊主："这纸鸢多少钱？我买了。"

摊主摆摆手："不卖不卖，这得猜灯谜，小公子你要是猜中了就送你。"

叶魏紫凑过去，对这挂在纸鸢尾巴上的字条念出声："左边一千不足，右边一万有余……"

叶魏紫琢磨了会儿没琢磨出来，将眼光投向叶姚黄，叶姚黄无奈地摇摇头，他也不知道。

可怜叶家兄妹和陆舜华都不是什么肚子里有墨水的人儿，三个人碰头想了很久都没想出谜底，摊主见状，笑得开怀，摸着下巴长须，眼里写满得意。

夜风一阵阵吹过，陆舜华挫败地低下头。

就在此时，身后传出一个清冷的男声："仿。"

摊主一拍大腿，赞道："公子答对了！"

陆舜华回头，看到站在不远处的江淮。

江淮今天没穿月白布衫，一袭骁骑卫的官服，衬得人更加俊俏。陆舜华从没见过他正儿八经地作骁骑卫打扮的模样，一时看呆了。

江淮慢慢向这边走过来，板着一张冰霜做的脸，声音似古井无波："多谢。"

江淮毫不客气地拎起锦鲤纸鸢，转过身向后走，经过三人身边时正眼都没看一眼。

陆舜华愣了一下，赖上去："江淮，你这只纸鸢是要送我的吗？"

江淮头也不回，冷冷地道："郡主多虑了。"

叶姚黄追上来，拦在他面前，真诚地说道："江小公子，我出钱向你买成吗？多少钱你开个价。"

江淮："不卖。"

叶魏紫急了，和她哥哥并肩站到一起："江淮，你别这样，六六喜欢极了这纸鸢，你做个人情卖给我们好不好？怎么说她也……"

江淮将纸鸢横在身前，眼里阴戾突显，但不过一瞬，又恢复成冰冷的模样。

江淮墨色的眸子在叶姚黄和陆舜华之间流转，冷硬地拒绝："不好。"

叶魏紫还要说点什么，被身后的陆舜华揽过胳膊拉到一旁。

"算了，阿紫。"陆舜华附在叶魏紫耳边说，"也不是非要纸鸢的，我累了，想先回家了。"

阿宋简直喜极而泣，三两步奔过来，将叶姚黄怀里抱着的东西拿回来，激动地点头："走吧！郡主，我们赶紧回王府吧！"

陆舜华心情低落地"嗯"一声，和叶家兄妹告别，刻意没去看江淮一眼，随阿宋转身。

叶姚黄在身后朗声说："六六，你喜欢纸鸢，明天我给你买上十只！"

叶魏紫恨铁不成钢："你没看出来六六就喜欢那一只嘛。"

叶魏紫侧目看着身边绷着脸的江淮，心头冒火，又无处发泄，狠狠地瞪了江淮一眼，觉得兴致全无，拉着哥哥也回了叶家。

夜半时分，陆舜华躺在床上翻来覆去地睡不着。

越想越气，想到圆月街上江淮面无表情地经过，脸色实在难看。

陆舜华觉得江淮就是在和自己作对。

真是想不通，她到底哪里得罪江淮了。

这人的脾气忒古怪了点，一阵雨一阵晴的，都没个准。

一激灵坐起来，陆舜华披上外袍，点起烛火，找出被自己放在柜中的短笛，气愤地准备扔出去。

这个江淮，她以后都不要再和他多说一句话！

窗棂"吱呀"一声打开,夜风吹进来,周围静悄悄。

陆舜华凭着胸口一股闷气,使足力气,将短笛一下丢出窗外。

"江淮,你混蛋!"

……

话音未落,耳边响起一声笑。

短笛被一只修长的手掌抓住。

陆舜华满脸不可思议地看着前方,呆呆地忘记关窗。

月亮皎洁如水,屋子里烛火跳跃,两个人隔着夜风默默相望。

少年换回黑色常服,坐在窗边青翠的枝叶中间,一手拿着短笛,一手拿着纸鸢,纸面上锦鲤戏水图生动如许。

陆舜华的嘴角弯着,一节短笛在指间转得飞快。

"郡主真是好大的脾气。"

陆舜华盯着江淮,看他手里的纸鸢。那是她不久前最想要的锦鲤纸鸢,江淮不肯卖也不肯给,现如今拿过来做什么。

心里头沉郁的感觉未消,陆舜华没什么好脸色,学着江淮的语气生硬道:"大半夜没事做爬到姑娘家的窗门边,江少爷真是好兴致。"

江淮拉过纸鸢,就着夜风将它放飞,锦鲤在空中游划几下,划到陆舜华面前。

江淮说:"有事。"

陆舜华没反应过来,问道:"什么?"

江淮:"我有事而来。"

并不是没事做。

陆舜华靠着窗沿:"何事?"

江淮扯着纸鸢的线绳,绳子在他指节绕了两圈,他看着陆舜华,说:"来给生气的六姑娘赔礼道歉。"

"……"

六姑娘?

她家就她一个姑娘,她哪来的五个姐妹。

陆舜华故作冷淡:"我没生气,你不必道歉。"

江淮坐在树上,一双修长的腿垂挂在树枝边。他其实生了双很文气的眼睛,神情不冷漠地看人时似乎有无尽的缱绻温柔,他像是笑了,和在圆月街时的冰冷恍若两人。

江淮应该是笑了的,笑意在浓浓的夜色里有点模糊,但声音没办法骗人,说话时沙哑,点滴笑意藏在风里传来。

"郡主说我是富贵养出的身子骨,我看郡主才是真正的金贵身子。惹你不开心了,都要人半夜爬墙来哄。"

陆舜华眯起眼睛。

良久,陆舜华吐出一口浊气,狠狠地咬牙,返身从房内匣子里摸出一把小小的弓箭,看也没看江淮,拉弓射箭,动作一气呵成,干脆利落地将那只锦鲤纸鸢给射了下来。

短箭划过,正中纸鸢骨架,它在空中晃荡了几下,软软地落下来。

那人的笑意顿住。

陆舜华丢了弓箭,"啪"的一声关上窗户。

谁骨子里没点血性,就准你欺负我?

看你得意到几时。

夜很安静,恭谦王府灯火不多,昏暗的四周偶尔能听到昆虫的鸣叫,声音躁动。

闺房里的烛火跳动,时不时发出噼啪响动,纸窗倒映出树枝上坐着的人影,江淮一动不动,差点就要和老树融为一体。

陆舜华脾气好,有点官家小姐的娇气但尚算温和,即便如此她还是在心里把江淮给骂了百八十遍。

陆舜华真的从没见过这么……的人。

陆舜华想了想,觉得自己没办法说出江淮是个什么样的性子。

你说他冷漠,他也有温柔地示意你不要独自夜行的时候;你说他不近人情,他也会红着眼哭泣;你说他古板刻薄、冷漠无礼,他偏偏又会懂你的心思，嘴上不饶人，但该做的总没少。

陆舜华快被他给烦透了。这人怎么总这样，平白扰得人心神不宁。

陆舜华走到床边，两手一推，窗户顺势打开。风把她散在身后的长发吹起，她默默地看着依然坐在树枝上的江淮，手里拿着纸鸢，静静地望着她。

"江淮。"她向他招招手，"你进来。"

江淮手指一顿，声音沙哑，说道："郡主，于礼不合。"

"无妨。"陆舜华说，"卧房在内室，这里是外间，你进来。"

江淮踌躇了下，还是依着陆舜华的话，灵活地从窗子里跳进来，带来夜间清新的寒意。

陆舜华站起身，和江淮四目相对。

陆舜华看着江淮墨黑的眸子，问他："江淮，那只纸鸢真的是送我的？"

江淮答应一声，把纸鸢放到桌上，一同放上去的还有那只被她丢出窗外的短笛。

"那你在圆月街上为什么说不是？"陆舜华似乎有点迷茫，拢了下身上的衣袍，"你为什么不给我？"

江淮顿了一下，说："郡主，我……"

陆舜华打断江淮，抬头看他一眼，发现他目光里竟然有点无措，他张了张嘴，但没发出声音。

"做我的朋友很丢人吗？"

江淮很快说道："不。"

陆舜华低头，喃喃道："那你怎么总这样呢？"

陆舜华心里不舒坦，她伸手摸了摸桌上被她射下来的纸鸢，纸鸢中间的竹骨断了，被他用结实的草叶重新扎起来。

草叶的味道淡淡的，萦绕鼻间。

陆舜华深吸一口气，在这口气没吐出来前，整个人冲江淮扑了过去！

江淮猝不及防，被陆舜华猛地一推，整个人跌倒在地上。她顺势把他死死摁住，拳头像雨点似的落下来，砸到他胸膛上、肩膀上。

"你这个混蛋！"陆舜华红着眼睛开始骂，"你让我不要多管闲事！你看我掉进酒缸打算见死不救！你拿了我喜欢的纸鸢不肯给我！你混蛋！"

陆舜华的拳头打得急，但力道轻，捶着也不痛。江淮开始挣扎了几下后来便不动了，由得她发泄一通，把自己累得气喘吁吁的，他才优哉地撑着地面坐起来。

陆舜华一骨碌爬起来，坐在桌上生闷气。

身边轻微响动，面前人影一晃，寒露的气息扑面而来。

"郡主讨厌我？"江淮问。

陆舜华一字一句地说道："是又如何？"

陆舜华瞪着眼睛，气鼓了双颊，竟然和纸鸢上画着的锦鲤有几分像。

江淮抱着手臂，挑起一边眉头，神态倒是放松。

江淮说："我如今不是就在郡主面前，郡主既然有气，要打要杀悉听尊便。"

陆舜华听得莫名其妙："谁要打杀你了？"

"那郡主不生气了？"

"你以后别总这样耍我就好，"陆舜华用手撑着脸，困意上来，人开始犯迷糊，"也不要总叫我'郡主'，听着奇奇怪怪的。"

江淮一口答应，他松开双臂，看了她会儿，半晌笑了起来，声音很轻，却十足严肃："那么我也请你答应我一件事。"

"什么事？"

江淮撇开眼，看向窗外长夜，声音莫名地寂寥："不要再同情我。"

陆舜华愣住，困倦之意全消。

江淮说完便迈步走向窗边，跳上窗外树枝，回过身来，淡淡地说了句："郡主，我需要的不是同情。"

时间过得太快，转眼又到了年关。

这时发生了一件不大不小的事。

江淮受伤了，伤得不重，只在腿上划出道有些深的血口子。

伤他的是越族人。

那天着实很巧，陆舜华叫了阿宋陪她一块去买如意糕，出门时天色有些昏暗了，阿宋抱着几包糕点嘴里念叨着赶紧回去，不然老夫人又该生气了。念了一路，念得陆舜华心烦气躁。

"我说阿宋，你真像个姑娘。"陆舜华道。

陆舜华猛地一停，阿宋没防备，直直撞了上来。

阿宋吓了一跳，以为自己冒犯了主子，颤巍巍地要跪下请罪，怎料陆舜华的脸色比他还惊恐，陆舜华拦住了阿宋的动作，伸出手指着他，慌张地说道："阿宋，你流血了！"

阿宋伸手一摸，果然额头上正在往下滴血。

"怎么伤得这么重？"陆舜华受的惊吓更大，不由自主地摸了下自己的后背："我这是金刚罩做的壳子吗，能把人给撞出血来？"

阿宋茫然地摸着额头，指尖滑腻的血液往下淌，可他分明没有一丝痛感。

阿宋迷茫地道："郡主，这好像不是我的血。"

"啊？"陆舜华张嘴，和阿宋大眼瞪小眼。

陆舜华歪了歪脑袋，问道："不是你的血？那这是谁的……"

他们下意识地一同抬头。

冷不防对上一双布满杀气的血红双眼。

"啊——"阿宋吓得一把抛开如意糕，往后咚咚咚退了三步，腿一软跪倒在地上，哭天抢地："什、什么东西？"

陆舜华也吓着了，她颤抖着开口："你，你是谁啊？"

那双通红的眼微眯，转瞬一个人从树上跃下，跳到陆舜华面前。

深邃的眉，高挺的鼻，高壮的身躯，还有锋利泣血的挎刀。

这不是上京人。

倏地，陆舜华想起江淮和自己讲过的，近来上京频频出现越族人，似乎南越那头隐隐有了来犯之意，渲汝院里关了几十上百人，地牢中有进无回，血腥味重得溢出数里，却始终什么也问不出。

越族人修习奇门异术，骨头也硬得惊人。

陆舜华逼着自己冷静下来，她咬着牙往后退了一步，余光瞄到阿宋趴在地上瑟瑟发抖，脸色雪白，脑子里过了无数个对策，乱成一锅粥。

面前的越族人见她后退，皱眉看着她，将她上下打量着，似乎在思考眼前这个娇娇弱弱的姑娘是否有威胁。

他受了伤，被追踪了几十里，打了信号等同伴来接，没承想竟然被人发现了踪迹。

杀她，还有她身边的小护卫不需费力，但可能会引来追兵。

可是不杀她……

越人眉头一拧，目光霎时冷然。

不杀她，难道放虎归山，万一暴露了踪迹一切都来不及！

片刻的思索工夫，他就在心里下了决定，手中挎刀灌入内力，冰冷的刀锋在太阳下发出亟待饮血的冷光。

他要杀了他们，务必一击即中。

陆舜华吓得面无血色，嘴唇颤抖动着，呼救的声音都发不出，只觉得腿脚僵硬得动不了。她深吸一口气，用力咬了咬下唇，狼狈地转身向后不要命地逃跑。

陆舜华才跑了两步，还来不及求救，身后挎刀破风而来的声音便响在耳边，杀气带来的压力迫得她背上阵阵冷汗直冒。

"救、救命……"

"叮——"

刀剑相撞发出刺耳响声，撞得人心头一颤。

事发突然，陆舜华只来得及蹲下，用最能保护自己的姿势将头埋进膝盖里抱住，耳边又是几声刀与剑的撞击声，随之而来的还有渐渐不支的喘气声。

陆舜华稍稍缓了心神，鼓足力气抬起僵了的脖子，脸上眼泪横流，头发乱糟糟的像个小乞丐，连呼气都不会了，透着迷蒙的泪眼往前看去。

冬日暖阳，河边无人的空旷之地，两道身影纠缠不休。

陆舜华用力捏紧拳头。

……

江淮用剑支着自己，屈膝半跪在地上。他的脸上已有二三道血痕，脖子上的筋脉爆起，撑着的那条腿被刀割出一道长长的口子，鲜血不断地喷涌而出，染红了身下的草地。

江淮点了身上几处穴道，勉强站了起来，哪怕已到了这般末路，却还是横着长剑，半步不让地挡在陆舜华身前。

陆舜华呆呆地道："江淮……"

江淮没理她，反手劈出一剑阻了越人砍向阿宋的一刀，整个人被震得往后退了几大步，后背撞到树干上，落了一地枯叶。

江淮闷哼一声，脸上血色几近全无。

"走！"他舔了舔嘴角溢出的血，发了狠，眼神像是淬了毒。

江淮扭头，提起地上颤抖的阿宋，将他向陆舜华那边推过去。

"带你们家郡主走！赶紧走！"

第十章 当年明月（2）

阿宋没比她好到哪儿去，只多了走路的力气，也顾不上冒犯不冒犯，伸手撑着陆舜华，拖着她不要命地向后跑。

陆舜华浑身失去了力气，阿宋连拖带扯，死死地拉着她胳膊，带她离开这血腥之地。

身后的叮当声时起时伏，挎刀和长剑相抵，刀势偏沉重，剑法更重灵活，沉重和轻巧撞到一处，听起来却比任何平安符都能让人安心。

陆舜华没有回头，她几乎没了思考能力。

兵器交错声依然回响，陆舜华脑子里混沌一片，想起很多很多繁杂的回忆。父亲身死的那一日，祖奶奶没有流一滴泪，只叹息说佛祖没能保佑他平安，是她诚心不够。后来她更加信仰青灯古佛，香油钱一添再添，每天向佛祖叩首，平安符亦是取了一个又一个。

陆舜华睡的床底，堆了三口箱子的平安符和祈福结。

但平安符也好，祈福结也好，都是没有用的，她知道。

陆舜华惊恐迷茫的心，在此刻奇异地镇定下来。

陆舜华心想，其实三千世界的佛祖都没有身后的刀剑声来得灵验。

只要它们还响着，她就知道身后还有一个少年在为她战斗。他护着她平安，刀剑未歇，他未倒下，她就依然平安。

江淮才是她的守护神。

陆舜华顿住脚步，扣住阿宋的手腕。她喘着粗气，可是目光坚定不移。

陆舜华哑声说："阿宋，你回去找人来。"

阿宋急道："不行，郡主！这里危险！我们赶快走！"

陆舜华低头，一用力把手抽出来。她推着阿宋的肩膀，让他往前走去，阿宋眼泪鼻涕糊了一脸，可是倔强地不肯动，抿嘴盯着她。

陆舜华勉力笑了笑："你拽着我，我们走不快的。已经跑出这么远了，不会有事的，我找个地方躲起来，你赶紧回去找人，一个人总比两个人快些。"

阿宋还是摇头，口不择言道："郡主，既然江小公子让我们先跑，他肯定有把握能对付越人，你留在这儿万一越人追上来岂不是送死？郡主，听我的吧，我们一起走。"

陆舜华低声说："你都说了江淮有把握对付他，他又怎么会追上来。"

"郡主！"

陆舜华扬起下巴，说："我是主子，我现在命令你回去找人。"

阿宋闭上嘴，红红的眼睛瞅着她。

陆舜华第一次拿出主人的架子，心里不是不别扭，但她仍然倔强地抬头，手指指着回去的路，一字一顿说："我命令你立刻回去找人过来。"

阿宋呜咽一声，狠狠地跺了一下脚，脸色涨得通红。

阿宋憋出一句"郡主千万小心"，转头飞一样地狂奔而去。

确实比拉着她快了不少。

陆舜华眼见着阿宋身影消失，长出口气，慢慢抬起手掌，双手合十，垂着头念了句"阿弥陀佛"。

这是陆舜华第一次求佛祖保佑。佛经抄了那么多，但她本身其实并不信佛。

可是当人碰到绝路的时候，实在没有办法，难免都会想去借助神灵的力量。陆舜华现在就是这样，在跑回去的一路上她都提心吊胆，不为自己,只害怕一回去就看见一具冰冷的尸体。所以她第一次求了佛祖,请它在天之灵一定要保佑。

保佑她的守护神灵还好好活着。

保佑江淮能等到救兵来临。

陆舜华顺着来路回去时,一颗心都快跳出胸膛,她难以抑制地慌乱,这抹慌乱在她看到江淮坐着的身影时就沉静下来。

江淮靠着老树坐着,身上的衣衫全是破烂口子,一手捂着肩膀,闭眼靠在树干上。

胸膛微微起伏,江淮还活着。

不远处,一把崩了口的长剑随意丢着,上头的血迹半干,再远些,就是越族人趴着一动不动的尸体。

虽然这种情况下不太合适,但陆舜华还是舒口气,然后开心地笑起来。

江淮赢了,佛祖站在了她这边。

听到笑声,江淮警觉地睁开双眼,见到陆舜华的那刻愣了下,脱口而出:"你怎么回来了?"

话毕,牵动了身上的伤,江淮捂着嘴一阵咳,指尖溢出殷红的鲜血。

陆舜华不笑了,连忙迎上去,蹲在江淮身边关心道:"你还好吗?"

江淮皱着眉头想站起来:"无事。"

手一滑,又重重地跌倒在地,江淮倒吸口气,手指抖个不停,显然痛到极致。

陆舜华:"我让阿宋去叫人了,你撑着点儿,不要再动了,小心伤口裂开。"

江淮:"不必,我自己能走。"

江淮的手掌撑在地上,咬紧了牙关,明明已经无力到站都站不稳,却还是固执地想要自己站起来。

陆舜华不知道他到底受了多重的伤,但她看了眼越族人的尸体,从他的伤口来看，江淮受的伤必定不轻。

其实江淮堪堪十六，身量力气都比不得越人，占了越族人受伤的便宜，加上年轻，出招快，无所顾忌这才勉强赢下。

或许还因为带了点儿仇恨。

陆舜华上前搀着江淮，从自己怀里掏出帕子，将江淮手上的伤口包上，低声说："别动了，我们在这里等人来。"

江淮摇摇头。

陆舜华无奈地道："你不要这么固执好不好，听我一次，不要逞强。"

江淮又摇头，说道："他还有同伙。"

陆舜华惊愕道："什么？"

"他不是一个人来的。"江淮捂着伤口，喘着气，手臂被她拉住绕过脖子，他使了点力想要挣脱，"此地危险，你不应该回来。"

陆舜华静了一会儿，更紧地抓住他，低声说："我带你回去。"

江淮摇头，另一只手抬起，扳着陆舜华肩膀要推开她。

"不用了，你自己走。"江淮向后靠，说话几乎要咯血："不用管我。"

"那你呢？"陆舜华垂下头，低低地问，"你怎么办？"

江淮说："我留在这儿。"

"万一越人余党来了呢？"

"我能应对。"

陆舜华盯着江淮的脸，她觉得胸口有一股气，向上升起来，升着升着就到了头顶。

陆舜华很想说你现在连我都打不过，但看江淮这副样子，又把话咽下去了，顺便把那口气也咽下去了。

陆舜华绕过江淮，背过身在江淮面前弯下了腰。

江淮疑惑不解地问："做什么？"

"上来。"陆舜华快速说道，"我背你。"

江淮说："不……"

"上来。"陆舜华不容拒绝地说道，两只手臂后伸，抓住江淮的手往自己肩上放:"不然我也不走,我们一块死在这儿。"

身后没有应答,陆舜华耐着性子等待。

陆舜华在心里又向佛祖祈求了一遍,佛祖显灵,感谢你实现了信女的心愿,但如今危险未除,求你大发慈悲再听信女一句话,保佑身后这人别再犟了。

过了会儿,背上传来一阵压力。

陆舜华稳着步子,一咬牙,撑着江淮的身体颤颤巍巍地站起来。

腰间酸痛不已,陆舜华比江淮矮了许多,全靠着一股蛮力和倔强,竟真的将江淮背了起来。也多亏了江淮瘦削,比起同龄男子轻了不少,这才勉强迈出步子。

一步一步地,陆舜华小心翼翼又满怀坚定地将江淮背在身上,带他离开这个危险的地方。

每走一步,地上就滴落几滴鲜血。

江淮一直不说话,陆舜华担心江淮伤重晕倒,大着舌头问他:"江淮,你、你睡过去了?"

江淮手指紧了紧,哑声道:"没有。"

陆舜华点点头,她已经累得说不出话,只想能省些力气就省些力气,快点离开这里才最为要紧。

陆舜华不开口,江淮却像是为了让她安心,伏在她背上:"郡主为什么回来找我?"

"别、叫我、郡主。"

江淮垂眸,嘴角微微上扬,又说:"你为什么回来找我?"

陆舜华喘道:"你……救了,我,一人一次,公、平。"

江淮没太明白什么意思,怔了下。

半晌,江淮才想起来,在花灯节前一天,他将陆舜华从酒缸里捞出来,扛着陆舜华将她送回家的事。

他"嗯"了一声,思索片刻,沉声道:"既然如此,以后互不相欠,再遇到如此情况,不必管我。"

陆舜华冷笑一声，没有回话。

陆舜华低下头，迈着沉重的步子，一脚深一脚浅地往前走去，两条腿颤得立不住，但嘴上还坚持要说话。

"江淮，你、你信不信，佛？"

江淮盯着陆舜华涨红的侧脸，她明明是个娇小姐，身板也小，到底哪儿来的力气把他背起来的，他想不出来。

"不信。"

也是，江淮连苍天都不信，又怎么会去信佛祖。

"可，我信。它刚才，实现我的愿望了。"

江淮"哦"了一声就没再说话。

陆舜华的指甲陷入手掌，汗水快把眼睛迷了，脚底似乎起了泡，疼得要命。

陆舜华吸口气，叹道："你不用总是捏着情绪，说一句想说的话也没这么难。"

江淮趴在陆舜华的背上，隔着衣衫感受到背后的胸腔震动，地上瞬时多了几滴血液，他却没事人一样从容地擦去。

江淮的声音含糊，兴许是因为含了血的缘故："我说的话从来都是我想说的。"

腰肢实在痛，耳边似乎传来了纷杂人声，可是陆舜华连头都抬不起来。

陆舜华被压得喘不上气，胸口压抑着一股闷气难以泄出，不仅脚底疼，小腿肚子也疼。她不记得自己背着江淮走了多远，只感觉大致是离越人的尸体有一段距离，应该算安全了。

头很晕，眼前若有若无阵阵黑暗，她咬着牙问道："那你告诉我，你说过的话都算数吗？"

江淮低声说："自然。"

君子一诺，言出无悔。

在黑暗侵袭来前，陆舜华狠狠地舒了口气。她快站不住了，一路来的疲劳和提心吊胆把她压垮，她眯着眼睛看到阿宋仓促跑来的身影，后头似乎还跟着许多人，穿的衣服和她在花灯节时见到江淮穿的衣服差不多。

陆舜华很放心地晕过去，在江淮的惊呼声中，没有忘记要把刚才没说完的话说出口——

"你答应过的，不能反悔……帮我抄佛经……"出了这种事，祖奶奶不会饶了她。

江淮："……"

陆舜华撑着一口气，断断续续地说："记得……字迹一定要仿得像点……"

说完，脑袋一歪，晕了。

阿宋带着骁骑卫过来，一抬头就看到了陆舜华倒在地上一动不动，衣服上满是血污，而江小公子跪坐在她身侧，虽只见侧脸，却明显表情莫测。

阿宋的心都凉了半截，哆嗦着跑过去，扑通一声跪下，扯着嗓子哀号起来。

江淮被骁骑卫扶起身，趴伏在其中一人的背上，转头看着哭得撕心裂肺的阿宋。

"别哭了。"江淮轻声说。

阿宋不理，哭得肩膀一抽一抽。

江淮无语地转过去："没死，累晕了而已。"

说完，江淮低声招呼同伴将地上的陆舜华一同带去医馆。

阿宋还没从刚才的悲痛欲绝中反应过来，等他回神，骁骑卫已分作两拨，一拨人去处理越族人，一拨人带着江淮和陆舜华往医馆赶去。阿宋愣了一下，跌跌撞撞地爬起来，喜极而泣："郡主啊——"

江淮回头，扯扯唇角："别吵，跟上。"

大和四年,上京发现大量越族人潜入,逾百人,天子震怒,下令全城缉拿。

大和五年,至三月,越族人踪迹彻底消失于上京,上京恢复久违的宁静。

四月的时候,将军府的桃花开了。

陆舜华站在树底下,手里拿着一面小巧的铜镜,看着镜子里映照出来的脸庞,忍不住赞叹一句:"人比花娇。"

身前不远处传来压抑的低笑。

阿宋探出一颗头,看到笑着的正是站在将军府东院侧门前一个小姑娘,不过十七八岁的年纪,穿了一身湖绿的衫子,脸庞因为过瘦稍显凹陷,一双眼睛又细又长,不算顶好的容貌,但胜在年轻,光彩照人。

阿宋不服气地说:"又是你这丫头!笑什么笑,有什么好笑的!"

身穿湖绿衫子的丫头见状,也不恼,抱着双臂昂着脑袋就顶回去:"嘴巴长在我身上,我乐意笑就笑,关你什么事!"

阿宋撸起袖子要冲过去,被后头一只纤细手臂一把摁住脑袋,少女清脆的声音响在身后:

"阿宋,不许胡闹!"

阿宋憋屈地退到一旁。

陆舜华把铜镜递给他,自己三步并作两步地跳进侧门,两只手背在身后,绕着身穿湖绿衫子的丫头转了个圈圈。

陆舜华笑着说:"茗姐姐,又是特地在这里等我的吗?"

茗儿目光落在周围,轻声说:"看守侧门本是职责所在,无特地一说。"

陆舜华又绕过来:"你们将军府的人怎么一个个都和你们主子一样,忒正经忒严肃。哎,茗姐姐,你给我说说,是不是江淮在府里给你们下了命令,都不许你们笑的?"

"主子不曾下过此等命令。"

陆舜华说:"我都来过好几次了,怎么你还对我这么客气,要我说其实……"

茗儿低声说："郡主，主子在藏书阁。"

陆舜华愣了一下："江淮今天怎么没在房里休息？"

"主子在练字。"

"练字？"陆舜华惊奇万分，"不好好养伤，练字干什么？"

修身养性吗？

江淮难道不知道他那种又臭又硬的脾气，练多少字都是没用的。

茗儿摇头，说："郡主自己去藏书阁找主子便是。"

"藏书阁在哪？"

茗儿往东院的方向一指。

阿宋看着陆舜华奔跑的背影，再联想到今晨出门前老夫人咬牙的叮嘱，犹豫了一下，正打算跟上去，不料被茗儿一把拉住胳臂。

阿宋跟被烫到似的打了个颤："你做什么？"

"不要去。"茗儿恨铁不成钢地说，"你难道是个傻子吗？"

阿宋看着茗儿阴沉却灵动的脸，突然间红潮泛滥，冲袭脸颊。他扭捏地把手抽回来。

"说话就说话，姑娘家的没事不要动手动脚。"

陆舜华在桃花与冷杉之间奔了许久，踩过长长的青石板路，终于在亭台楼阁边发现了江淮。

江淮坐在二楼窗边，凝神低头提笔书写着什么。

一枝粗树干半伸进窗里，挡了他大半的身影，陆舜华看不清他的神色，干脆抿了抿嘴，挥着手臂道："江淮——"

"江淮——"

江淮手下的笔顿住。他搁下墨笔，转头向窗外看过去。

缤纷桃花飞扬，天是大片留白的水墨画，杏粉衣衫的少女站在树底下，是画里最浓墨重彩的一道。

风吹起陆舜华的头发，露出她光洁的额头和白皙的脖颈。

江淮负手走到窗边，站定后问道："怎么不上来？"

陆舜华答非所问："你伤还没好全，不好好休息练字做什么？"

三个月前他与越族人一战，虽然以他的胜利告终，但并非全身而退。江淮受了伤，大部分是皮肉伤，最严重的当属腿上的一道，本来不过一道血口子，奈何此处本就有旧伤，旧伤处理不当，又添新伤，伤上加伤一时难愈，皇帝表哥听闻此事，下令江淮在家休养，等身体完全康复了再复职。

一双白色绣花足履噔噔几步踏上台阶，很快小小的身子就出现在藏书阁的门口。

陆舜华坐到书几前的席子上，拿起江淮方才写的字帖左看右看："你怎么突然有了写字的兴趣？"

而且这字还挺眼熟。

越看越眼熟。

陆舜华拿着字帖的手一顿。再凝神看去，当下一滞，不可思议地抬头，对上江淮似笑非笑的眼睛。

陆舜华捂着脑袋，有些纳闷地道："你没事学我的字干吗？"

停顿了一下，了悟道："莫不是觉得我的字体堪比大家，骁骑卫大人也折服在我的笔走龙蛇之下了？"

江淮依旧似笑非笑地看着她。

陆舜华眨巴眨巴眼睛，突然间福至心灵，再低头仔细看看内容，抬起头时神情已经满是惊喜。

"你真的帮我抄书了？"陆舜华惊呼道。

丢了字帖在书几上，陆舜华几步跑到江淮身前，巴拉巴拉地说个没完："江淮，你果真是个君子！你知道吗？那天是我累晕了胡言乱语的，本以为你根本没放心上，没想到你伤一好真的帮我抄佛经！江淮我没有看错你，君子一诺言出无悔！当真君子！"

江淮无言地瞥了陆舜华一眼，喉结上下滚动，道："郡主以前，可叫我'混蛋'。"

陆舜华毫不羞愧地说："那是以前，我们现在也是同生共死过，怎么说也是过命的交情，今非昔比！"

江淮背过她，慢慢走到书几前坐下，陆舜华下意识地跟了过去。江淮坐在书几后盘腿抄书，陆舜华就坐在书几前的席子上撑着下巴看他。

三个月过去，江淮一直在将军府中休养，皇帝派了御医替他诊治，陆舜华也跟着沾了光，吃了好些宫里头的名贵补药。

这段时间陆舜华隔三岔五就会来看望江淮，虽然祖奶奶不乐意，但江淮是为了保护她受伤，也就随她去了。

陆舜华脑袋前伸，搁在书案上，江淮执笔的手停下，左手摁在佛经蓝色的书封上，问一脸笑意的陆舜华："做什么？"

陆舜华眼睛盯下字帖，又盯着他，答道："江淮，前几天我和阿紫翻墙出去玩被祖奶奶发现了，她又罚我抄十遍佛经。"

江淮抬眸，淡淡地看陆舜华一眼。

"我看你写的字和我的挺像，不如……"

墨笔"啪"地搁下，江淮面无表情地看着陆舜华。

"郡主。"

"嗯？"

江淮一顿，静静与她对视。

半晌，江淮又重新拿起笔，对着佛经誊写，一边写一边说："'得寸进尺'四个字，郡主会写吗？"

陆舜华："……"

过了会儿，江淮抄完一章，放了笔站起身，低头对陆舜华说："在这里等我。"

陆舜华问："你要去做什么？"

"郡主等会就知道了。"

说完，江淮便离开了。

陆舜华看着他的身影消失在八马奔腾屏风处，瘪着嘴嘟囔着道："都跟你还说了几次不要叫我郡主……"

江淮去了很久，久到陆舜华昏昏欲睡，手撑着脑袋打了个盹儿，一滑被吓醒过来，江淮还是没有回来。

陆舜华看了眼窗外天色，断定江淮大概离开了两刻钟。

陆舜华站起来，走到窗户边，趴着往外左顾右盼，四下都没有江淮的人影。藏书阁这地方在东院的深处，仆从稀少，周围十分安静，像是与世隔绝。

陆舜华懒懒地吸口气，鼻间全是桃花的清香。

将军府的桃花开得特别好，比上京所有地方的桃花都好看。

陆舜华的目光不由自主地落在伸进藏书阁里头的桃树树干上。树干粗长，大约三尺探进里头，窗户肯定是关不上了，江淮没有砍了这截多余的长枝，而是任其生长，这么看来反而别有一番韵味。

陆舜华起了兴致，莫名想到之前江淮在夜里也总是藏在树枝中间，隔着窗户和她相望。

陆舜华觉得很有意思，手脚并用爬到了树干上。

陆舜华费了一番大力气，等趴到树枝最里头时往下看，登时被吓得三魂六魄飞出体外。顺着藏书阁里那三尺爬着时没觉得多高，现在爬到最里头了，再往下看简直要被吓死。

咽了咽口中的津液，她像只乌龟一样往后挪，挪啊挪，眼见着脚都挨到窗门，只差临门一脚就能回去屋里，底下突然传来一句话，平静里带着疑惑——

"郡主，在干吗？"

陆舜华一惊，手跟着松了。

"啊——江淮！"

陆舜华没有掉到地上，在漫天纷纷扬扬的桃花里，她落入了一个温暖的怀抱。

江淮踉跄了两下，牢牢地搂住了陆舜华，退了几步才站稳。怀里的人可能是吓坏了，缩成一团不断发抖，脸色苍白，抓着他胸前的衣服死死不放。

头顶飘落一阵桃花瓣,缤纷落于二人身上,呼吸间全是女孩身上淡淡的清甜和桃花的花香。

江淮试着把陆舜华放下来,结果她受惊更大,呜咽一声把他抓得更紧。

江淮无奈,低头道:"郡主,无事了。"

"唔……"

沉默片刻,江淮叹口气,弯下身子把陆舜华放在地上一地落花上。

江淮修长的手指攥紧她的手腕,安慰道:"不要怕。"

停顿了一下,又道:"这一次,我接住小郡主了。"

陆舜华哆嗦了好一阵,才勉强压住心悸,白着脸儿放开他,僵硬地站了起来。

江淮整了整衣领,问她:"郡主怎么突然爬树上去?"

陆舜华抹着额头冷汗,终于相信自己没有四肢着地、断手断脚,魂不守舍地答道:"我看你们将军府里桃花开得好看,想折一枝。"

江淮摇摇头,说道:"郡主如果喜欢,以后将军府的桃花都是郡主的,别再以身犯险。"

还能这样?陆舜华茫然不已。

可要怎么证明是她的?莫非拿块牌子,写上她名字一棵棵都挂上去吗?

想到那场景陆舜华觉得好笑,歪过头看江淮,却是一愣。

江淮不知何时折了一枝桃花下来拿在手里,面容也不似冰雪冷漠,反而眉眼里温和流转。白衣胜雪,姿态从容,眼里有一种看不懂的复杂情绪,正浅浅地望着陆舜华。

风流少年桃花面,堪称人世间最好的风景。

她竟然觉得有些害羞了,未经思考脱口而出:"这是什么道理,哪有我喜欢桃花,桃花就归我了一说?要说起来岂不是土匪行径?"

这话说起来有点儿不太客气,陆舜华以为江淮会生气,至少应该是如以往许多次一样冷冷地答两三个字，把人噎得不知说点什么。

江淮的脾气向来不好，不懂得在嘴巴上积德，更不屑于得饶人处且饶人。

但江淮这次没有。

江淮执着桃花，手指抚摸着花瓣，修长手指骨节分明，腰间佩剑手中拿花，肃杀与风流浑然一体。

"不算。"

陆舜华问："为何不算？"

江淮低头半晌，然后抬眼，静静地看着陆舜华，声音平缓，字字句句缠绵万分——

"若是因为，桃花也喜欢你呢？"

陆舜华怔住。

江淮仿佛是释然了，笑了笑，低声说："这便算不得土匪行径了。"

……

春风吹起一地花瓣。

陆舜华的心不紧不慢地跳着，越来越快，越来越快……身体也像火烧一般，慢慢发烫，渐渐耳朵红了，脸红了，脖子胸口都跟着晕红。

陆舜华看了看江淮，看了看周围。他们站在青石板路上，周围全是茂盛开放的桃花树，风吹过的声音这样响，他们之间太安静，静到能听到风声以外的更多东西。

柳枝发芽、新树开花、日照东升、冰消雪融……

她听到了一耳朵的春意。

陆舜华看向江淮的眼睛，他的眼里有冷漠与温柔，有犹豫与坚定，有臣服与不屈，有傲慢与相敬……

那一刻陆舜华想到了很多，想到祖奶奶念佛时常说过的一个词：救赎。

对，就是救赎。

佛祖普度众生，关爱世人，可陆舜华总觉得佛祖可能是忘记了江淮，世人那么多，佛祖总会忘记一两个的。江淮曾经遭受那么多苦难，让她心生怜惜、心生同情，可现在不一样了。

这个人通身都是上京的富贵养出来的坏脾气，骨子里是驰骋沙场的将士代代遗传的方刚血性，他们此时年少，他更不懂得掩藏自己，细长明亮的眼里满满的悲怆，夹杂着刻骨的仇恨。

江淮冲陆舜华笑，躬身说一句"在下江淮，问候宸音郡主"，此后种种，全在心里扎了根。

就在刚才，就在这里，江淮用一枝桃花唤醒了她心里的春意，那一刻她的心里繁花似锦，万物盛开，全天下的好风景都在他眼中，上京的河、圆月的街、静林的竹顿时都失了颜色，她看不见也听不见。

祖奶奶说的江淮并非良配的话还在耳边，可陆舜华心想她要做一个不肖子孙了。

陆舜华教江淮吹曲子时，以为这是一场救赎，未曾料到，原来这是一场沉沦。

要怪只怪，情难自制。

这是她的心上人，捧在心尖尖上的。她不是菩萨化身，可她愿意用全身的爱意去成就他的风华。

佛祖不普度江淮，她来度江淮。

江淮看着陆舜华，他的目光热切，热切到有些东西再也藏不住。

江淮把桃花枝举起来："这枝桃花，郡主要是不要？"

陆舜华感受到他的目光，也感受到了身体荡漾起的温柔，陆舜华向他伸出手去，缓慢却坚定，一点一点，直到手指握上那枝桃花。

他有血仇，他有悲怆，他有抱负，他有坏脾气……这些都不重要，没有什么比现在站在她面前的江淮重要。这个江淮是鲜活的，是生动的，是她想要的。

陆舜华握住长枝，抬起头看着江淮。

陆舜华手上没有使力，低声说："你不要叫我郡主了。"

江淮笑了，低低应了声，声音有点沙哑："六六。"

陆舜华把那枝桃花接过来，接到手里晃了晃："这可是你说的，以后将军府的桃花，全都是我一个人的了。"

江淮没有回答，江淮从善如流，迈过一地落花靠她近了些。

"郡主现在知道我需要的是什么了吗？"

陆舜华无声地抬眸看向江淮。

江淮意识到自己的错误，微微低下头："六六。"

陆舜华很满意地点头，把玩着桃花枝，说："可能知道吧。"

江淮扯着嘴角，眯着眼睛笑。陆舜华见此情景，想说点什么，却又觉得此刻什么都刚刚好，不说话也好。

江淮静了会儿，从怀里拿出一个东西，抬手插到了陆舜华的鬓间。

陆舜华冷不防被他动了头发，手一伸想去摸发鬓，被江淮挡住了手。

江淮想到叶姚黄送的金步摇，嗤笑一声，将手里的东西更推进去几分，顺势拉住陆舜华的手腕，将陆舜华勾到怀中轻轻抱了下，很快放开。

陆舜华刹那间闻到江淮的味道，还没反应过来又被江淮松开，整个人都是愣愣的。

江淮退开些距离，看着陆舜华的头发，那里挽着的少女髻，上方斜斜簪了支桃花样子的发簪。

"戴这个。"江淮说，"这个好看。"

陆舜华摸了摸头发，摸到发簪就明白这是什么东西。

陆舜华心下明了，笑眯眯地说："这是什么意思，结发吗？"

江淮眉梢微挑："你多虑了。"

陆舜华被推得难受，左躲右闪，忍不住哼哼，瞅准时机抓住他的手，踮起脚尖和他对视，慢慢说道："你们将军府里的桃花真奇怪，花枝里长了个人心，都学会喝醋了。"

江淮收回手，背过身往藏书阁走，走了一半又停下转身看陆舜华，抿着唇不说话。

陆舜华走过来，一级一级青石台阶她慢慢跳上去，跳一步喊一声——

"阿淮！"

"阿淮——"

"阿淮。"

……

江淮："别叫了，小心把下人都招来。"

陆舜华眼里仿佛含了春水，声音轻柔："我可没在叫你，我在叫你们府中吃醋的那棵桃花。"

"……"

江淮扫了陆舜华一眼，平静地走过去。

陆舜华不让江淮走，一把拉住他的袖子。岂料他不为所动，兀自向前走去，陆舜华也只好拉着袖子被他带着往前，两人一前一后，走进了藏书阁。

行至门边，前面的江淮突然没头没脑地来了句："还有两年。"

陆舜华一怔："什么两年？"

江淮没回头："孝期。"

孝期？孝期怎么了？

看她一脸不明所以的模样，江淮嗓音低柔下来，解释道："孝期内不得婚嫁。"

陆舜华松开拉着江淮袖子的手，眨了眨眼。

"六六。"

春风桃花，少女柔软的心事，少年羞于启齿的感情，桃花树下，道不尽的缠绵情意，一切美好到不可思议。

"还有两年……"江淮皱眉，另一只手背在身后相互摩挲，紧着声问道："好不好？"

陆舜华含含糊糊地问："什么好不好？"

"你……"嗓子沙哑，"你刚刚说，你知道的。"

陆舜华轻轻点头，回道："噢。"

"六六。"江淮又叫她，冰塑的脸出现裂痕，催促道："好不好？"

这人，好好说一句话有这么难吗？

闷不死他。

"知道了。"陆舜华说。

江淮不喜欢这个模棱两可的答案，追问道："知道什么？"

陆舜华无奈地摊手："知道你府里的桃花两年后会去恭谦王府提亲，知道这枝桃花想娶陆小郡主，行了吗？桃花大人。"

"你……"江淮看着陆舜华，耳根子微微粉了些，眼里的冰冷化作一汪水。

陆舜华摸摸江淮的袖子，说："这回总不是我多虑了吧？"

江淮停顿了一下，低声笑了笑，一手捏住衣袖一角，隔着层布料握住她的手指。

"为何？"他也想知道这个答案。

陆舜华勾了勾他衣袖后的手指，一点也不觉得羞，笑着说："因为这枝桃花虽然脾气差了些，但难得甚合我心意，想了想便从了吧，总归我不亏。"

江淮摇摇头，勾动嘴角，低沉道："不知羞。"

陆舜华开怀，笑道："谁叫你一句话总分成三句来说，得亏我聪颖，不然换了旁人，还得再多猜会儿。"

江淮道："没有旁人。"

只有她。

陆舜华挑眉，江淮勾着她手指，似乎在想些什么事情，神色极为凝重。

半晌后，江淮脸上稍微放松些，但手指依然用力，将陆舜华的手握得更紧。

"你等着我。"

"等什么？"

江淮沉默，闭了闭眼。他想到自己的父亲，到底是对他敬仰至极，心里计划好的路全是按着父亲的轨迹在走。他觉得父亲是个英雄，而他亦想继承鸿鹄之志。
　　还有他的母亲……
　　不，不想了。
　　江淮睁开眼，掷地有声，说："等我有朝一日，娶你做将军夫人。"

第十一章 当年明月（3）

时间过得有点慢。

陆舜华数着日子的时候，总这样想。

在江淮说完那些话的半年后，她试着和祖奶奶提了此事，当时祖奶奶的表情一下子变了。具体怎么变的，其实说不太清楚，反正以她对祖奶奶的了解，那个表情无论如何都看不出高兴。

祖奶奶叹气，问她："真的想好了吗？"

陆舜华点了点头。

"江家的小子啊……"祖奶奶捻着佛珠，似有千言万语，看她的眼神透着丝丝打量，仿佛在窥探她的内心，是否只是一时戏言。

在发现她确实坚定无比以后，祖奶奶尝试着问："六六，不要他行不行？我们六六是天底下最好的姑娘，应当配天底下最好的郎君，祖奶奶重新给你找，找个好几百倍的。"

陆舜华："可是祖奶奶，阿淮就是天底下最好的郎君啊。"

祖奶奶不说话了。

半晌，摇了摇头，进去佛堂开始念阿弥陀佛。

这一下就是默许了。

陆舜华不知道祖奶奶为什么开始并不大乐意这门亲事，她好像没有说出一个明确阻挠的理由，只是劝她放弃，可她不想。

小女儿家情窦初开，眼里心里都是如意郎君，陆舜华只觉得一切像是一场梦，只恨时间过得太慢，不能一夜醒来就到两年后。

其实她也不一定想做将军夫人的。她知道江淮的心里头装有许多事，他的心是个铁桶防护的，里面荡着极为复杂的东西，或许爱情在他的心里只占了一点点位置，但她不介意。

他对她露出了铁桶上的一丝缝隙，她便守着自己的一席之地，在他心里安营扎寨。

又过了段时间，叶魏紫同陆舜华说起，叶副将接了任命，戍守青霭关，这一去带上了叶姚黄一起，没有三年五载回不来。

青霭关为西疆、南越、上京的咽喉要冲，形势险要，易守难攻。南临绝望崖，崖边便是隐州十二城，北边青川河绕关而起，河浪汹涌。

青霭关是进入上京的必经之地，被誉为"上京的最后一道防线"。

戍边生活艰辛，叶夫人操碎了心，连着几月为戍关生活奔波打点，恨不得让父子俩把全部家当都带上，叶魏紫落得轻松，在家慢悠悠地学女红，绣起了嫁衣。

七月初，叶家父子准备出发，叶姚黄给陆舜华递了信，约她在如意铺二楼见面。

陆舜华如约而至，去的时候叶姚黄点了一桌子点心，正在倒茶。

陆舜华欣欣然入座，喝了口茶看了眼周围，没有发现叶魏紫的身影。

叶姚黄解释道："阿紫被赵二公子带走了，今日没有一起来。"

陆舜华："赵二公子带她去了哪里？"

叶姚黄低头看陆舜华："大概是带她出去玩了吧，阿紫玩心重，赵二总是顺着她，带她去了很多新奇地方，看了很多新奇玩意儿。"

陆舜华闻言，琢磨了一下，说道："赵二公子原来是个嘴硬心软的好夫君。"

说完又拿了块如意糕，塞进嘴里。不知道是不是看错了，陆舜华总觉得叶姚黄今天几番欲言又止，耳根子有点发红，不过他长得黑，也可能是她多心，恍了眼神。

过了会儿,叶姚黄从不知哪儿拿了把东西出来。

陆舜华看去,发现那是一把红木刺绣团扇,还是双面扇,万字锦沿边,绣着盛放的桃花。

万字锦又称作"万字不到头",寓意吉祥不断。

叶姚黄在如意铺,送她万字锦,递过团扇时无言地看着她。

陆舜华接过来,拿在手里看了两眼,称赞道:"真好看。"

叶姚黄弯了弯嘴角,露出一个欣喜的笑。

陆舜华又说:"和阿淮府里的桃花几乎一个样子,就和真的一样。"

叶姚黄的笑僵在嘴边。

叶姚黄看着陆舜华,低声问:"阿淮?"

陆舜华笑道:"江淮。"

叶姚黄发怔,被这两个字惊到,犹疑着不敢确定,涩声问:"六六,你和他很熟?"

陆舜华的手停了一下,将团扇递还给叶姚黄。

叶姚黄不接。陆舜华又说:"姚黄,你在青霭关要照顾好自己,虽说现在无战事,但我和阿紫都希望你能一切平安。"

叶姚黄抬头看着陆舜华,抿着唇没有说话。

叶姚黄在心里想,江淮和陆舜华才认识了多久……他是什么时候出现在静林馆的?大约是去年三月,那就是一年半以前……

短短一年半的时间,他怎么就将她抢了去的?

陆舜华:"我还记得小时候你会替我和阿紫去树上摘花,祖奶奶罚我跪祠堂,也都是你偷偷跑过来给我送吃的,我和阿紫不想听学,每一回也都是你带我们出去玩,然后被罚的也是你……从小我就知道,姚黄,你是天底下顶好的好人,对我和对阿紫一样好。"

叶姚黄看着她手里拿着的团扇,又看到她发间插着的一支桃花簪,本想说出口的话此时此刻都没了说的必要——他已经得到了答案。

叶姚黄轻声说:"是吗?"

陆舜华小鸡啄米一样点头。

叶姚黄接过扇子，勾着嘴角笑，扇子轻轻拍上她的脑袋，他温柔地道："江淮那人的脾气可不算好，六六要是哪天受了委屈，记得告诉哥哥，哥哥替你出头，阿紫和你都不能让别人欺负了去。"

陆舜华懒洋洋地伸腰："你们都把阿淮想得太坏了，他才不会欺负我。"

"那样最好。"叶姚黄转过头，一双眼睛紧紧地看着陆舜华，想说什么但又是那副欲言又止的模样，最后只说："六六，过几天我随阿爹一同出发，你能不能来送我？"

陆舜华点头，道："好。"

出了如意铺，叶姚黄执意要送她回恭谦王府，陆舜华说不用，反而跟着他一块去了叶家，在叶魏紫的闺房里等了片刻，就等到抱着包袱一蹦三跳推开门回来的叶魏紫。

叶魏紫看到在房里坐着的陆舜华，微微一愣，没多想脱口而出："你怎么在这儿？我哥呢？"

陆舜华把玩着桌上的茶盏，说："去找叶叔叔了。"

叶魏紫走过来，把怀里的包袱放到一边，挨着她坐下，左看右看，问她："那个……扇子呢？"

陆舜华放下茶盏："什么扇子？"

"我哥要送你的扇子。"

"没有啊。"陆舜华故作疑惑，歪头思考片刻，"姚黄给我看了两眼，又拿回去了。这么说他是打算送我的？真是小气，送人的东西怎么还拿回去了？"

叶魏紫凉飕飕地斜眼看她："你少装蒜。"

陆舜华抱住她的手臂，摇了摇撒娇道："不做姑嫂，难道阿紫就和我不是朋友了？"

"哼。"

"好阿紫，你不能这样。"陆舜华粘上去，"说好做一辈子朋友的，做人做鬼都是一辈子的朋友。"

叶魏紫又"哼"了一声,倒是没把手臂抽出来,十分不解地问她:"你拒绝我哥了?"

陆舜华眨眨眼:"姚黄可什么都没说。"

叶魏紫沉默片刻,问:"我哥到底哪里不好?"

"他很好。"

叶魏紫没想到她这么坦荡,想到自家哥哥的心事,垂死挣扎:"六六,你看,其实我哥……"

"不行。"陆舜华拒绝得干脆利落,"我只要阿淮。"

叶魏紫不死心:"他还在孝期,少不得等两年,两年可是什么都能发生。"

陆舜华摇摇头,摸了摸头发间的桃花簪,挺起腰板不无自豪道:"郎心似铁,不可移也。"

叶魏紫看她这样,被她气笑了,伸手拧了拧她腰上的软肉,又戳了下她的脸颊,凉凉地道:"就你这样的,丢锅里煎了煮了,还不够人家吃两口。"

陆舜华把她的手拉下来,不服气地道:"谁说的!"

至少能吃三口好嘛!

叶魏紫在叶姚黄的事情上本就无所谓,陆舜华实在无意她也不想勉强,听得她这么说,那股劲儿上来了。

她转身到床上,在枕头底下摸出本图册丢给她,说道:"这本册子送你,闲来无事好好研读,算我阿紫今日行善积德。"

陆舜华掂着册子,不用打开就知道那是什么东西。她窃窃一笑,卷了卷书册,继而好奇地道:"你跟赵二近来感情不错?"

"也就那样。"叶魏紫撇撇嘴,"他都跟我爹年纪差不多,没事就爱说教,无趣得很。"

陆舜华:"听起来他好像不怎么样。"

"还凑合。"她含蓄地说道。

陆舜华眼神意有所指。

叶魏紫一巴掌拍在她肩头，把她往门口推："别这样看我。江淮什么时候提亲，我等着和你一起做新嫁娘。"

陆舜华回头道："总得再过一年半载，阿淮还没出孝期。"

而且这阵子皇帝似乎有意提拔，将江淮调至骁骑将军麾下，不再掌送从一职，正式去往骁骑营，受命三军。

江淮陡然变得忙碌起来，很多时候不见人影，就算见了也总是这里那里受伤，刀剑无眼，她每每都是提心吊胆。

叶魏紫说："大不了我先嫁，等我生了儿子，再来娶你女儿。"

陆舜华："你就这么想和我做亲家？"

"哼，别人我还不给这个面子。"

陆舜华揣着书册，被叶魏紫找人送回了恭谦王府。

陆老夫人例行礼佛去了，偌大的王府里头没什么人，院子里几棵老树叶子婆娑作响，风拂过，夏意躁动。

陆舜华抱紧书，跑到闺房前，走了两步发现不对劲。

地上悠长的树影，一个人影晃动其中。

她看了一会儿，扭头望着屋顶，笑道："哪个小贼半夜不睡，不学好做梁上君子！"

上头那人配合着应道："看陆家姑娘貌美，举世无双，故来拜访。"

陆舜华红了脸："不要脸。"

人影一闪，少年郎已长成的落拓身形寸寸逼近，直到近得不能再近，声音才落在头顶："倒成我的不是了。"

陆舜华瞥了他一眼，把怀里的东西往里藏了藏。

江淮仿佛并未注意到，平静地看着陆舜华："你去见叶姚黄了？"

陆舜华没料到他这么快就知道了，略略有些不自在，说道："他过几日要去戍守青霭关，让我去送他。"

"我知道。"江淮冷声说，"真是个痴情种子。"

陆舜华笑了下，轻声说："那我去不去送？"

江淮"哼"了一声，几步近身，一把拉起她手臂，跃上树间，推开她闺房的窗户，带着她一块进去。

陆舜华无言："……你为什么每次非得做这种溜门撬锁似的勾当？"

江淮沉声道："门口有守夜丫鬟。"

"那你可以从正门进来，我让她给你开门。"

江淮淡淡地看陆舜华一眼："这样的话，明日陆老夫人就会带人来抄了将军府。"

"……"

江淮面无表情，捏起陆舜华的下巴，看她半天，而后轻轻放开。

江淮漠然地道："想送便送吧。"

这么好说话，不像他。

江淮脾气来得古怪，不爱把话说在明面上，明明心里头想的不是这回事，偏偏嘴上别扭，陆舜华和他处久了，把他的性子摸透八成，一时不敢妄下定论，他到底是说真话还是假话。

陆舜华打量的眼神极为明显，江淮自然感受得到。他蜷起手指，低垂眼眸，道："便是送了，他能当如何。"

陆舜华笑着摇摇头："轻狂。"

江淮没接话，陆舜华看了他好一会儿，他还是一副老神在在的样子，她都犯了困，他还是一句话不说。

良久，江淮才道："可惜。"

这句话莫名其妙，没头没尾，陆舜华一头雾水，反问道："可惜什么？"

江淮："戍守青霭关，是大和好男儿。"

江淮伸手，拇指在陆舜华唇边擦过，脸上淡淡的，又说了句没头没脑的话："他还算对我眼，可惜了。"

可惜喜欢上了不该喜欢的人。

他的人。

他的。

陆舜华还在发呆,思忖他这话到底何意,忽听见地上响起"啪嗒"一声,有一物落地,落到他们脚边。

一只长着硬茧的手捡起了一本书册子。

"哗啦"翻页声响起,入目的画面活灵活现,江淮看一眼,脸色登时变化万千。

江淮捏着书册,冷然道:"你看的这是什么东西?"

陆舜华一惊,这可是阿紫的书!

陆舜华连忙上前把书抢回来,死死地抱在自己怀中,嘴里嘀咕:"我这不也是为了你嘛。"

江淮险些气笑:"全天下就你歪理最多。"

陆舜华收了书,正经得不能再正经:"阿淮,淫者见淫。"

江淮:"……"

江淮倏地抽出那本书册,动作快得陆舜华都看不见他何时出手,那册子就又回到了他手中。

"这本东西,我带走了。"江淮说道,"你不许看。"

陆舜华走到江淮身边,急道:"这不是我的,阿淮,你就饶了我这次吧,我发誓我……"

江淮说:"我走了。"

"你别……"

江淮揉了下她的头,把她挡在窗边。

"早些歇息。"

陆舜华欲哭无泪地看着江淮的身影消失在夜色中。

没过两天,到了叶姚黄出发的日子。

陆舜华遵守承诺,一早便和叶魏紫碰在一块。两人手拉手挤在人群里,只见一队精锐中叶副将打头,叶姚黄紧随其后,一路出了上京城门。

叶魏紫舍不得,拉着陆舜华一块上了城楼,挨着城堞探出脑袋,遥遥望着写着大和的旗帜在烈烈长风里飞扬。

叶魏紫当下红了眼睛。此去一别,从此聚少离多,再次见面恐怕就得是年关,她对父兄有一千一万个不舍。

长风下,叶姚黄骑着高头大马,转身往城楼上看来。

陆舜华抬起眼睛,刹那间与他的眼神隔着人群蓦地撞上。

"六六——"

叶姚黄拉着缰绳,烈阳下他一身戎装,剑眉星目,隐隐有了将士风采,眼里缱绻万千,温柔似水。

叶姚黄说:"我走了,你们保重。若要成婚,千万知会一声,哥哥派人回来给你添礼。"

陆舜华定住眼。

"六六……"

叶姚黄回身,面容似犹豫不定,又似不甘不愿。叶姚黄看了陆舜华好一会儿,深吸口气,道:"哪天觉得桃花不好看了,记得告诉我,我带你去青霭关!带你看青霭关的青川河,看隐州十二城,还有谷深崖绝,惊涛拍岸,夕阳晚照!看遍所有上京没有的好景色!"

说完,叶姚黄一夹马肚子,马儿发出长长嘶鸣,铁蹄踏出飞扬尘沙,他纵身疾驰,在旭日之下头也不回地离开。

陆舜华目送叶姚黄远去,内心五味杂陈。

叶魏紫沉默许久,才道:"走吧。"

陆舜华低声答应。

刚转身,陆舜华又愣在原地。

一人立在城楼之下,同样骑着高头大马,仍然是一身粗布麻衣,通身没有任何多余的纹绣装饰和冠配发簪,长发只用发带束于脑后,微微抬头望着她,脸上没有什么表情。

陆舜华向江淮挥手笑了笑。

"阿淮!"

叶魏紫嗤笑了声，松开握着陆舜华的手，迈步从城楼另一端下去。

陆舜华提起裙摆，噔噔几步从楼上跑下来，跑到江淮的面前，惊喜地道："你怎么来了？"

江淮利落地下马。

江淮牵着缰绳，立在陆舜华面前，眼神里阴影沉郁，似有无尽阴霾。

"我再不来，怕有人就要去青霭关看山看河看城了。"

陆舜华被江淮逗得笑出声，两手背到身后倒退着走。

"原来有人吃醋了，"陆舜华露出少女一面，短促地笑了笑，"怕我跟人跑了？"

江淮冷笑："也要他有能耐能把人勾得走。"

江淮伸出手，揽着陆舜华的腰，将她提抱到马上，自己牵着绳子走在前面。

陆舜华的视野开阔了不少，她不会骑马，难得被人领着坐在马上慢悠悠地走，就算此刻姿势侧坐，腰臀下马鞍硌得她很不舒服，也都被兴奋冲淡了许多。

陆舜华优哉地踢腿，在马上也不安生，这里弄弄那里弄弄。眼见着她的手就要伸到马尾上去拔毛了，江淮不得不出声制止："别闹，安分点。"

陆舜华"哦"了一声，怏怏不乐地放开手。

但陆舜华着实是个闲不住的，江淮牵着马走着，起码还算有点事在做，她坐在马上是真的无聊，只好出声闹他："我说阿淮，你就没想过吗？"

江淮头也不回："想过什么？"

"我真跟人跑了，你怎么办？"

"不怎么办。"他说，"从前如何，以后便如何。"

陆舜华没有说话。

她的心头上泛起一丝浮躁和酸涩，仿佛被根针刺中了心肝，不疼，却顺不上气来，胸闷得紧。

陆舜华的手指扣着马头上的缰绳，粗糙的绳子摩挲着细腻的手指，她泄愤一样，一下下用力擦过，很快把指头弄得通红。

江淮看到她孩子气的举动，眉头微微皱起，道："放手，小心别给磨破了。"

陆舜华应得飞快："我看磨破了你也不心疼！反正在你心里，全天下什么东西都比陆舜华来得重要！"

陆舜华说这句本来就是气话，也没想江淮会应她。

江淮叹口气，手覆盖在她的手指上，把她的手从缰绳里解出来。

此刻旭日正盛，日光灼灼，江淮逆着光的脸看不太清表情。

"要是生气，也别朝自己发火。"江淮轻声说。

陆舜华捂着手指，气愤地道："你是想让我朝你发火，打你吗？"

江淮摇头，不动声色地看着她，稍稍压低了声音："我如何的，你也如何就好了。"

陆舜华一怔，无名火起，但这股火还没烧出几个火星子，又莫名被另一股奇怪的感觉给湮灭了。

陆舜华强压下心里的委屈和生气，察觉江淮话里有话。

陆舜华小心着问："你说这话什么意思？"

马儿此刻已行至将军府前，江淮伸手把陆舜华接下来，没有松手，将陆舜华往自己怀里压了过去，让她的脑袋抵着自己的肩膀。

江淮贴着陆舜华的耳畔，声音清晰："倘若我不在了，你以前如何，以后也便如何，懂吗？"

陆舜华没有说话，安安静静地被江淮抱在怀里，两人之间沉默蔓延开来。

"你……"陆舜华推了推江淮的臂膀，"你什么意思呀？"

江淮声音微沉："三日之后，我随赵将军出发去大臧。大臧乃我朝友国，如今四王叛乱，挟天子以令诸侯，太子发来密报请求大和支援，这一仗属实避无可避。"

陆舜华直到用完晚膳，坐在了藏书阁里，还没反应过来。

江淮说的话一句一句，变成沉甸甸的铁石，都压在她的心头。

大臧内乱、东宫失守、大和支援……打仗、出征……

这次出兵，挂帅的是骁骑将军赵英，主将是赵京澜的哥哥赵大公子，江淮随军出征，担的是参将的名头，协同防卫成守。

江淮今年年近十七，年纪轻轻就担了这名头，皇帝有心历练他。

只是……

陆舜华悄悄从书册后抬起一双眼睛瞄着江淮。

这时已经临近盛夏，距离陆舜华碰见江淮半夜吹笛的那天已过去了很久。江淮不再是静林馆里背着人学吹《渡魂》的红眼少年，入了骁骑营，由骁骑将军带着，日渐长成男人的样子。

江淮就要出征去了。

刀剑无眼，陆舜华觉得自己要愁死了。

哀叹一声，陆舜华总感觉自己面前活生生的人马上就要变成一具尸体，再不济少不得断手断脚，这么想她简直悲从中来，她捂着自己心口就开始哽咽，结果一睁眼，直直地对上面前江淮似笑非笑的神情。

"小郡主，这是拿我当豆腐做的了？"

江淮的身影被披上了无尽寂寥的月色，在月影横斜里有些迷蒙，坐在书几后，低垂着眉眼。

陆舜华看着江淮的脸，只觉得越发堵心。

江淮低声说："说是参将，也只是一个虚名。表哥下了命令不许我上阵作战，只在后方观摩。你放心，此去无碍。"

又是沉默。

不知道过了多久，陆舜华没什么情绪地说道："那你为什么和我说那种话？"

江淮一顿，扭过头，声音发涩："总要给你留个盼头。"

陆舜华皱眉："这也能叫盼头？"

这种听起来和交代遗言一样的话，也可以叫作盼头？

江淮有些无奈："六六，我娘是殉情死的。"

陆舜华抬眼,看到他的眼色比夜还沉。

陆舜华不回话,江淮自己说了下去:"我爹的尸体摆在那儿,她一头撞上去,临死前还在叫'将军'。我就在她身后,可她都等不及和我说一句话,也根本没有看我一眼。我那时在想,我对她来讲算是什么呢?她不愿意为我活着,阿爹死了,这个世间便再也没了她的念想。而我,连挽留的话都没资格同她说上一说。"

陆舜华看向江淮,江淮本是执着笔在写佛经,此刻放下笔,声音冷冷的,看她的模样格外认真,语气却有点像调笑:"六六,哪天我要是死了,你可得好好活下去啊。"

陆舜华看着江淮近在咫尺的脸庞,紧紧抿唇。

江淮每说一句,陆舜华的心就沉下去一分。

最后,江淮似乎释然,喃喃着道:"活下去就有盼头。"

陆舜华:"什么盼头?"

江淮垂下眼:"忘记我。"

江淮像是对自己说,又像是对陆舜华说:"其实我们之间也不过两年,你还那么小,不一定就能记得,或许还是我自作多情。"

江淮重新拿起笔,在纸上提笔写着,没有丝毫停顿。江淮帮陆舜华抄佛经抄了大半年,不下五十遍,已经将佛经倒背如流,根本不用对着书册誊写,提笔就能一气呵成。

陆舜华歪着头:"我怎么觉得,我还没嫁给你,就已经可以准备替你守寡了?"

江淮摇头,他想说点什么,被陆舜华打断。

"我说你这个人,哪天要是肯好好跟我说一句话,我能乐得绕平安河跑上三天三夜。"

陆舜华幽幽地叹气:"别人都会说好听的话来哄姑娘,怎么就你的嘴巴跟上锁了似的,一句都讲不出来?"

江淮身影一顿,但只是转瞬,很快他便不为所动:"那些话不过儿戏。"

陆舜华不依不饶的，故意激怒他："怎么儿戏？你想想，哪怕说出来不能做到，可听起来却十分有心，听着就很高兴。你要随军出征，讲一句'我一定平安回来'，或者'我不会让自己有事'，说什么都比'我如果死了，你就忘记我'要好上几十倍不止！"

江淮放下笔，把书几上的书页盖上，难得神色正经："我说出来的话，都能做到。"

所以这种戏言，他从不说。

任他叶姚黄有通天本领，青霭关的夕阳与惊涛，他还真能拿来端到她面前不成？

笑话。

但同样的，任他江淮自己有多少分军事上的天赋，真到了弹尽粮绝那一日，他也无力回天。

行军打仗，本来就应该做好一切准备，包括身后事。

陆舜华泄气了，怏怏不乐地道："没劲。"

江淮重新翻开书页，拿起笔继续抄写。

"坐好。"

陆舜华趴着动也不动："我躺在席子上，又没躺你们江家的地上，你管我？"

江淮叹口气，伸手把她扯起来："地上凉，小心着凉。"

陆舜华打了个滚儿，蹭啊蹭地挪到他身边。书几很矮，他盘腿坐在软垫上，她靠过去把自己的头枕在他的腿上。

感受到脑袋底下的肌肉瞬时僵硬，陆舜华心里得意，调笑道："我靠你近点，就不冷了。"

江淮低头："不知羞。"

陆舜华笑嘻嘻地没个正形，被江淮伸手一掌按住肩头，呵斥道："老实点。"

陆舜华撒泼打滚："我不管，你不和我说点好听的，我不起来。"

陆舜华本来没有感觉的。

打仗罢了,他都说了他不用上阵,只在后方,她也无需担心。

可江淮偏偏要诛心,非和她讲这些凉透人心的话。她知道江淮的性子,也知道他的别扭,如果说别人觉得江淮脾气古怪不近人情,真是天大的误解,她陆舜华肯定是世上最了解他的人。

所以她可以明白他藏在看似凉薄下的说不出口的温柔。

但是他一副将生死置之度外的模样,她看了受不了。好像没什么东西值得将他留在人间,他内心愿意为自己的理想大义牺牲,半分没有顾及她。

江淮微微垂下眸子,对上她红透的眼睛。

陆舜华被江淮气哭了。

江淮彻底丢开笔,踌躇一会儿,无奈地说一句:"我刚才,是随口说的,不是你想的那个意思。"

陆舜华还是没说话。

江淮眼神微黯,眸光沉了下去:"此去无甚凶险,大和兵力强盛,我一定会平安回来。"

陆舜华终于给了他点反应,小声"哼"了下,但还是透出些微不满。

江淮又沉默了会儿,良久,轻轻抬起手。

带着清凉的手掌覆盖在她眼睛上,手指满是硬茧,距离近了,能闻到一股他的味道。

陆舜华说不出这是什么味道,有点儿像是秋天萧索的枯草,又似乎混杂了些清冷的檀香,但细闻之下,似乎还有点儿麦苗的芬芳。

江淮的声音和着夜风,慢慢传来,传进陆舜华的耳朵,然后进入她的身体,进入她的内心。

"清风在上,明月为证,江淮此生情之所钟,唯宸音郡主一人。若能娶之,必珍重有加,决不相负。"

"上穷碧落下黄泉,此言必践。"

第十二章 当年明月（4）

窗外圆月高挂，夜风徐徐。

陆舜华把江淮的手从自己眼睛上拿开，看着他一言不发。

江淮被她这样的目光看得有些不自在，放下书页，低声问她："怎么了？"

陆舜华从边上抽出本书盖到自己脸上，哼哼唧唧："我害羞。"

江淮哭笑不得："平时不知羞，现在羞什么？"

江淮伸手去扯覆面的书册，反而被她更用力拉紧，死死贴在脸上。

"……别按着，当心背气。"

也不知道陆舜华从哪儿扯了本书，书面上没写字，她抓着下边不肯动，江淮担心她闷着，干脆手指扣着上半边往外拉。

她感受到力道，拽得更用力。

一来二去，书页被绷紧，江淮没打算和她较劲，刚想放手，不知怎么回事就见到从书里掉出来一张薄薄的字条，上头密密麻麻地写满了蝇头小楷。

他瞥了陆舜华一眼，默不作声地把字条抽出来。

仿陆舜华的字久了，他一眼就看出来这绝对是她亲笔。

只见一张字条，两种笔迹，凌乱与端正交杂——

"观摩许久,有何感想?"

"妙啊,妙啊!世间奇书不外如是,令人大开眼界!"

"那是自然,我还有许多,你要看吗?"

"当然要了,谢谢阿紫姑娘。"

……

奇书?大开眼界?

江淮冷笑。

叶魏紫涉猎还挺广泛。

字条写了很长,江淮皱着眉头,一目十行地往下看过去。

越看,脸色越不对劲。

而后,竟是直接烧了起来,目光闪烁不定,心跳如雷,耳根子都泛着红。

这都是些什么?

"我看你家那位一天到晚冷着个脸,一副男女莫近的样子,他真没问题?可别等成了婚以后才发现他原来是只纸老虎。"

"阿淮才不是!我看赵二才是。"

"放屁!赵京澜那家伙分明是只真老虎。"

"说起来,你买这么多奇书来做什么?"

"学海无涯。"

"……矜持。"

"你和那鬼面该不会连手都没碰过?看他人面鬼煞似的,难道真是个中看不中用的绣花枕头?"

江淮:"……"

再往下看,笔迹就显得潦草,之前对话每一句都力求工整,唯独这句歪七扭八,像是写字的人心绪不宁,下笔匆匆。

"才不会，我虽没验过，但有信心，阿淮绝对是真男人。"
"……"

江淮盯着"真男人"三个字盯了半天，目光像是生生能将字条盯出个洞来。

他一向端正自持，自律严谨，如今拿着张字条，手都在微微颤抖，整个人蒙在那儿，也不知道是羞的，还是气的。

"抬起头。"他一字一顿，阴沉无比，脸色奇差。

"这是什么？"

陆舜华早在江淮开口的时候就觉察不对，丢开书册一骨碌爬起来，凑到江淮边上伸头一看，面庞顿时僵硬。

陆舜华小心翼翼地抽出字条，赔着笑脸道："误会，都是误会。"

谁料江淮眉头一拧，倏地扬起字条，脸色更难看。

知道陆舜华大胆惯了，谁知道她竟然这么大胆！非但明目张胆地讨论……还写在纸上，互相传来送往！

江淮的脑海里回绕着那些话，一直绕一直绕，绕得他直想把面前笑嘻嘻的女孩子脑袋剖开看看里面都装了些什么！

江淮一声冷笑，手下用力，字条顿时化作无数纸屑，飞洒在室间。伸手捏了捏陆舜华的小巧的小巴，冷冷地道："你倒说说，在静林馆成天都学了些什么？"

陆舜华摇摇头，伸手按到江淮心口处，五指稍稍收紧，感受粗布衣衫下有力的心跳。

陆舜华咽了咽口水，笑说："我胡说的……误会，真是误会！"

江淮冷冷地看着她，那目光，满满地写着杀意。

陆舜华讨好地冲江淮笑笑，见他不为所动，又去勾他手指。葱白的手指勾住长着硬茧的指尖，晃啊晃的好不黏糊。

江淮抬手，手臂扬起，手背对着陆舜华的脸。

"啊——"陆舜华闭上眼睛，抱着脑袋骨碌到一边。

"你躲什么？"江淮莫名其妙。

陆舜华声如蚊呐，从臂弯里偷瞄江淮一眼，小声说："我怕你打我。"

江淮这回气得都笑不出来，放下手掌把陆舜华拉过来，说道："我什么时候打过你？"

不要说得江淮真是人面鬼煞似的。

陆舜华还是死死地抱着脑袋，被江淮从席子这头生拖到席子那头。

"我不打你，你抬起头来。"江淮摸了摸陆舜华的长发，手指绕着发尾打转。

陆舜华捂着脑袋不说话。

江淮存心吓唬陆舜华："你再不抬头，我真打你了。"

今时不同往日，江淮早就脱离瘦弱少年，全身都是力气，以前他受了伤还能被陆舜华摁在地上，现在陆舜华是决计动不了他的。

陆舜华耳根微微泛红。

其实她也不是真觉得江淮会打她，她就是……害羞。

静林馆老先生讲学越来越无聊，陆舜华上课没事就爱传纸条写小话，天知道怎么会被江淮给发现了。

叶魏紫和赵二是未婚夫妻，尚可谈论几句，可陆舜华和江淮……

陆舜华又不是真的长了张比城墙还厚的脸皮。

江淮："我数到三，再不抬头，别怪我不留情面。"

"……"

江淮："一。"

"二。"

"三。"

……

夜风平，月影幽，细雨滴答。

江淮顿住，手肘撑着地面，脸上的表情由无可奈何变成茫然失措。

鼻间萦绕着女孩儿身上特有的娇软甜香，江淮被这香味蛊惑了神智，觉得一切变得不太真实。

唇上的触感不真实。

齿间咬着的东西不真实。

近在咫尺的眼眸不真实。

唯一真实的是他的心跳，贴合着血脉，一下一下，清晰且动听。

每一下，都在叫陆舜华的名字。

陆舜华也同样茫然地看着江淮，直到唇上传来丝丝刺痛，才后知后觉地往后退。

彼此的呼吸那么近，江淮手下用力，一手撑着自己，一手绕过陆舜华的背后，轻轻扣住，将她半圈在自己的怀中。

江淮仔细地看着陆舜华，刚才她冲撞过来的时候其实吻错了地方，撞到他的唇角上，但她太紧张没有发觉，于是江淮几乎是没有思考的，下意识就歪过头，吻了上去。

还不够，身上莫名起了一股燥意，江淮也没思考，舔舐两下便咬下去。

没想到咬得太用力，将她咬破皮了。

"阿淮。"

江淮"嗯"一声，手掌覆盖到陆舜华的手上，微微攥紧。

江淮的手因为常年舞刀弄枪布满茧，还有许多细小伤疤，滑过陆舜华的指尖时，陆舜华感到了一丝异样。

那丝异样促使陆舜华贴近江淮，抚摸着他的心口，手臂绕到江淮的腰后，环抱住他宽阔的脊背。

江淮抬手，擦去了陆舜华下唇的血迹，低下头，用力地吻住陆舜华。

枯草和麦芽混杂的气味，和着甜甜的桃花香，正在通过鼻息浸润到彼此的脾肺，入侵彼此的四肢百骸。

江淮扣住陆舜华的腰身，把陆舜华往自己的方向拉过去，扣到自己身前。

吻还在深入，渐渐地，陆舜华有些受不住了，不由自主地就向后躲。

"不许动。"江淮蹙眉道。

江淮直起身子,手掌按着陆舜华的后脑勺,陆舜华"唔"了一声,难以出声。

好痛……

陆舜华摸摸自己的唇,咝咝倒吸冷气,埋怨着道:"你做什么这么用力,好痛啊!"

江淮舔舔下唇,无声地喘气,撇过头,冷然道:"整天看些乱七八糟的,下次被我发现,还这么教训你。"

陆舜华狡辩:"我还不是为你好!"

江淮漠然:"强词夺理。"

陆舜华叉着腰:"人家都说你是绣花枕头,我替你申辩怎么反而是我错?"

江淮冷笑:"你还挺冤?"

陆舜华忙不迭地点头。

江淮冷着张脸,把刚才陆舜华用来盖脸的书册翻出来,随意翻了几页,指着上头说道:"你看这种东西,也是为我好?"

陆舜华正儿八经,学着叶魏紫的口吻说道:"学海无涯。"

"真男人?"

"虽是欺骗,但也是为你正名。"

江淮咬牙切齿道:"那这么说,你观赏所谓奇书统统都是为了我好?"

陆舜华:"本来就是!天下之大,无奇不有。要我说哪天阿淮你突然起了兴致……"

"啪"的一声,书册被狠狠拍在地上。

陆舜华抬头,对上双蕴着一捧火的眼睛。

火焰很盛,跳动着主人的情绪,江淮一字一句地说:"陆舜华,我看你就是欠教训。"

陆舜华急忙说道:"你刚刚说了,不会打我的!"

江淮:"我不打你。"

说完，江淮甚至慢条斯理地将手中书册往陆舜华的方向推了推。

陆舜华开口，声音微抖："那你要干吗？"

江淮勾出一抹颇有深意的笑，伸手握住了陆舜华的肩膀，将陆舜华拖至身前。

江淮眼里还燃着火，说出口的话却比冰水还冷——

"教训你。"

粗粝的指腹摩挲着陆舜华的下巴，慢慢抬起，唇瓣相贴，温热的呼吸洒在颈间，刺激得陆舜华手指微微蜷曲，不自觉地颤了颤。

陆舜华被亲得迷迷糊糊的，隐约感觉不太对劲。

但具体哪里不对劲，陆舜华又说不上来，只知道心跳越来越快，江淮吻得越来越用力。

下唇在作痛，陆舜华唔唔两声，推了身上的人一把。

江淮一把抓住陆舜华的手，低声问："怎么了？"

"我……渴。"陆舜华被他灼热的目光看得不自在，偏偏手又被江淮抓住，只能低下头避开他的眼睛。

"我渴了，想喝水。"

江淮眯起眼："我也渴。"

江淮说着，气息喷洒在细腻的肌肤上，落下或深或浅的吻："我快渴死了。"

陆舜华闭了闭眼，再睁开时，侧过头去看屋外的月亮。

月亮清凉，陆舜华坐在月色里，抖得厉害。

江淮停下了动作，将陆舜华抱进怀里，低头亲了下陆舜华的额头。

用的力道大，把陆舜华死死锁住。

陆舜华被江淮勒得喘不过气，刚想抗议，听得他在耳边说："对不起，是我唐突了。"

距离太近，陆舜华感觉到江淮身上男性的气息，是富有侵略性的味道。

江淮放开手，替陆舜华理了理乱掉的发髻，将陆舜华抱到腿上，揽着腰,到底没忍住,克制地亲了亲她。

"你……"陆舜华想说点什么,无从下口。

江淮仿佛看出陆舜华所想,伸手拍了拍她的发顶,再开口时声色喑哑,似藏着苦楚。

"现在还不行。"江淮抚摸着手里如缎长发,自嘲道:"我若回不来,你会恨我的。"

大和民风再如何开放,他们终究没有成婚。

战场瞬息万变,他怎么忍心,让陆舜华成为别人茶余饭后的谈资。他的姑娘,应该是被捧在手心里好好呵护的。

但这句话听在陆舜华的耳朵里却不是同一个意思,陆舜华咬着唇,怒道:"你为什么一天到晚总是说自己会死,你为什么不能好好活着!"

"很多事,身不由己。"

陆舜华抿紧唇。

"你现在不觉得,万一哪天我真的死在战场上,你想想你当如何?"

陆舜华高声道:"那就随便找个人嫁了,嫁猪嫁狗都行,再也不会想起你!"

江淮心脏蓦地紧缩,仿佛有什么东西裂开。

江淮似乎有很多话想说,但最终什么也没有说,嘴唇几度张合,只说了一句:"好啊。"

下雨了。

雨水将月夜的光明掩去。

这场雨很大,下在外面,滴在青石板路上,湿了仲夏。

陆舜华坐在江淮的腿上,眼里湿漉漉的,脸上湿漉漉的,若能摸一摸她的肝脏,恐怕也是湿漉漉的。

望着江淮,有些难过,有些欣慰,还有更多的气恼。

陆舜华猛地捡起丢在一旁的书册,卷都来不及卷,啪啪啪地打过去,打在江淮的脸上、肩上、打在他手臂上。

"混蛋!你这个杀人诛心的混蛋!"

简直像个泼妇。

可是陆舜华受不了了。

陆舜华能懂他所有的未说出口的话，可是她不喜欢。江淮发誓的时候很真诚，黑眸热切，说出口的话又比刀子还冷。

江淮由着陆舜华打，胸膛微微起伏，直到陆舜华打累了，才将喘着粗气的人重新抱到怀里。

江淮的嗓音有些沙哑："六六。"

陆舜华一声冷笑，要站起身，被江淮一把拉回来。

江淮急了些，哄道："小郡主……"

陆舜华说道："你再叫声试试。"

江淮沉默了一会儿。

心霎时收紧，觉得脸也烫得很厉害，耳边雨打芭蕉，怀里的人儿虽然满面怒容，但美好得有几分像是梦幻。

江淮嘴笨，永远不晓得说什么好话来哄姑娘，方才发的誓言已经耗尽了他十多年的柔情，他实在想不出来应该再说点什么。

陆舜华不吱声，陆舜华也懒得搭理他。

半晌，江淮尝试着收紧手臂，将头靠在陆舜华的肩窝里，开始是慢慢的碰触，后来便急切地拥在怀中，磅礴雨声盖过一切，江淮越靠越过去，小心触碰着她的眉眼，她的鼻梁，她的耳畔。

女孩儿细软的手指藏在衣裙里，慢慢捏成拳。

江淮嗓音低沉，发了昏，喃喃道："师傅……"

陆舜华也没了判断，真就应了："嗯。"

江淮觉得心口燃起一把火，又多了一捧水，前者煎熬着身心，后者沸腾翻滚。

江淮一声比一声急道："师傅，师傅，师傅……"

"师傅"二字，本来颇为严肃正经，被江淮这么一喊，平白无故多了几分旖旎的味道。

雨丝微凉，耳畔听得有人温柔问道："你，当真不悔？"

第十三章 狼子野心

江淮说这句话的时候,眼里有燎原的火和滚烫的水。

像盼着陆舜华答应,又像盼着陆舜华不答应。

陆舜华会如何回答?

江淮还没思考出什么,身后雨水溅进来,陡然熄灭了灯火。

月光隐去,只余下狂乱的暴雨,风吹进藏书阁,乱了书页。

雷声起,伴随着雷声一同响的,还有陆舜华贴在耳边说的"我不悔"。

轰隆——

炎热的、潮湿的、缠绵的盛夏。

还有此间隐秘天地里,安静的风暴。

屋子里昏暗,陆舜华什么都看不清,唯独眼前的这个人可以看见几分轮廓。

江淮成了她四方漆黑里唯一的安全之源,枯草的气息是那么盛,也许还有别的味道,她闻不见了,她快烧着了……

江淮抱着她,脑子里浮浮沉沉,一会儿江河翻浪,一会儿流光映雪,眼角全是绯红。

江淮伸手掰开陆舜华盖着眼睛的手指:"别怕,看着我。"

声音空落落,响在惊雷前,恰似万籁寂静中落进湖心的那一滴水珠。

滴答作响,响彻山涧。

"六六。"

那天清清冷冷的月色,初春寒意未消,陆舜华灿烂一笑,比月色动人。

"宸音。"

如意糕甜腻过头,江淮不喜欢。可是陆舜华不一样,她甜得刚刚好,他看一眼,就喜欢上了。

"小郡主。"

桃花簌簌,陆舜华从树上往他怀里一跳,那一刻,整个春天都在他的怀中。

雨声,醇厚动人。

没有灯火,没有月光,天地间白茫茫一片,风暴中掀起万层波涛。

什么都是涣散的,什么都是恍惚的,什么都是虚浮的。

黑暗中,不知是谁长长叹了口气。

"规矩都吃到狗肚子里去了。"

江淮想,人性果真自私透顶,他想给陆舜华一个生的盼头,却又带着她一起沉沦,其实他恐怕还是爱自己多过爱她。

如果他足够爱她,就应该远离她,这样她还能有个光明的未来。

可他没有,所以一切都不一样了。

说到底他这个人,凉薄、自私,他知道没有了陆舜华他会有多难过,所以为了自己,他完全放任情感压过理性。

他有恃无恐,他狼子野心,他刻薄无情。

他……

"舜华。"

江淮低低地喊陆舜华的名字,这是江淮第一次喊陆舜华的名字。

"我爱你。"

屋子里十分安静,不知何时风声雷声雨声已然皆停。

陆舜华躺在席子上,长长地吁了口气。

一只修长的手落在陆舜华的发顶,动作轻柔。

这双手早已不是当初吹笛时温润细腻的手,舞过挎刀,挽过强弓,弄过利剑,手指上布满细密的伤口和粗硬的老茧,这应当是一双属于战士的,保家卫国的手。

可现在它带着无限柔情,一下下梳理着她身后的长发。

陆舜华抱着脑袋,不敢相信地道:"要是被祖奶奶知道了,她肯定要打我板子。"

而且一打绝对不止一百下!光是想想,她的手掌心已经开始疼了。

江淮把自己的外衣披在她肩头:"无妨,她打你几下,我全数担了。"

陆舜华踌躇地说:"那不行吧。至多一半,怎么说我也是祖奶奶的亲孙女,她下手不至于那么狠。你就不同,打坏了怎么办?你还要上阵杀敌的!最多分你一半!"

江淮失笑,眼里迸发出点点光彩。江淮在陆舜华脸颊上落下一吻,呢喃道:"小傻子。"

陆舜华昏昏沉沉地靠到江淮宽厚的怀里。江淮重新点了灯,坐到软垫上,一手提着笔,一手轻拍她的后背。

在力道舒缓的轻拍下,陆舜华恍惚打了个盹,撑了一会儿,还是没忍住慢慢闭上眼睛,睡了过去。

灯光下,江淮的侧脸清峻,眼里揉碎了月光,照亮长夜未央。

陆舜华仿佛躺进了温暖的春意中,周围都是他,情意绵绵,生机盎然。

睡前,似乎听到江淮在耳边说:"我给你准备了个东西,过两天让茗儿拿给你……"

皎皎明月,一如当年。

陆舜华看到江淮踏着滚滚红尘,穿过悠长岁月向自己走来,竟然有点儿不知所措。

陆舜华下意识地后退一步,低下头躲避江淮的视线。

所幸，江淮并未注意到她，江淮穿过人群，慢慢走到街当中，选了张椅子坐下，低着头把玩手里的花。

陆舜华隐于黑暗之中，看不清楚江淮的表情，只觉得江淮的脊背很弯，一直弯下去。

"嘿！大伙儿过来听一听！今个儿接上回继续说，说到哪了？"

一声响亮的呼喝，惊得四下躁动，不知什么时候圆月街上摆了个小摊子，一个长着络腮长胡的大汉一手捧着海碗，一手挥动吆喝。

渐渐聚过来的百姓对此习以为常，人群中有人喊："黄老，还讲的上一回的故事？能不能来点新鲜的！老子不要听话本里哄小孩的玩意儿，你给整点别的成不？"

"好说！"黄老"啪"的一声放下海碗，一拍身前的桌子，喝道，"有钱的给钱，没钱的帮黄老吆喝两声！保准什么故事都给你整出来，讲得你喜欢，比听你婆娘说话还喜欢哩！"

"哈哈哈。"

几个铜板、碎银丢进海碗，叮咚作响。

黄老伸手到身后酒坛子里，直接用大碗舀了几口酒喝下，打了个响嗝后，拍拍自己凸出的肚子，道："这回想听啥？我讲的你们不爱听，你们自己说。"

人群里一个扎着双瓣的年轻姑娘喊道："我要听将军杀敌的故事！"

黄老："姑娘够辣！"

双瓣姑娘毫不羞怯，仰起脖子又说："我不听那些平平无奇的，要听就听最厉害的将军，杀最凶猛的敌人。黄老你好好讲，讲得好了我给你银子！"

"讲得好了她嫁给你，给你当婆娘喽。"不知谁这样喊了一句。

姑娘的脸唰地红了，黄老见怪不怪地"哼"了两声："莫要胡言，我都可以当翠翠姑娘她爹了！不过姑娘没有，黄老头还是喜欢银子得紧。好，今天就来给你讲一讲你喜欢的将军杀敌的故事！"

翠翠忙问："哪个将军啊？"

"还能是哪个！"有人接道："上京城里除了征南将军还能有哪个称得上是最勇猛？"

黄老点头："不错，今天我给大家讲讲，我们上京城里赫赫有名的战神——征南大将军的事迹！"

"黄老，背后议论高官，小心被抓去渲汝院！"

"老子讲的那都是歌功颂德的事儿，他凭什么抓老子？"

陆舜华微微侧目，偏头望过去。

江淮坐在角落里，背对众人，或许是因为大家习惯了热闹，也或许是江淮今日的打扮着实朴素，竟没人发现他。

而江淮对黄老口中所说的自己也全无兴趣，只是专注地侍弄手中的桃花枝，恍若未闻。

黄老："要说征南将军，大家都知道，那是镇远将军的独子。镇远将军是何人？盖世英雄！虎父无犬子当如是。"

翠翠："你说的这些尽是没用的，快讲些好玩的！"

"姑娘真心急。"黄老打趣道，"我看你不过十三四岁，也是，无缘得见征南将军风采最盛之时，我姑且体谅你心急。"

黄老继续道："征南将军初入骁骑卫时年方十五，一年后转骁骑营，成为骁骑将军麾下一员。十二年前大臧内乱，骁骑将军赵英奉旨带领十万骁骑军支援大臧。征南将军彼时仅为参将，但少年骁勇，奇兵绝谋，以三万先行军对抗敌方七万大军，兵行险着，最终大获全胜！此乃征南将军初露头角之战……对了，翠翠姑娘，那年你阿娘还在给你喂奶吧？"

人群中又是一阵哄笑。

翠翠急眼了，喊道："别打趣我啦，黄老，你快继续说！"

黄老呵呵笑道："此后几年，征南将军可谓意气风发，参与大小数战尽皆披靡。清孽党、平叛乱，拓我大和土地，保我大和子民。策马轻裘，银装铁甲，少年英雄，少年英雄啊——"

陆舜华抿了抿唇，轻轻别过脸去。

黄老笑问："诸位可知道，征南将军一举成名的那一战是哪场？"

翠翠知道这个问题的答案，脱口而出道："青霭关一役。"

……

陆舜华的手在衣袍下猛地收紧。心脏在此刻爆出一阵揪心的疼痛，腹内的剧痛更是难当，仿佛汩汩地流出鲜血。

可她哪里还会流血。

不过是心伤，莫名叫嚣。

黄老一拍手掌，赞许地点点头，说道："当年南越不知打哪儿冒出来一个野皇帝，铁血手腕镇压反对他称帝的声音，皇位刚刚坐了没几天就下战书，直接对我大和开战。彼时大和众臣，赵英年老，其长子主将赵啸澜与副将叶涑皆在几次对战中重伤，次子赵京澜不擅战事，一时之间竟然落到朝中无人的局面。

"那会子朝局动荡，保守派主和，激进派主战，朝堂之上争吵不休。可是无论战或和，最终受苦的还不是我们这些小老百姓。翠翠，你可走运了，青霭的火没烧着你的奶瓶子哟——

"彼时征南将军虽是双十少年郎，但沙场之上纵横捭阖，未有败绩，只是皆为参将或副将之名，从未挂帅。直到青霭一战，他主动请缨，挂帅上阵，甚至连皇上为鼓舞士气都御驾亲征。征南将军不愧奇才，越人节节败退，隐州十二城固若金汤……"

翠翠插嘴："可我看本子里头不是这么写的，不是说那一战打得可惨了？"

"我这不还没说完嘛，小丫头急什么？"黄老说道，"双方已经签了停战协议，越族按协议退守三十里地，原本骁骑军已准备班师回朝，不料到了最后居然请来巫蛊师杀个回马枪！那一战，啧啧啧，惨！真惨！"

翠翠："到底怎么惨了，你个黄老怪倒是说啊！"

黄老说："你叫我老怪，我还偏不说了，急死你个毛躁丫头。"

有人调笑："别啊黄老，你这么戏弄人家当心翠翠不嫁给你了。"

黄老"哼"了一声，白眼翻到天上，愣是一个字都不说。

几许沉默后，黄老摸了把自己的络腮胡子："说起来征南将军虽然举世英雄，但同样也不乏铁血手腕，当初青霭关那战，他居然、居然……唉。"

翠翠对他这种吊人胃口的行为已经失去耐心，仰起头随口应道："将军本身就应当冷血无情些，处处温情还上阵杀什么敌，保卫什么国家？"

黄老摇摇头："非也，非也，年轻姑娘不懂事啊。你可知道，征南将军当初有个未婚妻，也曾蜜里调过油，百炼钢化作绕指柔。"

一句话如石投水，惊起水花乍现，涟漪晕晕，涤荡着不同人的不同心绪。

陆舜华蓦地阖上双眼，纤长的眼睫毛颤动不休。

因此，也错过了不远处那个拿花的男人陡然僵硬的背影。

翠翠喃喃道："未婚妻？将军竟然有未婚妻？"

"早没了。"黄老叹息道，"年纪不大，可惜了。"

……

——可惜了。

多少爱恨，多少恩怨，多少红尘往事，都凝聚在旁人的一声叹息里。

那个小女子死在最好的年华，死在一切都尚未尘埃落定的时候。

旁人这么说起她，可惜了。

三个字，囊括一生。

陆舜华终于凝望着背朝自己坐着的人影。

江淮仍旧一动不动，如一尊石像，任由别人将他的功过当成话本子来说，评一句铁血手腕或举世英雄，仿佛都和他无关。

他只是安静地坐在那里，摆弄着手中的花枝，似乎天底下那朵花才是于他而言最重要的事。

可怎么看，都觉得他身影寥落，莫名生出一股绝望。

片刻后，家仆从人群中找过来，眼见陆舜华安然无恙，低下头安静地立到她身后。

陆舜华摸了摸自己的小腹,转过头,看着长河。

"回去吧。"她说,"不看了。"

她的面纱,依旧挡住脸庞。

没人知道她是谁。

她看起来只是一个有些古怪的年轻女人。

忽然一个声音响起:"姐姐。"

陆舜华愣了一下,顺着声音低头看去,身边不知何时蹲着一个衣衫褴褛的小乞丐,他抱着膝盖,伸长了脖子去听黄老的声音,见他停了不说,满脸失望的表情。

陆舜华愕然:"你叫我?"

小乞丐点点头,伸出一只有些脏污的手,指甲缝里都是灰黑。

他说:"你刚刚是不是哭了?"

陆舜华摸着小腹的手顿时停住,然后慢慢收回来,手指微微颤抖着。

小乞丐有些茫然,说道:"我好像看到你在哭。"

陆舜华又把手放到小腹上,淡淡地笑了笑,说:"没有。"

小乞丐迷茫地点头。他从小就四处流浪,只擅长和野狗、野猫抢食,或者去低眉顺眼地乞求别人的施舍,对于比较复杂的感情,他从来理解不来。

他只是望着陆舜华离去的背影,看到斗篷罩住她纤瘦的身体,似懂非懂地眨眨眼。

她明明没有哭,可是眼里晕开了大片黑色,那种黑像是凝结了无数重压抑的悲伤和苦楚,比哭泣更令人难过。

第十四章 苦海寻欢

陆舜华回到赵府,家仆告知她叶魏紫去了地牢尚未归来,而且近几日可能都无法抽身。

她问为什么,家仆答准备接风宴,为夫人的哥哥接风洗尘。

——叶姚黄回来了。

叶姚黄戍边多年,前几年大和战事吃紧,几乎从未回家,近些年来大和局势安稳,虽然还没到政通人和的地步,但相较来说已算稳定,他得了空,便回家来看看。

"夫人问姑娘,想不想见大公子?"家仆问道。

陆舜华摇摇头。

除了叶魏紫,陆舜华其实谁都不想见。

家仆不多嘴,低声应了是,又说:"夫人怕姑娘一个人寂寞,特地搜集了些书册给姑娘闲时看看。"

说完叫了人,抬进了一口梨花木箱子。

箱子上雕着繁杂精美的纹路,陆舜华打开铜扣,把小箱子轻轻掀开。

"都是些杂书,夫人这几日替二爷料理府中琐事,又忙着接风宴,委屈姑娘一个人。"

"没关系。"

家仆应声,恭谨地退出门外。

屋子里点了灯火,灯花不时发出噼里啪啦的响声,陆舜华先把斗篷摘下来,盖到墙边的铜镜上,再坐到桌边打开箱子。

叶魏紫这几年真是稳重不少,她原本以为会看到什么《奇闻录》之类的书册,打开来发现都是些很正经的话本。

她觉得无聊,随手翻了两本。

单薄的身影在灯火下显得更细瘦,长长的手指扣在书册上,青白瘆人。

陆舜华翻了一阵,觉得不好看,丢到一边又拿过两本。

触手的书册很薄,摸起来不过几页纸,她瞥过几行密密麻麻的蝇头小楷,初时还未在意,越看越觉得眼熟。

"观自在菩萨,行深般若波罗蜜多时,照见五蕴皆空,度一切苦厄。舍利子,色不异空,空不异色,色即是空,空即是色……"

——《般若波罗蜜多心经》。

一行一行字,刺痛了她的眼。

外头起风了,已经是初春,风吹来仍如荒野上似的。

陆舜华叹口气,把经书放回箱子里,脸埋进手臂里,无意识地揪了揪自己一头长发。

陆舜华感觉很痛苦,死亡对她网开一面,可是回忆也没放过她,她总忍不住去想一些从前的事情。

江淮在出征前说有礼物要送给她,陆舜华送别江淮以后兴冲冲地去了将军府,茗儿搬来一口箱子,说是主子特地吩咐留给她的。

陆舜华乐呵呵地打开,被里面码得整整齐齐的经书给惊呆了。

江淮出征前替她抄写了一百多卷的《般若波罗蜜多心经》,每个字都仿她仿到极致,根本看不出差别。

茗儿:"郡主喜欢这份礼物吗?"

陆舜华摸了摸箱子的搭扣:"嗯……挺喜欢的……"

茗儿哈哈笑了,她也跟着笑了。

陆舜华指挥阿宋把一箱子经书给搬回了恭谦王府。

阿宋抱着箱子吭哧吭哧地直喘气："江小公子，当真是个人才。"

陆舜华笑眯眯地拍拍他的背，赞同地道："说得不错。"

阿宋憋了半天，没憋住，说："郡主，下回让他送点珠玉翡翠可以吗？"

他的腰都快被一百多卷书给压断了。

"恐怕不行。"陆舜华背着手，说道，"等他开窍，那恐怕得等到下辈子。"

"……"

陆舜华把箱子盖上，躺回床上。叶魏紫这几天没时间，陆舜华没办法和叶魏紫好好说话，只能再等几天。

不过也不急。

陆舜华盖着被子，迷迷糊糊地又闭上眼。

陆舜华又做了个梦，这一次是个很普通的梦，梦里没了桃花香，少年的江淮也长成了更挺拔的身姿。

陆舜华回到了十六岁那一年，江淮第一次上战场，历时半年而归，大臧之乱已平，江淮虽未上阵，但屡出奇谋，在军中大放异彩。

人人都道虎父无犬子，赵英对他也是赞赏有加，称回京后定会大受封赏。

然而一切出乎意料，回到了上京，所有主将、副将、军师都得了赏，唯独江淮没有。

因为江淮和皇帝大吵了一架。

皇帝要杀死所有战俘，处以极刑，以儆效尤。可江淮不赞同，大殿之上就这么吵了起来。

江淮觉得这种做法不对，但皇帝表哥不听，不仅不听，还拿砚台要砸他的脑袋。

所幸收了力道，又控制方向，虚虚地落到脚边，并未伤着他。

可江淮一颗心被砸得凉透，气得饭都吃不下，一个人坐在书房里生闷气。偏偏这时候还有不识相的人来招惹他。

藏书阁的房门被推开,一个瘦小的身影鬼鬼祟祟地溜了进来。

江淮眼尖,厉声喝道:"谁!"

来人战战兢兢地回答:"怕主子饿了,给主子送点吃的。"

"我不要,你退下。"

"主子,不饿吗?"

"不饿。"

"主子,真不打算吃点……"

江淮本来心情不好,这下耐心耗尽,皱起眉头,眼中泛起凌厉:"滚出去!"

来人哆嗦了一下,唯唯诺诺地答道:"是、是。"

说完捧着托盘转身离去。

可江淮越看那背影,越感觉不对劲。

府里什么时候有了这么一个小个子的侍从?

听声音倒是十分熟悉。

江淮眯起眼睛,眼看那人拐过屏风,马上就要消失,电光火石间想起什么,一拍桌子,大声道:"你给我站住!"

来人应声停下,转过身来,果真是那张俏丽的脸蛋。

陆舜华笑吟吟地将手里端着的馄饨递过去,一张脸仿佛映着太阳。

"主子,几岁了呀?"她撑着下巴,说道,"怎么跟别人生气了,却只知道饿着自己。"

三根葱白手指在面前转了转,眼睫下似有温暖人心的力量。

陆舜华作恍然大悟状:"噢,想起来了,主子今年三岁。"

江淮看着陆舜华的眼眸,不加掩饰地打量她,脸色总算是稍微缓和了一点。

他"哼"了一声,没头没尾地说了句:"我没错,错的是他。"

陆舜华笑着,看起来听不明白,也可能是不想明白。

趁着江淮吃馄饨的空隙,陆舜华抱着膝盖,提出来今年让江淮和自己一起去恭谦王府过年。

江淮有点惊讶,想了想,拒绝道:"不合规矩。"

"规矩?"陆舜华摸摸下巴,伸手从背后抱住江淮。

这人脾气臭,不爱笑,性子冷,但陆舜华知道,江淮其实同她一样,心里的孤单快要溢出来,却死死封在嘴角,半个字都不肯向着外人吐露。

他们是真正的同类,彼此温暖,彼此相伴。

"我们做的不合规矩的事情还少吗?"陆舜华蹭着身前宽阔脊背,"阿淮,跟我回家吧。"

梦境一闪而过,然后沉下去。

陆舜华醒来的时候,胸口憋闷,有一种想吐的感觉。

都梦见了些什么乱七八糟的东西?

陆舜华摸了摸自己没有心跳的胸口,自嘲地想,吐什么呢,没见过死人还会吐的。

陆舜华又躺了会儿,才疲惫地起身,披上自己的斗篷走出房门。

天空是灰黑色的,陆舜华算了算时间,自己大概睡了有好几个时辰。

走到院落的后门,依稀听见前院似乎亮起比平时更多的灯火,人声鼎沸,不知道在做些什么。陆舜华自回来后就不太喜欢往人多的地方凑,因此只看了两眼,就转身出了后门。

星子点点的夜空下,月亮像惨白的眼睛,默默地看着人世间的悲欢离合。

陆舜华行走在月华下,打开别院的后门,刚走两步,听到后面一个怯生生的声音说道:"姐姐,是你吗?"

陆舜华转头,看到一个在院门边缩成一团的身影。

是不久前见过的小乞丐。

小乞丐还是穿得破破烂烂的,目光里带着几分探究、几分渴望、几分好奇。

"真的是你啊。"小乞丐说。

陆舜华轻声说:"嗯,真的是我。"

陆舜华走过去,低头问小乞丐:"你在这里做什么?"

小乞丐比画了几下,说道:"我在等厨房的管事嬷嬷,她人好,府里如果有宴会,吃不下的东西她会分给我。"

陆舜华惊讶道:"宴会?"

小乞丐点头:"嗯,给叶副将接风洗尘的,可热闹了。"

以前的叶副将是叶魏紫的父亲叶涑,如今的叶副将……

"叶姚黄回来了?"

小乞丐:"我们见过后的第二天他就回来了。"

陆舜华诧异地道:"第二天?"

小乞丐:"是啊,我们三天前刚见过,叶副将第二天就回上京了。"

陆舜华张了张嘴。

她竟然,睡了三天吗?

"姐姐,你也是叶府的人?"

陆舜华摇头:"我不是,我只是认识这里的夫人。"

小乞丐心有戚戚:"叶家的二夫人,好凶好凶的。不过她从来不打人,也不会赶我走就是了……"

陆舜华扶着墙面,慢慢坐到他身边,问道:"你今年几岁了?"

"七岁。"

"爹娘呢?"

小乞丐掰着手指:"娘亲很早就去世了。爹爹赌钱输了,要把我卖掉,我从乐坊跑出来的。"

说着说着,猝不及防和面前的女人目光撞在一起。

小乞丐没说完的话,忽然停了下来。

这个年轻女人在看着他。

安安静静的,目光温柔。

陆舜华的眼瞳很奇怪,透着死气,眼珠子还有点僵硬,但是小乞丐感受到了她的目光，异常柔软。

陆舜华又问："你那天去圆月街是想放河灯吗？"

"不是，我想听故事。"

小乞丐咬了咬手指，不无向往地道："我很喜欢听故事，可是说书人只在馆子里讲，他们不许我进去，我只能去街上偷听黄老讲故事。"

陆舜华觉得心里涌出一股怪异感，还没等她摸清楚那感觉，又听见小乞丐说："姐姐，你为什么一直戴着面纱？"

陆舜华低下头，隔着面纱摸摸自己的脸："因为很丑。"

小乞丐探头过来，左看右看，说道："不会吧，我觉得你一定很漂亮。"

陆舜华："为什么？"

小乞丐："因为你看我的眼神和我娘一样，都很温柔，我娘是天底下对我最好的人，也是天底下最好看的人。"

"我跟你娘不一样。"陆舜华苦涩地道，"我比你娘难看多了。"

"我不信。"小乞丐说："你摘下来给我看看。"

陆舜华又摇头："不。"

小乞丐不依不饶的："给我看看嘛，就算你没我娘漂亮，我也会觉得你是天底下第二好看的人，我保证。"

陆舜华觉得他小孩心性，觉得很无奈，偏偏他又缠人，无奈之下她只得说："我给你看，可是你不要被吓到。"

小乞丐很爽快："好呀，但是我如果没有被吓到，你也得答应我给我讲个好听的故事，黄老上回讲了一半就不讲了，可气死我了！"

陆舜华笑了一声，答应了。

面纱慢慢落下，小乞丐睁大眼睛，一眨不眨地盯着。

月光照映出一张脸，半张都是斑驳的血痕。

陆舜华清楚地听到小乞丐倒抽冷气的声音。

她只露出一半就迅速戴上，苦笑着道："我说了让你不要看。"

"我才没有吓到！"小乞丐逞强道，"我不怕，你根本没吓到我。"

陆舜华不置可否地摇头。

"你输了。"果真是小孩儿,转眼就得意起来,"你要给我讲故事。"

陆舜华"唔"了一声,靠在院墙上,长出口气。

她慢慢地说道:"行啊,我给你讲个故事,也是一个将军的故事。"

小乞丐立刻来了精神,眼睛晶晶亮。

夜色暗下来。

女人的嗓音飘散在风里。

"从前有个将军,在他还不是将军的时候,他也只是一个小少年,爹娘疼爱,无忧无虑。变故发生在他十五岁时,他爹爹上了战场,那时亲王叛国,内忧外患……"

桥下湖,绕城流,花灯点点,月影煌楼。

依稀是那年春风微雨,桃花红尘。

除夕那日,老夫人嘴硬心软,说是不喜欢江淮,还是怜他孤苦,把他也接过来一起过年。

饭桌上,她说给二人偷偷合了八字。

陆舜华惴惴不安地问:"祖奶奶,怎么样?"

祖奶奶面色沉沉。

江淮也有些不安:"老夫人,我……"

"还行。"

老夫人挥挥手:"不算很差。"

不算很差,就是有点差。

算命的说江淮此人,命格主杀,戾气过重,唯恐天地难容。

这种人命中注定就是该孤苦一生,若要成婚,也必须选一个大祥瑞年。

然而最近的祥瑞之年却在三年后。

陆舜华喃喃道:"三年后我都十九了,是个老姑娘了。"

老夫人冷哼:"自己选的夫君,能怪谁?"

江淮在底下偷偷抓着她的手,与她十指紧扣。

老夫人从阿宋那儿接来两个红彤彤的压祟包递过去。

"我就不陪你们放河灯了,一把老骨头了要早点休息,这个拿去,"她看了看江淮,"来年也一切平安。"

江淮默默地接过来,道了声"谢谢老夫人"。

陆舜华吃了饭,高高兴兴地拉着江淮出门放河灯。她选了个兔子样式的河灯,看它随着河流飘走,笑意溢满眼睛。

后面的人从背后搂住她,把她圈在温暖的怀中。

两封压祟包都塞到陆舜华的手里。

陆舜华:"这是祖奶奶给你的,怎么给我了?"

江淮在她头顶低笑,胸膛微微震动:"她已经把她最好的宝贝给了我。"

陆舜华红了脸,抱着压祟包,静静地看着眼前一盏一盏顺流而下的河灯。

陆舜华被江淮抱着,像是隔绝出新的天地。

而这天地也只有陆舜华知道,温柔的、隐秘的怀抱,是专属她的。

陆舜华心想,这样就够了。她所求不多,不管这个人会不会说好话,会不会逗她开心,会不会温柔小意、低眉顺眼,都不重要。

不求了,她满足了。

第十五章 画地为牢

小乞丐眨眨眼:"后来呢,将军和那个姑娘过完年了,他们是不是该成亲了?"

"还没有。"陆舜华说,"祥瑞之年在三年后,没那么快。"

"那后来又发生了什么?"

后来?

陆舜华五指收紧,掌心摩挲过柔软衣料。

她扶着墙站起来,缓缓摇头:"下次再告诉你。"

小乞丐急了:"你话怎么能只讲一半呢!你这人忒过分,不行,你快告诉我,后来发生了什么?"

陆舜华往回走:"以后再说。"

"以后是什么时候?"

陆舜华转头:"以后就是……"

陆舜华想了想,对着小乞丐热切的眼神,说:"再一次见面的时候。"

小乞丐应道:"那可说好了,下次见到了继续给我讲故事,不能言而无信!"

陆舜华:"好。"

陆舜华回别院的时候,天已彻底黑了。

大抵这两天真的忙坏了,别院附近都没什么人气,陆舜华拢着衣袍,在水榭边站了会儿，不想回别院，就绕着院子中央的石板路慢慢散步。

其实说是散步，不过就是漫无目的走动，陆舜华远离红尘烟火太久，不太习惯热闹，但也不喜欢过度冷清。

陆舜华抬起头看着远处，喃喃地道："真热闹。"

热闹是有温度的，虽然陆舜华没有接触到，但这份热闹依然感染了她，让她觉得自己好像也温暖起来，也变得有些真实。

哪怕这份真实是自欺欺人。

忽然之间，身后有个清脆的女声喝道："喂，你是谁？站在那里做什么？"

陆舜华愣了一下，转过身。

不远处站着一个穿着桃红袄子的小丫鬟，手捧一壶热酒，皱着眉看她，目光毫不掩饰地放肆。

"你是赵府的丫鬟吗？"她抽抽鼻子，上下打量她，"怎么穿成这副德行？"

陆舜华面无表情地望着她。

陆舜华的眼里有清冷的波光，太过凌厉，一时间竟然震慑到了对方。

小酿提着酒壶，心里犯怵。

这人到底是谁？穿得这么奇怪，把自己裹得不人不鬼，丫鬟不像丫鬟，小姐不像小姐，该不会是赵二公子养在别院的外室吧？

"你到底是谁？"

小酿没有说完，就被蒙面女人身后的来人打断了。

"你们在做什么？"

小酿一张脸蛋立马绽出笑容，福了福身，脆生生地喊道："将军。"

江淮应了声，踱步过来。

江淮自然也看到了背朝自己的穿着斗篷的女人，身影在月色下茫然而孤单，像迷了方向的倦鸟，不知如何归巢。

这个女人给人的记忆实在深刻，栖灵山上匆匆一瞥，江淮以为不过偶遇，直到今天再次碰见，江淮才发现他好像从没忘记过她。

陆舜华奇奇怪怪的，但偏偏让人忘不了。

江淮走近了一些，又问："你们在这里做什么？"

小酿答道："奴婢去厨房取酒，正好酒冷了些，便拜托厨房里的嬷嬷替我热一热。回去时路经此地，恰好碰到这位姑娘，于是多嘴问了几句。"

小酿抬起一张更灿烂的笑脸，说道："就是不知为何，这位姑娘总不理人。"

"知道了。"江淮说，"下去吧。"

小酿犹豫着看了江淮一眼，脚下未动，反倒是那个女人听了话，乖乖地迈步就走。

步子有点急，仿佛急着逃开什么。

江淮出声："我没让你走。"

陆舜华恍若未闻，加快脚步往前走去，被小酿用力一把拉住手臂。

"喂，你走什么，我们将军在跟你讲话呢，你听不见吗？"

然而她仿佛被针扎了似的，身体一抖，大力甩开桎梏着自己的手臂。

小酿这才注意到，她的眼睛已经赤红。

被甩了两下，虽然不痛，但这样被拂了面子，还是在自己仰慕的人面前，小酿难免拉下脸。她干脆换了右手，用上十分的力道去抓人。

换手间隙，小酿不小心扯到了女人的右手手腕。

这下眼前的女人真如惊弓之鸟，再也克制不住，如被火烧，颤抖着声音说："你放开，不要抓我的手……"

江淮半垂着的头猛地抬起。

女人只说了这一句，还在和小酿拉拉扯扯。动作太大，斗篷外袍被扯掉，月牙白的衣衫裹着瘦极的身体，蒙面的白纱也几度被拉扯，露出半个侧脸，脖颈如瓷白皙，纤细到似乎能映出骨骼。

江淮的呼吸陡然变得沉重起来，他冲上前，但才走两步竟然感到全身脱力，眼睛死死地盯着女人，不敢移开目光。

这个久经沙场、杀伐果断的男人第一次连话都讲不清楚。

"你,你放开她!"

小酿不肯,挣扎着道:"将军,是她先出手伤……"

江淮如野兽暴怒:"我让你放开她!"

小酿吓了一跳,面色惨白,不知道自己做错了什么,颤颤巍巍地跪下去。

江淮没多看她一眼,几步走过去。

江淮仿佛不敢置信,紧张到隔着几步便不敢上前。在那个瞬间,他想起来许许多多的事情,纷繁芜杂,刹那全都涌进脑海,死死地扼住喉咙,缠着心口,让他的声音像是费尽全力从喉头挤了出来。

"你,是谁?"

"你可以不用叫我郡主?"

"你是我冤家,对你好不行,对你不好也不行。"

"你不用总是捏着情绪,说一句想说的话也没这么难。"

……

"阿淮,跟我回家。"

这些声音和景象纠缠相生,将他日渐冰冷的心扎穿,所有的破碎,所有的圆满,慢慢重叠,慢慢重合,成了刚才面前的女人说的那句话。

江淮的嗓子像被大火烧过,他又问了一遍:"你是谁?"

陆舜华低下头,看着自己的鞋尖,始终不曾抬头看江淮,往后退了两步。

这两步让江淮一下子清醒过来,他无法压抑体内狂躁的情绪,不过几个瞬息,他就难以忍受。

江淮不想给自己太多希望,明明知道这是不可能的事,他的姑娘、他的妻子早就已经在八年前,死在青霄关的战役里了,怎么可能还会……

可是,太像了。

真的太像了。

像到他生出不切实际的奢望。

"你不用怕。"江淮努力稳住心神,哑着声音低低地道,"告诉我你是谁,我不会为难你。"

江淮靠近了些,看到银白色的月光下,女人捂着自己的半边脸,不住地摇头。

江淮喘着粗气,喃喃着道:"求你告诉我吧,告诉我你……"

告诉我你是她。

告诉我你不是她。

江淮不知道自己想说点什么。他只觉得快疯了,从刚才她不小心喊出的那句话开始,一切模糊的线索陡然变得有迹可循。

她和叶魏紫的亲密无间,她在栖灵山吹的《渡魂》,她跪拜磕头,是在拜谁?又在怀念谁?

可能吗?真的可能吗?

会不会是假的?万一只是听错了呢?

可是,如果、如果是真的呢,当初不是没找到她的尸体……

会是吗?

江淮哑着嗓子:"是你吗?"

他在问谁?是在问她,还是在问自己?或者问的是给了自己无数绝望的上天?问纠缠自己多年的可怖的梦魇。

这个人就在江淮面前,他却不敢再动。

江淮赤红的眼睛盯住女人,伸出的手指尖冰凉,带着微微颤抖想去抚她面颊。

"你说话啊……"

她无声摇摇头,露出的肩背脆弱。

江淮被她身上那抹无助惊得愣怔一下。

就在江淮愣神的瞬间,她猛地将江淮一推,快速退后几步,转身就要往另一方向跑去。

在江淮的眼中,她几乎是落荒而逃。

江淮仿佛如梦初醒,立即反应过来,眼见她走远,咬了咬牙,一不做二不休,"唰"的一声抽出腰间的佩剑。

江淮疾行几步,剑气带起凌厉的风,在夜色下闪过雪的光亮,不为伤人,只冲着她脑后的白纱系带而去。

剑光明亮了一刹,又迅速消失,取而代之的是刺耳的兵器碰撞声,两剑碰撞,发出极其锐利的响音。

"住手。"

醇厚磁性的男声响在耳畔。

江淮一见来人,脸色稍霁,但转瞬又想到什么,厉声道:"你让开!"

叶姚黄执剑而立,将陆舜华挡在身后:"将军为何对我府中人刀剑相向?"

"我没打算伤害她。"江淮抿嘴,"让开。"

叶魏紫此刻也急匆匆赶了过来,刚才两剑相击的声音着实太响,惊动了前院宴客厅,她身后还跟着面色难看的赵京澜,以及晚了几步行来的赵啸澜。

赵京澜与江淮还算交好,见此情状吓了一跳,忙上前问:"发生了何事?怎么突然这样?"

叶魏紫却不管不顾,两三步跑到陆舜华身边,揽过她的肩膀,低声问:"你没事吧?"

陆舜华无力地摇摇头。

"没事就好。"叶魏紫松了口气,回头打量江淮两眼,思忖道:"别管这里,我先带你回别院。"

陆舜华也不想再在这里纠缠下去,求之不得地点点头。两个人相互搀扶着,往别院方向走去。

"站住!"

周围所有人都看向江淮。

江淮的脸上没有丝毫表情,却又似乎写着千言万语,他整张脸都微微扭曲,乍看之下十分狰狞。

江淮说:"你不许走。"

叶姚黄顺势转头，看了眼自己的妹妹和披着斗篷的女人。

叶魏紫悄悄冲他摇头，无声地道："我朋友。"

叶姚黄于是心下明了，横剑在前，说道："将军，这位姑娘是阿紫的朋友，她如今不想与你交谈，将军大好男儿，请莫要为难一个女人。"

赵京澜也走过来，悄声问："阿淮，你认识她？"

江淮全都充耳不闻，看着那背影，咬着牙重复道："我说，她不准走。"

赵啸澜走过来打圆场："今天是给姚黄接风洗尘的，闹成这样何必呢？我看江将军与这位姑娘之间可能有点误会，倒不如在这里把话说开。江将军的为人我们也都清楚，想必不会同一位姑娘斤斤计较，万一真有什么不愉快，也请二位卖我赵大一个面子，大家相逢便是有缘，把话说开了再好好解决，没必要动刀动枪，伤了彼此感情。"

一番话说得滴水不漏，四面逢迎。

可惜江淮不是擅于权术之人，根本听而不闻。他举起利剑夹在胳膊和胸膛间擦拭，缓缓抽出，剑上倒映出他执着的双眼，满含凌厉。

利剑出鞘，不死不休。

江淮眯起眼睛："赵京澜在这里也没用，叶魏紫，让开！"

江淮握紧长剑，腰间空余短笛，晃晃荡荡。他走到距叶姚黄几步远，剑光反折月光，话语里难掩戾气。

"叶姚黄，你从前就碍眼。"江淮冷冷的，一字一字，似乎翻涌着陈年的旧怨，"如今，更碍事。"

剑尖抬起，直指身前的女人："我要问她几句话，你们谁都别拦我。"

叶姚黄偏过头，看到他眼里的疯狂，还有握着剑却依然颤抖的手。

颤抖得不明显，但叶姚黄认识江淮多年，这么点细小差别一眼就能发现。

江淮在发抖，江淮在害怕。

叶姚黄下意识地又去看身后，叶魏紫护着的那个女人。

叶姚黄对江淮很了解，他们曾是战场上并肩杀敌的伙伴，也是心属同一人的情敌，做过同窗，做过朋友，做过上下级，爱过同一个人，也怀念过同一个人。

因此叶姚黄对江淮的反应才更加不解。

叶姚黄不明白,也许永远也不会明白。

叶姚黄不能明白会有人真的在感情上成了一头困兽,将自己画地为牢,永生禁锢其中,任由时光荏苒,伤痕累累,固执地留在过去的岁月里,即使活着,也像死去。

低低的叹息传来,四散在风中。

家仆早在叶魏紫的示意下,劝走了赵京澜和赵啸澜。

女人转过身,对上江淮深沉的双眼,嘴唇动了动,想要发出声音。

江淮见她回头,眼神颤抖了一下,嘴唇迅速褪去血色,宛如等待着宣判的刑犯。

一点点的生机,全都系在她的唇齿之间,全都在她几句话之间。

她的目光很冷,很无奈,也很凄楚,声音透着一股深深的疲惫和无力。

她低下头,轻轻地说:"阿淮。"

当啷。

是佩剑掉在地上的声音。

"当啷"一声之后,周围安静下来。

夜风歇了,月亮隐于乌云之后,仿佛时间也渐渐慢下来。

岁月在此刻突然停住。

叶魏紫松开了拉住陆舜华的手,叶姚黄双目满是震惊、错愕,不敢相信地盯着身后的人。

唯有男人低哑的声音,似乎饱含沧桑,因为经过了太长时间的凄楚孤守,反而和平时无异,只多了些许不为人知的哽咽。

"六六……"

奢望过这是真的,太希望这是真的。

希望太炽热,反倒不敢相信这是真的。

八年了，人间换了多少面孔，许多人开始遗忘。

他们逐渐遗忘了战争带来的痛苦，遗忘了亲人离去的悲恸，遗忘了爱人不在的孤独。

就连叶姚黄，也在醉酒的时候说，父亲年事已高，他不能再让老父担忧，让叶家绝后，他接受了父亲的安排，准备迎娶渲汝院掌事之女为妻。

醉话和着酒意，飘洒在风里："这世上，只有你还记得她。"叶姚黄说着说着，眼睛被酒染得通红："她没选错。"

叶姚黄睁着蒙眬的醉眼，对江淮说那不是你的错。

可是这只是一个错误吗？

江淮清楚地知道，哪怕它只是一个错，一个跟尸横遍野，民不聊生相比起来微不足道的小小错误，代价也依然惨重，因为他再没改正这个错误的机会。

算命的没有判错，他的一生，戾气过重，天地难容，注定一生孤苦贫瘠。

可在江淮贫瘠的生命中，他也曾短暂地得到过温暖，是这丝温暖，支撑他从少年到青年的无数岁月。

但是这些都被他毁掉了，亲手毁掉了。

夜深了，似无波古井，深不见底。

天地都是安静的，在这份安静里，江淮显得有点不知所措。

江淮像个傻子，反应过来后的第一件事竟然是去捡起了自己的佩剑。

剑柄握在手中，江淮才觉得不对，又不假思索地松了手。

"哐当"一响，砍杀过无数贼子宵小的利剑掉进了石板路边的草丛堆。

江淮觉得惊慌失措，嘴唇抖得厉害，心口处空空荡荡，胸前却又有着压抑的沉闷。

江淮试着说话，但发现自己根本不知道要说什么，对上叶姚黄身后露出半个身子的女人,他完全没了言语能力,月影幽幽,陆舜华的身影更像是幻觉。

江淮不敢开口,害怕这是一场大梦。

陆舜华望着江淮,她从叶姚黄身后走出来,走了几步站到江淮的面前,安静地抬着头看他。

江淮嘴张了又张,因为极度克制,浑身都在颤抖。

江淮终于开口:"六六。"

一滴泪从眼角滑落。

江淮的声音低沉生涩,惊慌悲怆的模样竟和多年前那个躲在假山石后偷偷学着吹笛子的少年重合。

江淮涩声说道:"将军府的桃花快开了,你想不想跟我回去看看?"

……

"郡主若是喜欢,以后将军府的桃花都是郡主的了。"

"若是因为,桃花也喜欢你呢。"

……

江淮在看着她。

陆舜华似乎有片刻茫然,低下头轻轻地说:"现在就快开了吗?好像比往年更早。"

"真的快开了。"江淮说,"开得很好看。"

陆舜华恍然,有种似梦的错觉,一瞬间觉得时光仿佛倒流回了八年前,回到了她还是宸音郡主的那个时候,江淮只是骁骑营新兵,一切都没发生的时候。

江淮的目光沉下去,稍微靠近一步,想要去牵她的手。

另一个人迅速挡到他们之间。

叶魏紫忍了许久,再也忍不住,一个箭步冲上来,伸手就去推搡江淮。

"你这个害人害己的混蛋,你给我滚远一点!有多远滚多远!少在这里假惺惺的,虚情假意!"

江淮猝不及防地被叶魏紫一推，因为根本没防备，竟然直接被叶魏紫推倒在地。但江淮并未露出怒容，反倒坐在地上，一脸无措地仰着头，目光还是死死地锁住陆舜华。

叶魏紫不管这么多，直接冲傻了的叶姚黄喊道："哥，你还愣着干吗？快把他赶出去！"

叶姚黄在身后并没有做出任何回应，叶姚黄的脸色时白时红，也不比江淮好到哪里去，但好歹保持了冷静。

"阿紫。"叶姚黄走过来，拍了拍叶魏紫的肩膀，劝道，"不要冲动。"

不知为何，眼神左躲右闪，就是不肯多看陆舜华一眼。

叶姚黄走到江淮身边，弯腰扣住他臂膀，将江淮从地上拉了起来。

江淮怔怔地看着陆舜华，忽然又道："六六。"

叶魏紫和陆舜华一起看向江淮。

江淮放开叶姚黄，绷着身子，声音也很紧张。

"你不要难过了。"

"……"

"……我带你回家。"

第十六章 再回将府

"回家?"叶魏紫冷笑道,"江淮,你真有脸说得出口。"

江淮沉默着,看着陆舜华。

陆舜华安安静静的,她似乎真的倒回了那段时光里,但小腹传来的刺痛在提醒她,不是的,物是人非。

他们回不去了。

于是陆舜华摇了摇头,往后退几步,表明了态度。

叶魏紫赶紧拦过来。

江淮一愣,看向陆舜华,他的眼里有千言万语,嘴里却没有发出丝毫声音。

就这样过了会儿,可能许久,也可能是瞬息。

"那我们不说回去的事了。"江淮笑笑,笑容很僵硬,更多的是迷茫,"你以后、我们……"

叶魏紫嘲讽:"谁还会和你有以后。"

江淮没理叶魏紫,他固执地看着陆舜华,慢慢地转过眼睛。

"将军府的祠堂……"江淮踌躇了一会儿,声音低下去,"供着祖奶奶的牌位,你、你想不想去看看她?"

陆舜华低声说:"是不是还有我的?"

"嗯。"江淮的声音听起来很冷静,已经不再颤抖,"你的和祖奶奶的,都供在将军府的祠堂中。"

"是你葬了祖奶奶?"

"是……"江淮好像在和陆舜华闲话家常,陆舜华问什么他就回答什么,甚至泛起了轻松,只是那抹说不出的诡谲。

"不能大办,一切从简,选了离栖灵山古寺比较近的地方,你上次去过了……"

"你辛苦了。"

江淮不知道该说什么。

叶魏紫十分不耐烦,抑制不住心里的狂躁。叶魏紫没想过江淮会那么快就发现陆舜华,叶魏紫本能地不想让江淮靠近陆舜华。

"话说完了,可以走了。"叶魏紫的眉头皱着,赶人的意思非常明显。

陆舜华出声:"我跟你回去。"

江淮说"好"。

叶魏紫一惊,回头,脱口而出:"六六,你为什么跟他回去?"

陆舜华低着头,仍然戴着面纱,但是头发挡住半张脸,她缓缓地道:"总要去给祖奶奶上几炷香。"

叶魏紫:"我陪你去。"

陆舜华摇摇头,声音很轻:"不必了,你如今有家有子,不用将全部心力都放在我身上。待我上完香,得空了就来找你。"

叶魏紫不答应:"那让我哥陪你去,上了香就回来。"

陆舜华:"焚香之礼持续三日不可间断,你不用担心,三天后我就回来。"

"那就让我哥陪你三天。"

陆舜华无奈地摇摇头。

陆舜华微微侧目,目光落在身边的叶姚黄身上。

一身简装,剑眉星目,面目威严。

再看江淮,戾气深重,眉宇冰冷,充满肃杀。

除了叶魏紫,他们都不一样了。

"阿紫，不要闹了。"她轻笑，摸摸她的长发，"我们都长大了，姚黄也要娶妻，怎么能一直陪着我呢。"

闻言，叶姚黄脸上浮出怪异的神色，欲言又止，目光不再躲闪，很快地抬头偷觑一眼，又咬唇别过头去。

叶姚黄轻声说："我送你过去。"

陆舜华点头："好。"

他们谁都没有问出口，你怎么还活着。也没有人去深究，这八年她去了哪里。

陆舜华隐隐约约地露出的半张血痕斑驳的脸，似乎冥冥之中给了他们答案，也仿佛一把枷锁，把那些将问未问的话语，统统掐在了喉间。

夜半时分，马车从赵府偏门缓缓驰出。

两个男人分别骑着高头大马一左一右地跟在马车后，距离极近，却谁都没有说话，冷清的街道上只有马蹄声。

两人之中，一人微微低头看不清表情，一人面色冷厉，稍微落后几步，却紧紧地跟着马车。

因为太近，显得他有些过度小心及固执倔强，挽着缰绳的手也有些奇怪，像是想控制着马儿轻点，再轻点，唯恐惊扰到了马车里的人。

很快就到了将军府。

叶姚黄骑在马上，看着叶魏紫扶着陆舜华，沉默地望着她。

像是有所感知，陆舜华在踏进门前突然停了，回头看了叶姚黄一眼。

夜风里，这个坐在马上的年轻人身形寥落，看着陆舜华不言不语，更像是无语凝噎。

陆舜华和江淮，和叶魏紫说过那么多话，唯独没有和他说话。

陆舜华沉默了一会儿，淡淡地笑了，对着叶姚黄的方向喊了声："哥。"

叶姚黄一震，半晌没反应过来，过了许久，才听到他沙哑的回复："怎么了？"

陆舜华摇摇头，说道："新婚快乐。"

这句话，不知道以后还有没有机会说出口。

所以趁她还能说的时候，说出来。

叶姚黄低声说："谢谢。"

过了一下，又道："夜里风大，快进去吧。"

陆舜华答应了，进门前又转过头，对叶姚黄说："三天后……"

"我会来接你。"这回没等她说完，叶姚黄抢着说道。

叶姚黄勒了勒缰绳，说："三天后见。"

陆舜华笑了："三天后见。"

说完迈步，缓缓走进将军府。

叶姚黄在原地注视她许久，直到看到陆舜华的身影消失不见，被重重桃花林掩盖，才一夹马腹，回叶府去。

小酿正式成为将军府奴婢的时候才六岁。

和府里众多奴婢不同，她原本并不是将军府的人，听阿娘说她怀孕的时候还是恭谦王府的大丫鬟，替府里的小祖宗守夜。

恭谦王府的小祖宗是宸音郡主，姓陆，叫什么小酿忘了，她问阿娘，阿娘也只是叹气，不肯再提。

因为将军不喜欢他们提。

大和九年，随着老夫人投河自尽，恭谦王府一夕之间树倒猢狲散，府里众多奴仆趁乱卷了钱财逃跑的有，枯坐房中抹泪的有，叹了口气收拾细软回老家的也有。

小酿一家签的是死契，阿娘和阿爹自小就被卖给了恭谦王府，除了做奴才什么也不会，王府倒了，他们的天也塌了。

还好有将军。对于那日的情形小酿已经记不太清，唯独记得一片死寂当中，那个男人如天神般来临，踏过枯叶，一步一步走上台阶，眉目很冷淡，声音也很冷淡："愿意去将军府的，跟我走。"

第一个跟上的是小管家阿宋，扶着老管家，老管家的年纪大了，走得很慢，将军刻意停下，站在王府门口等他们跟上。

小酿的爹娘只是愣了一下，便立刻感激涕零起来，提着早就收拾好的包袱跟上去，小酿被他们牵着，从阿娘的衣摆下探出脑袋去看。

男人一身轻便黑衣简装，发带束起高高的马尾，站在门口的老树下，老树枝都秃光了，因为是背对着他们，只露出一个背影，望着极为萧索。

阿宋经过他身边，似是不忍，轻声说："江小公子……"

话没说完，被他爹捅了下。

阿宋一激灵，忙改口道："将军，节哀。"

将军并没有计较他的失言，轻轻点头便算过去了。

轮到他们一家出去，将军微微侧目，看了阿娘一眼。

"是你。"他说，"你是那个守夜丫鬟？"

阿娘低着头答："是奴婢。"

将军轻声说："去藏书阁伺候吧。"

说完一顿，又道："不要进内阁。"

阿娘忙不迭地答应了。

此后过了八年。

征南将军真如外界传闻一样，性戾，冷血，不近人情。

三年前他抓到一南越遗族，虽然南越如今已经归顺，改称南疆，但越人仍然保留了骨子里的桀骜。听说抓来的是个前锋大将军，主持了当年青霭关的杀戮，明知与江淮有生死冤仇，依旧不改本性，口出狂言。

江淮对他用了十八种酷刑，渲汝院牢中的地面像被血描绘出的画卷，他作为执笔的人，脸上没有多余的表情，可身边行刑的人都吐了。

事后皇帝震怒，却也无可奈何。

阿娘叹息道："这一场恩怨，竟没个到头的时候。"

阿爹也叹："到不了头了，将军心里过不去。"

小酿好奇地问："阿爹，阿娘，为什么这么说？"

阿娘摸了摸她的头发，似乎想起了很久以前的回忆。

那也是她第一次听到关于宸音郡主的故事。

她们口中的宸音郡主，天真机敏，勇敢坚定，没有官家小姐的娇纵，处处承袭了恭谦王的直爽。

桃花枝、圆月灯……她没见过那样的宸音郡主，也没见过那样年少明亮、意气飞扬的将军主子。

少年鲜衣怒马，鸿鹄之志，扬言踏破敌人河山。少女羞涩娇俏，情意缠绵，一生一世一双人。

后来，一将功成万骨枯，碧落黄泉不相见。

小酿对将军萌生情意以后，在心里偷偷无数次幻想宸音郡主的模样。嫉妒和羡慕共生，她越发觉得那应该是个天底下最温柔、最美好的姑娘，才配得上将军的喜欢。

但今天见了真人以后，她只剩下失望。

小酿无数次皱着眉头打量跪在祠堂里的人影。

就这样一个……女人？

浑身透着阴气和死气，像是对人世间没了丝毫留恋。这儿的万紫千红留不住她，亮堂堂的日头也暖不了她，她的每一寸都是冰冷的，冷到骨子里。

小酿撇撇嘴，跟个死人似的，有什么好喜欢的。

脚步声响，她低头让到一边。

江淮从门外迈步进来，站定在陆舜华身后，轻声说："很晚了，先歇着吧，明日再来。"

陆舜华点点头，从软垫上起身，脸色苍白，从刚才进祠堂跪拜上香起，陆舜华就摘下了面纱，此刻转过头露出来的是一张恐怖的脸庞。

小酿眼里登时出现惊恐的神色，踉跄着往后退了一步，手里端着的祭奠用品"啪"的一声，掉在地上，人也吓得往后瘫坐，腿蹭着地面往后挪。

空气凝滞，江淮的声音带着凌厉的怒气："谁干的？"

陆舜华没有回答，定定地看了小酿一眼，良久露出个淡淡的笑意，说:"不妨事。"

"是谁干的?是越人?"

"我累了。"陆舜华低头摸了摸自己被袖子掩盖住的手腕,移开目光,望着灵堂外的长夜,"我要休息了。"

江淮看着陆舜华,看了许久,终是妥协,轻声说:"好。"

陆舜华不想说,就不说。

江淮带陆舜华去了藏书阁东边的侧房,陆舜华推开门的时候,江淮还在身后看。

"六六。"

江淮抬起头,脸上的表情似笑非笑:"我好像在做梦,会不会等一下就醒来了?"

陆舜华的手露在外面,但她仿佛不喜欢,用斗篷把它拢进里面。陆舜华没有回答江淮,慢慢抬起左手,去推面前的门。

门推到一半,被另一只宽厚的手格挡住。

陆舜华静静地看着江淮。

"你说,"江淮的脸色看起来很差,眉梢皆是忧虑,扣着门板的手骨节发白,"是梦吗?"

江淮的嘴唇抖了抖,好像真的分不清是现实还是梦境,他一直努力压抑的什么东西,却像是再也压抑不住。

江淮的身子往前倾了倾,用力闭上眼睛,又缓缓地睁开,说:"不然,你再和我说句话吧。"

陆舜华手按着门板,一动不动。

江淮一直看着陆舜华,面部用力,咬紧了牙,说:"说句话,随便说什么。"

窗外,明月高悬。

陆舜华拢着袖子,左手手掌按在门板后,往外推的同时说:"很晚了,睡吧。"

江淮的手紧了紧，眼看那门关了一半，陆舜华的脸消失在半片阴影中，心头的慌乱惶恐尤甚，没有犹豫一把扣住她的手腕。

"再说一——"

陆舜华抬起手，想要抽回来，不料被江淮用力地攥紧。

江淮满脸惊疑，手下生了大力气，眼里不掩奇怪，深吸口气，抬起右手要去探掌下脉搏，却被陆舜华伸手轻轻格挡开。

江淮惊疑道："你——怎么回事？"

江淮不敢相信地抓着纤细的腕骨，他是习武之人，刚才没多想，出手用的力道下意识很大，按理说应当很痛，可陆舜华的脸上表情依旧淡淡的，连眉头都没抬，仿佛感觉不到痛。

江淮没探错，手下的腕骨处，没有脉搏。

"别试了。"陆舜华轻轻地说："是真的。"

是真的。

陆舜华没有脉搏，没有心跳，也没有呼吸。

陆舜华是具尸体，是个死人，是个怪物。

陆舜华没有去看江淮的表情："歇息吧。"

江淮的身子狠狠一晃，却无论如何都不肯放开手。周围静谧一片，他再也没问这是不是场梦境的问题，只是死死地盯着陆舜华看。

夜风呼啸而过，江淮仿佛被这声音突然惊醒，一把推开门，神情凶狠，动作却很小心，怕惊到人。

"怎么回事？"

陆舜华沉默了，江淮又问："发生了什么？"

声音比上次干枯好几分，像突然被抽干了浑身力气。

陆舜华抬眼："怕了？"

江淮狠狠一震，用力摇摇头，表情却好像受了天大的刺激。

江淮简直快控制不住自己："到底怎么回事？我……"

江淮语无伦次，完全不能明白自己所言。

刹那间记忆如零碎的碎片，扎进血肉，咬得生疼。江淮在零零散散的片段里勉力辨认,依稀想起曾经的副将和自己讲过的话。

"越人巫蛊师擅蛊,更喜好以活人养蛊制蛊,据说这种蛊虫能够生死人肉白骨,不仅控制活人,甚至可以控制死物,极为邪门。"

江淮想起了很多,甚至想起了他平生最不愿意回想的那场战役,那场青霭关下活人与死人的对抗,精锐的刀与巫师的蛊的对抗,伏尸百万,血流成河……

从一开始陆舜华披着的斗篷,戴着的厚重面纱,脸上遍布的血痕,他原来一直在逃避这种感觉。

这种将江淮彻底击倒的,无力的,一脚踏进深渊般的绝望感觉。

久违了。

陆舜华终于叹口气,摇摇头道:"不重要。"

"怎么会这样?"江淮的脸上血色褪了大半,眼睛睁大,不住沙哑低喃着,"为什么会这样?我以为,我以为只是……"

江淮以为陆舜华可能只是受了重伤,无力回京,只能休养上好几年。

江淮以为陆舜华还好好的。

江淮甚至感到庆幸,上天垂怜。

先前的震撼、庆幸、喜悦都被此刻的冲击打散,他快站不住了。

他自以为是,他自鸣得意,他自作聪明。

江淮才发现陆舜华的这张脸,看起来透着阴森的惨白,周身气质如鬼魅,触手的皮肤冰凉,哪会是一个活人。

"怎么会?"江淮近乎癫狂,因为愤怒和怜惜,脸上的五官微微扭曲。他伸手摸到自己腰间的佩剑,一字一顿:"是越族人,对不对?"

陆舜华盯着他看了会儿,目光落在他的佩剑上,垂眸道:"你想怎么样?"

"我……"

"南越皇族……"陆舜华看着江淮的眼睛,"不是已经被你灭族了吗?"

江淮猛地抬头。

陆舜华:"大仇已报,冤孽已了,不用再记挂了。"

没有等江淮回答,陆舜华两手按住门板,轻轻将门推去。

"都过去了。"陆舜华说。

静默中,江淮的声音喑哑,似利刃。

"都过去了?"江淮喃喃自语,"那我呢?"

陆舜华愣了一下。

但最终,陆舜华什么话都没说,轻轻关上了门。

那天,直到陆舜华熄了灯,屋外的人还站在檐下一动不动。

陆舜华觉得这个夜晚不太平静,她强迫自己躺在床上,盖上被子,慢慢进入梦乡。

梦里的影子时有时无,一会儿是十五岁的江淮,一会儿是二十八岁的江淮,她睡得不太平,翻来覆去反而越来越清醒。

不知何时,门外突然传来窸窸窣窣的微小响动,渐渐地,这响动越来越大,微小变成明目张胆。陆舜华斜眼睨去,窗外似乎人影攒动,细听之下还有护卫喊叫的声音。

"小心点,别惊动姑娘。"

"那几个人去了哪里?"

"往东南方向去了……"

"不好!他们打了哨音,快加派人手!"

"实在不行,放信号让夜巡兵过来吧,就我们几个实在疲于对付。"

"主子说了不行。"

……

陆舜华扫了两眼,大致判断出应该是将军府里来了"客人",至于到底是哪些客人,她便猜不出来了。

心知不会是叶家兄妹,陆舜华对来人就不太关心,翻了个身,继续闭上眼睛。

这边陆舜华已然安寝,那边江淮与来者斗得如火如荼。

黑衣人一行原本不过两三人，被江淮发现在陆舜华房间外徘徊后，立刻逃跑。奈何被江淮追上，江淮本想着生擒，可黑衣人显然不愿，发出哨音信号呼来同伴，一行十几人皆是高手，将军府的护卫不多，没能拿下，反倒好几个人受了伤。

　　战至此时，地上有好几具尸体，敌我双方均有负伤，但仍有二人与江淮纠缠厮斗，大有不死不休的气势。

　　忽然，江淮闪身躲过一剑，倒退两步，于袖侧拔出几枚暗钉一掷。黑衣人险险躲过暗钉，立刻被密集的剑花乱了眼，混乱下手臂被刺中几剑，鲜血登时喷涌而出。

　　他捂着手臂，眼露痛色，说："不过夜探一番，将军又为何非要置我们于死地？"

　　江淮抹去嘴角鲜血，挑起剑，敏捷地攻上去，说："去了不该去的地方，听了不该听的话，如今只不过送你去你该去的地方。"

　　另一个高些的黑衣人拦过来，越过受伤的黑衣人向江淮命门取来。

　　江淮侧身躲开，露出大片空背，高个黑衣人趁机攻向前，招式凌厉，招招致命。

　　受伤的黑衣人大喊："住手！不要去！"

　　可惜迟了。

　　"扑哧"两声，长剑划破夜空。

　　高个儿的黑衣人应声倒下，喉间插着一枚暗钉。

　　江淮再也支撑不住，以剑支地单膝跪下，血液在地上炸出血花。

　　受伤的黑衣人见此情状，不再踌躇，难过地看了同伴的尸体一眼，几个起伏消失在远处苍茫的夜色下。

　　"追。"

　　"是！"

　　府里的管家茗儿忙唤来丈夫阿宋，二人一同跑来，弯腰扶起浑身是血的江淮。

　　茗儿担忧地喊道："快去请大夫！"

江淮却阻止了她的话,一手搭在阿宋的肩上,用力抹了抹脸,说:"先去看看姑娘是否安全。"

阿宋不忍,说道:"主子,你的伤……"

江淮的语气不容商榷:"扶我,去看看。"

这时,面前突然闪过一个人影,正是面露惊慌之色的小酿。

小酿:"主子,刺客也说了,不过打探一二,姑娘肯定没事的,不如你先……"

江淮接二连三被阻,怒道:"滚开!"

说完,气血上涌,猛地咳出一口血。

阿宋的爹以前是恭谦王府的老管家,一向很有眼力见,他使了几个眼色,示意大家闭嘴。自己躬身上来,把小酿拉到一旁,轻声说:"主子,小心,我们这就去找姑娘。"

江淮点点头,撑着阿宋的爹的手,缓缓地往藏书阁的侧院走去。

阿宋留在原地,百思不得其解,不由自言自语地道:"那位在藏书阁边住的姑娘,到底是什么人?"

竟然让主子重视至此。

小酿闻言,阴阳怪气地道:"还能是谁?你那遗了千年的旧主子呗。"

小酿话里带刺,但阿宋被"旧主子"三个字吸引了全部注意力,竟然也没注意。

阿宋浑身一震,难以置信地问:"你说谁?"

陆舜华睡不着,迷梦里全是浓稠的血,还有凄声哭嚎。她感觉不舒服,干脆睁开眼睛等天亮。

门被敲响。

来人很急,敲门的声音极响,不是叩门的咚咚咚,而是以掌击门的啪啪声,全无章法,力道十足,像是再不开就要把门给拍碎掉。

陆舜华披上外袍把门打开,灯火明亮,一个人颤巍巍地伏下身子。

陆舜华嘴唇嗫嚅着:"你……"

老管家:"姑娘,将军遭人暗算,请你去看看他吧!"

陆舜华:"宋叔。"

老管家猛地抬头。

待到灯火稍暗,老管家避开刺目的光,眯着眼睛看清楚眼前站着的人,愣怔半晌,倏地落泪。

两行泪从老管家苍老如树皮的脸上划过,落到衣襟,缓缓消失。

老管家像是不能承受:"郡、郡主?"

喊了这一声,就要背过气去。

陆舜华忙扶过他,不愿多说,问道:"你刚才说,刺客怎么了?"

老管家气喘得上不来,拍着胸膛脸涨得通红,半个字都说不出。

此时,茗儿上前,伸手扶住老管家,低声喊了句"爹,小心",半低着头说:"主子被刺客所伤,非要撑着来看郡主一眼,不料伤重昏迷,已经请了大夫过来。郡主若无事,恳请郡主过去看上主子一眼,一眼便好。"

陆舜华:"茗姐姐。"

茗儿双眼通红,哽咽道:"郡主……求你,去看看主子吧。"

陆舜华:"怎么会有刺客?"

茗儿将事情简单说了说,双目已然满是泪水,她抽泣着道:"郡主再恨主子,也请先去看看他吧,茗儿求你了。"

陆舜华叹口气,拢住衣袍,轻声说:"走吧。"

已经是夜半,再过不久便要天明,将军府内竟然还是灯火通明。

刚靠近东院,便闻到一股若有似无的血腥味,丫鬟们匆匆走出,手里捧着几块未干的纱布,全被血染红。

茗儿在前方带路,边走边细细解释:"今夜府里不知为何突然来了刺客,不为行刺,只在藏书阁附近徘徊,被主子发现后便要逃跑。主子不肯,穷追不舍,双方发生了打斗,方才至此。"

陆舜华问:"刺客呢?"

"一人逃脱,其余全数击杀。"

陆舜华不说话,脸庞埋在半明半暗的灯火中,似乎在思考。

很快他们到了东院江淮的寝房。

她不需要睡觉,也未曾经历刚才打斗,是以并没有心力交瘁的感觉,看起来比活生生的丫鬟、护卫们还要稍好几分。

陆舜华进门的时候,江淮背靠着床,双目紧闭,似乎睡着了。露出的皮肤上被纱布裹住,鲜血浸透,伤口虽未露出来,但可以想见有多狰狞。

陆舜华在床边轻轻坐下,茗儿附耳道:"刚上了药,主子撑不住,睡了。"

陆舜华垂下眼睛:"那你叫我来做什么?"

"主子一睁眼就看到郡主,想必会十分高兴。"

陆舜华:"我就不需要睡了吗?"

虽然的确不用,但这种事情发生,她未见得会多高兴。

茗儿哑然:"郡主,对不起,我只是、只是……"

只是以为,她也很担心主子。

陆舜华看她两眼,微微摇头,挥挥手说:"你下去吧,他醒了我就叫你们进来。"

茗儿答"是",低头退出门外。

房里烛火噼啪作响,光线昏黄,好在天光已经微亮,借着些许明亮,陆舜华转头打量着面前昏睡的江淮。

江淮的手掌垂在床边外,掌心朝上,手指上遍布硬茧,细数之下多了很多伤痕。

露出在外的更多,陆舜华默数过去。

右手臂上有箭伤,还有腐肉新长的痕迹,应当是箭上有毒只能刮去烂肉。

胸口处有七八处的刀伤,小腹上更是有一道伤口从左腰横切至胸膛,伤痕极深,微微外翻。

肩侧有鞭伤、颈侧有暗钉痕、手肘处有五个锋利爪痕,左手手臂上乱糟糟的剑伤,混杂着两三处的烙伤。

史书里的英雄，哪一个不是伤痕累累。

烛光下，陆舜华的心口仿佛注了一汪酸极了的水流，搅得心头越发地胀，她不想再多看那些伤疤，收回眼光时却无意在江淮的左臂上又瞥了两眼。

不知怎么，这左手臂的伤痕看着总是怪怪的。

陆舜华伸出手，揉了揉江淮的手臂，确定他毫无反应，指尖顺着伤痕描过去。

等描过一遍，便发现不对。

陆舜华的手顿了一下，接着再伸手，没有触碰到江淮的手臂，隔了距离，跳开斑驳其中的烙伤、暗钉，只描绘锋利的剑伤。

一笔一画，渐渐成形。

——"陆"。

陆舜华恍然大悟。

有那么一刻，陆舜华以为，自己哭了。

可是她没有。

毕竟她流不出眼泪。

陆舜华不知道越人的蛊到底是什么功效，它吃了她精血的同时是不是还吃了她的感情，不然她怎么对人世间的一切都再也无动于衷，好像真的像一个无知无觉的死人。

陆舜华坐得远一点，背后的窗映出黎明，天色亮了，带来了早晨的气息。烛火跳动两下，终于灭掉，一切归于寂静。

这样寂静的夜像极了他们当年在藏书阁里看到的夜，他们仗着少年心性胡闹了一场又一场，现在看看，当真是年轻。

陆舜华别开眼睛，轻轻把手递过去，摸索着寻江淮的手，然后握进掌中。

江淮的手很厚实，很粗糙，是一双常年拿刀拿剑厮杀疆场的手。

陆舜华握住江淮的手，只是轻轻一下，又很快放开，一切快得就像没发生过一样。

江淮还在沉睡不醒。

陆舜华低下头,看着眼前的人。

黎明的光比烛火亮,虽然有窗子阻挡,但看得却清楚。晨光熹微,陆舜华依稀看到江淮被压在身后的长发,发丝里竟然有了几许白色。

陆舜华在心里想,江淮今年也不过二十八岁,正当壮年,怎么会已经有了白发。

但陆舜华来不及细想,因为江淮醒过来了。

江淮醒来的时候无声无息,不知道何时就睁开眼睛,等陆舜华发现时,江淮已经盯着陆舜华看了好一会儿。

陆舜华见江淮转醒,刚想起身去叫茗儿,右手小指就被他拉住了。

江淮用的力气很大,指甲盖泛出青白色,但因为皮肤表面都是浅浅的紫红,望着着实可怖。

陆舜华用力想抽出来,被江淮用更大力气握住。

绑着绷带的胸口透出一抹微红,江淮把全身力气都放在这根小指头上,伤口再次裂开了。

陆舜华坐回床边,清晰而且冷静地说道:"虽然不会痛,但太用力了也会断的,放开些。"

江淮松了手,一双带血丝的眼睛直勾勾地看着陆舜华,透着无言的渴求。

"怎么回事?"

"你的手怎么了?"

两个声音同时响起。

陆舜华不动声色地拒绝,将衣袖拉下来些,遮住了右手腕骨处露出的尸斑。

江淮知道陆舜华不愿意回答,便也沉默下来。

半晌,陆舜华问江淮:"知道是谁吗?"

江淮声音嘶哑,含了铁石似的:"知道。"

江淮又摸上陆舜华的手指,这次摸到整个手掌背:"你……"

陆舜华没动，抬头看了江淮一眼，眼里依旧无波无澜，再讲话时声音却带着冷意。

"你和姚黄在赵府的动静才这么点儿大都能引起注意，恐怕他们已经暗中监视你很久了。"

陆舜华移开目光，笃定地说："是陛下。"

江淮撑着上身想坐起来，奈何伤势过重动弹不得，只好作罢。

江淮伸出另一只手盖住了眼睛，呼吸沉重："我知道。"

江淮说："他早就不信任我了。"

陆舜华也早就猜到，脑子里清明一片，又瞥过去一眼。

"逃了一个。"陆舜华低下头，手指揪着袖口，一下一下地，"你杀光了也没用，宫里的密探，不是杀了就能一了百了的。"

江淮放下遮住眼睛的手："是我冲动，可他们……"

"杀光了，皇上想查，总能查出来。"

"我会护着你。"

陆舜华说："他监视你多久了？"

江淮垂下头："大约一年。"

"你没发现？"

陆舜华不相信他不知道皇帝在暗地里监视着他。

果然，江淮顿了一下，然后说道："我问心无愧。"

陆舜华摇头："你问心无愧，可在上京百姓的心中，你是战无不胜的神。"

与天平齐。

甚至，比天更高。

江淮侧目："我从未曾想要谋反。"

陆舜华："你功高盖主，百姓尊你为神，与谋反无异。"

江淮这些年站得太高，百姓奉他为上京的守护神，名头叫得响亮，可普天之下莫非王土，率土之滨莫非王臣，天下人心里的神终究只能有一个。

没有人能与天平齐。

这是皇帝不容挑衅的威严。

沉默一时笼罩着室内。

风吹得窗子打在墙上啪啪作响。

陆舜华长长地出口气，说道："你其实不必如此，皇帝没想要你的命。"

"他有。"

陆舜华愣了一下。

江淮咬牙道："他就是想要我的命。"

陆舜华皱眉，下巴微抬："权力与好名声就是你的性命？还是这些比性命更重要？"

江淮苦笑，头摆向另一边，他的神色还是很憔悴，但细看又不是因为身上的伤口。

"你知道我说的不是那个。"

江淮拼死也要杀光探子，是为了护住她，为了不让皇帝发现。

若叫人发现陆舜华的存在，便是免不了腥风血雨，江淮疲于朝堂之争，未必有十足的把握护她全身而退。

皇帝这一举动，有意无意，就是将陆舜华置于危险的境地。

而她陆舜华，是他江淮的命。

陆舜华没有回话，看了看身边的江淮，又看了看窗外的天色，只觉得一切都很荒谬。

陆舜华站起身，把外袍重新拢到身前，然后开了门去喊大夫。陆舜华没有回头，自然也看不见江淮的脸色，但应该是不好的，江淮受了那么重的伤，连嗓子都哑了。

"六六。"江淮叫了一声，又没下文。

陆舜华等了一下，没等江淮继续说话，恰逢茗儿带着大夫进来，便低头走了出去，门在背后"吱呀"一声关上，江淮的脸再也看不见。

陆舜华走出将军府门口的时候，回头看去。

将军府的门和八年前并无多少变化,陆舜华站在日头下,看着匾额上据说是皇帝陛下亲笔御赐的"将军府"三个字,脸上没什么表情。

将军府和恭谦王府对陆舜华来讲到底是不同的,带着一股子陈旧味和熟悉感。陆舜华在南越煎熬的那几年,半梦半醒间总是梦到自己回了这儿,而江淮和祖奶奶,都站在门口等着她。

如意糕还是腻人的甜,家常菜已经端上桌,处处都是人间烟火的味道。

祖奶奶恨铁不成钢地教训她:"姑娘家嫁了人还不知道着家,也就你夫君能忍得了你!"

阿淮笑着把她搂到怀中,揉了揉她的发顶,说:"下次不能这么迟回来了。"

陆舜华牵着江淮的手往里走,边走边扮鬼脸。

"哎呀,知道了,就你啰唆。你到底是哪边的人?"

大梦一场,不知归处。

天色越发亮了。

就在她兀自发呆的时候,身后传来一个疑惑的声音:"大姐姐,你怎么在这儿?"

陆舜华转过头。

小乞丐捧着一个白馒头坐在地上啃,他的两只手脏兮兮的,抓得馒头上全是五指印。

小乞丐抬起的脸有些迷茫,但更多的是再次相见的喜悦。他三两口吞下了馒头,兴冲冲地跑过来。

"我又见到你了!"小乞丐的眼睛亮晶晶的,灿若星辰,"你要遵守诺言,你得给我讲故事!"

陆舜华被小乞丐突然的动作吓了一跳,但很快镇定下来,紧接着是一种很难言的轻松感。

陆舜华看着小乞丐,忍不住要去摸摸小乞丐的头。

"哎,你别摸我了。"小乞丐灵活地一闪,"我脏着呢。"

小乞丐退后两步,笑道:"我上回一直想着你说的将军的故事,我想了好久,我还去赵府后院等过你呢,谁知道你跑将军府来了。这下太好了,你一定要把故事讲完,不能再像上次让人抓心挠肝的!"

陆舜华说:"好啊,我答应过你的。"

小乞丐又凑过来,好奇地问:"你怎么会从征南将军的府里出来?"

小乞丐停顿了一下,脸上换上一副恍然大悟的神情,说:"你说的那个将军,该不会就是征南将军吧?"

陆舜华问:"你觉得是不是?"

小乞丐想了想,故事里的将军深情、温柔、飞扬、明亮,虽然征南将军确实是好人,有大义有侠气,但他着实没办法将他和故事里的将军联系到一起。

于是小乞丐说出心中所想:"应该不是吧。"

陆舜华问小乞丐:"为什么不是?"

小乞丐挠了挠后脑勺,有些羞赧地道:"也不是说征南将军不好……只是,只是感觉,将军不是那么温柔的人。"

说完,小乞丐捂着嘴四下看了看,生怕自己说的话被人听了去,扣他一顶妄议高官的帽子。

陆舜华低头,轻声说:"感觉有时候可能是错的。"

小乞丐说:"可我从没见过将军对人温柔,不对,我好像都很少见到将军笑起来的样子,他好凶,比赵府的夫人还凶。"

陆舜华:"他很凶吗?"

"很凶。"

"那你讨厌他吗?"

小乞丐很快否认:"不讨厌。将军虽然很凶,但他是好人,我都听黄老说过了,要不是将军,越族人早就攻破上京,我们连家都没有了。所以他凶就凶点吧,反正我也不用天天看见他。"

小乞丐有些天真,有些童稚,陆舜华被他逗得笑了。

可笑着笑着,又觉得有点苦,像喝了杯苦茶,浸润到五脏六腑之中,都是苦涩。

连小孩儿都能细数出他的功绩,但却说他们从未见过他待人友善宽厚。

江淮的少年意气、明媚岁月都随着战争缓缓湮灭,化为尘埃。

他们见过的是金刀铁马,是霹雳手段,是雷霆万钧,是血债累累、天地不容。

他们没有见过那个样子的江淮。

没有见过撕心裂肺地指天问罪,没有见过爬墙赔礼、纸鸢相赠,没有见过刀剑相决、寸步不让,更没有见过夜里挑灯、仿字临摹。

再也不会有人见到那样的江淮。

终究是成功炼铸出一颗铁水般的心。

小乞丐咂咂嘴,抬起头说:"你上回的故事只讲了一半,快继续讲吧。那位姑娘后来是不是嫁给了将军,过得很快乐,还生了很多孩子?"

陆舜华:"没有,那位姑娘最后死了,死在了战争里。"

小乞丐高呼:"为什么?她怎么死的?将军怎么不救她?"

陆舜华轻声说:"当初是将军下令,把她关在了城门外,没有开门。"

小乞丐有些难过,他对这个故事投入了很多真情实感,没想到结局是这样。

小乞丐的脸皱成一团,说:"那位姑娘应该很恨他吧。"

陆舜华摇摇头:"不恨。"

"为什么?"

没等陆舜华回答,小乞丐又连忙打断,这次顾不上自己手脏不脏,直接抓上了她的衣袍。

"算了,我不要听这些了,你从上次那里继续给我讲吧。后来呢?"

清风拂过发梢,陆舜华望着远处的天光,微微愣怔。

后来呢?

后来……

第十七章 寸血寸心（1）

大和九年，又是一年春好处。

这一年上京不太平。

南越一直安分守己，与大和多年来井水不犯河水，只是不知为何，在新年之初，南越那边便传来消息，说是换了新帝。

新帝的皇位是踩着累累白骨坐上来的，是一条鲜血铺就的争权之路。

据说这位新皇帝原本是越帝的流落民间的私生子，十岁时才被接回宫内，因为生母出身低下，他自身也少了些皇族气派，行事简单粗俗，十分不得越帝喜爱。

没人想到这位不受宠的皇子竟然有胆子篡位，还真的成功了。他将越帝的孩子一个个杀尽，幽禁越帝于后宫，逼迫病重的越帝签了让位诏书。有传言，他与越帝的某位妃子甚至暗中勾结，欺上瞒下，做出罔顾人伦之事。

一时间，朝野动荡，人心惶惶。

大和皇帝接了探子来报，皱起眉头，暗骂道："这个混账东西！"却再无后话。

仍是据传，大和皇帝与这位新任越帝似乎颇有渊源。

此事到底无关大和，虽则动静大，但朝臣听过后不过议论几句便罢,大家关起门来过自己的日子,彼此两不相干。

不料,半月后,南越突然下了战书,宣战大和,目的直指隐州十二城。

战书这种礼节性如此强的东西,如今已经很少见于战场,大和皇帝接到战书时气得差点笑了,手掌拍在桌案上,快要把桌子都震碎。

"荒唐。"他咬着牙说出这两个字,仿佛要把人放在齿间嚼碎了吞进去,"想要隐州十二城,那也得有本事拿得下,打就打,我还从没怕过谁!"

皇帝大笑,宛如扭曲的鬼,他无视跪在殿前的一干大臣,猛地拔出自己的佩剑,在空中挥舞两下,"叮"的一声,利剑没入桌木。

皇帝声音嘶哑:"战吧。"

大和九年,三月,南越单方面宣战大和,两国开战。

四月,赵啸澜挂帅骁骑军,领副将叶涑,双方于嘉陵关相遇,激战七日,最终赵啸澜不敌南越敌军,与叶涑皆负重伤,弃关而走,自此嘉陵关失守。

五月,南越敌军一路攻势猛烈,越过嘉陵关直取岘州、芜州。

五月底,岘州、芜州失守。

原以为这场仗胜券在握,怎料打了两个月,竟是将帅重伤,连失两州一关,打到现在,南越非但不曾退缩,反倒越挫越勇。

再看大和,将帅已伤,赵啸澜之父赵英已年迈,赵京澜不擅战事,朝堂之上,主和派越发壮大,人心日渐涣散,割地讲和之声愈演愈烈。

是夜,将军府藏书阁。

夜色浓浓,陆舜华到内阁的时候,江淮正在斟酒。

面前摆着一张矮桌,上头搁着两三个下酒菜,菜肴里不合时宜地摆着盘如意糕。

难得看到这人认真倒酒的样子,陆舜华存心吓他一吓,才走了两步,就听到江淮说:"来了就过来。"

陆舜华讪讪地一笑，慢慢走过来坐下。

江淮倒了两杯酒，倒得很满，放下酒壶以后静静地看着陆舜华。

陆舜华奇怪："你这么看我干吗？"

江淮："你见过叶姚黄了？"

陆舜华一愣。

叶姚黄回京是为护送重伤的叶副将归来，他们父子二人一同戍守青霭关，战事起来时叶家父子便随骁骑军出发。后来叶副将伤重至无力行动，叶姚黄也受了伤，便一同回京，一为护送父亲，二为请求支援。

陆舜华方才去见了叶姚黄，叶姚黄的脸色极差，看起来很不好，叶魏紫也是急得双目血红，奈何叶魏紫身为局外人，不懂行军打仗之事，也只能口头安慰两句。

陆舜华打量着江淮的脸色，心下打起小九九，斟酌着问："你吃醋了？"

江淮摇摇头，端起酒杯，一饮而尽，说道："叶姚黄此次回来是为求援，你可知道？"

陆舜华点头："知道。"

说完，心头涌起一阵惴惴不安的感觉。

江淮又倒了杯酒，再次喝完，他喝得很急，喝得很快，像在借喝酒逃避什么。

陆舜华越发感到奇怪，看江淮的样子不像吃醋，便问："你怎么了？"

江淮看着桌面，端起酒杯，这次没有再喝，反而向陆舜华遥遥举起。

酒有些烈，他喝得上了头，细长的眼睛看着坐在自己面前的小姑娘。

小姑娘不是小姑娘了，长成了小女人。眼波流转，巧笑倩兮，处处都是让人心意难平的清丽可爱。

转眼到了所谓的大祥瑞年，陆舜华十九了，换作普通姑娘早就是好几个孩子的母亲。叶魏紫与赵京澜这几年波折不断，也终于定了婚期，再过不久就要准备成婚。

陆舜华等了江淮很久，把自己从小姑娘等成了小女人，还在等他。

酒太浓了，也或许是太苦，江淮一时感觉有些恍惚，想到今早朝堂之上皇帝震怒，甩出漫天纸卷，厉声诘问为何无人敢应战，自家的家园难道就真的这么甘心拱手让人。

不甘心，当然不甘心。

南越是江淮最大的仇人，五年等待，利剑终于能够出鞘，他已经快等不及了。可是，他的身后，还有人在等他。

江淮把酒杯靠近陆舜华些，眼神一直盯着陆舜华看，在昏黄的烛火下，陆舜华眼里的感情这样动人。

"六六，我敬你一杯。"江淮的酒量其实不好，但强撑着喝下去。不管怎么样今天是特别的一天，他有理由喝醉。

"谢谢你。"江淮冲陆舜华笑起来，笑容此刻脱去阴沉，竟有几分飞扬俊朗。

"我知道我不是一个很好的选择，你知道我是什么样的人，却依然选了我。谢谢你！谢谢你等我的这些年。"

陆舜华看得有点愣怔，江淮把酒一口干了，陆舜华还没回过神。

但胸口那种憋闷的、毫无着落的感觉，越发明显起来。

陆舜华低下头，呆呆地问："发生什么事了？"

江淮把酒杯放下，说："我要上战场了。"

"没关系，也不是第一次了。"陆舜华低声喃喃着，"反正我等着你回来便是。"

江淮："这一次，我挂帅。"

陆舜华猛地抬头。

江淮苦笑："你不是知道吗，叶姚黄此次回来是为请求支援，我主动请缨，迎战南越。"

陆舜华的嘴唇嗫嚅着，几乎要失去说话的能力。

陆舜华好不容易找回自己的声音，问他："什么时候走？"

"三日后。"

陆舜华想说点什么，但发现自己什么也说不出来了。

莫名的，她想到了祖奶奶经常拜的那尊佛像。

佛香和《般若波罗蜜多心经》在眼前一晃而过，陆舜华心道明天开始就去佛祖面前吃斋念佛求一求吧，最好还要给江淮准备些东西，以前阿爹好像留了块护心镜，放在……

江淮："在想什么？"

陆舜华撑着下颌，老实地回答："在想我阿爹把护心镜丢哪儿去了。"

江淮沉默下来，问："不生气？"

陆舜华有点茫然："如果我生气，你能不去打仗吗？"

江淮更加沉默。

江淮的沉默给了陆舜华答案，陆舜华抬起手指，轻轻摸着江淮皱起的眉头，指头划过鼻梁，落在他沾了酒气的唇上。

"你去吧，"她听见自己这么说，"我不气。"

去保家卫国，去战斗，去牺牲。

拼尽全力，捍卫我大和江山。上京在这里，子民在这里，我在这里。

你是大和好男儿，本当如此。

提枪上马，寸土不让。

陆舜华越过桌案，欺身上前，一手扣住江淮的手腕，浅浅地吻下去。

陆舜华的神色带着点温柔缱绻，缱绻里还有三分英气。

"我等你回家。"

陆舜华呢喃着，鼻间闻到熟悉的枯草味："三天后就是大和子民的将军了，今天，依旧是我一个人的阿淮。"

江淮被陆舜华抱着，胸腔里渐渐生出喜悦，喜悦过后转瞬是更深的绝望。江淮内心有愧，总觉得自己舍弃了陆舜华，这种舍弃是那么轻易。江淮以为陆舜华会难过，会生气，甚至做好被陆舜华打骂的准备，不料迎来这样的温柔。

而这种温柔，更像是一种仪式，告别的意味太浓，江淮急需做点什么,来压制住这种强烈的意味。

江淮将陆舜华紧紧抱住,他们像是树藤,彼此缠绕相贴,纠缠得很紧很紧。

江淮盯着陆舜华看了片刻:"叫夫君。"

陆舜华抬起眼,看到江淮眼中满溢的情绪,声音模糊:"于礼不合。"

一双手摸上陆舜华的下巴,强迫她转过头来,男人的眼神幽暗:"是谁说过,我们之间做的不合规矩的事情还少吗?"

这双眼睛真好看,没有杀气,只有秀气,不像武将,像是文人。

江淮捧着陆舜华的下巴,与陆舜华脸贴脸,额头抵着额头,低声说:"叫我。"

陆舜华侧过头,在江淮的肩膀上狠狠咬下去,终是泄气,呜咽一声,小声道:"夫君。"

江淮眉头都没皱,一下下拍着陆舜华的背给她顺气。

窗外桃花落下,江淮分神看去一眼。

只一眼,想起多年前,陆舜华从树上掉下来,正好落到了他的怀里。

那么巧,真就那么巧。

江淮的人生,曾有很长一段时间,万物冰封,不见生机。

但自那天起,一切突然发生改变。

像此刻,江淮抱住了春天。

三天后,江淮挂帅出征。

此行为鼓舞士气,皇帝陛下御驾亲征,出行时护卫比平日严谨十倍不止。

所幸陆舜华还是见到了江淮。

江淮坐在高头大马上,一身戎装,天空低沉,不时掠过飞燕,现场气氛肃穆,军队缓缓出城。

陆舜华跟在送行的人群里,被挤得几次差点跌倒。陆舜华牢牢地抱住怀里的东西,紧紧跟着,口中喊着江淮的名字。

江淮听到,正巧快行至城门,将士首领都与亲人作道别,江淮看到陆舜华,策马从队伍前转骑到陆舜华面前。

一只手在陆舜华的脸颊上擦了擦:"才几天,怎么成了这副模样?"

陆舜华憋不住,望着江淮黑漆漆的双眼,霎时红了眼眶。

陆舜华把护心镜一把掏出来,踮起脚"啪"的一下按在江淮的胸口:"你一定要平安回来啊!"

哭声骤然响起来,吓了周围人一跳。

"完蛋了,我要当、当寡妇了。好可怕啊,我还没嫁人,就要守望门寡了……我不想当寡妇,你可一定要活着,要长命百岁!"

江淮:"……"

陆舜华这几天烧香拜佛,夜里不知道惊醒了多少次,次次都梦见江淮鲜血淋漓的样子,吓得再也不敢睡。这些陆舜华没告诉江淮,但精神却一天比一天不济,看着十分憔悴。

借哭泣,借无理取闹,都不过为了打消心头不安。

江淮先是愣了一下,然后哭笑不得。江淮顾不得周围人看热闹的眼光,半弯下腰,指腹抹去眼泪,安慰陆舜华:"我答应你,一定平安,长命百岁,活得比任何人都久。"

"呜……"

"别哭了。"江淮摇头轻笑,摸摸陆舜华的发顶:"等仗打赢了,我回来娶你当将军夫人。"

这句话江淮十六岁时曾经说过,如今再说一遍,却不是如当年只是区区一诺。

不畏生前名,不惧身后事,少年横刀立马,利刃出鞘。

这一战,为护我山河,也为了结一场跨越五年的血仇。

恩恩怨怨总算走到头。

"以后,我们的日子都是甜的。"

轻轻的吻落在眼睑,江淮看着抬眼强忍泪水的陆舜华,说道:"绣好嫁衣,在家等我回来。"

陆舜华点点头。

叶副将走过来,轻声提醒:"该出发了。"

陆舜华哽咽声乍停,咬着帕子不说话。

叶副将将护心镜接过去,塞到江淮的怀中,交代几句,便同大军一道出发。

不知何时,乌云散去,旭日初露。

烈日下,马蹄溅起尘沙飞扬,旗帜迎风而展,金色的阳光洒落在上京城城门口。

东方光芒愈盛,大和战士长枪银甲,气氛肃杀,在这样好的日头下,奔往九死一生的血腥之地。

历史的书册,终究在这一天,展开新的一页。

是做酒池肉林里的奴役走狗,还是做亡国偷生的苟且蝼蚁,抑或是做硝烟战壕里殊死一搏的自由雄狮。

东方既白,一切都会有答案。

大和九年,六月,昔镇远将军独子江淮主动请缨,挂帅骁骑军,领兵援助边境。

帝喜,御驾亲征,士气大受鼓舞。

桃花败尽,春天过,盛夏来临。

六月中,江淮与戍守九横关的赵啸澜汇合,合两军之力,暂时稳住前方局势。

赵啸澜伤重未愈,退守隐州,叶姚黄挂主将,渲汝院文官赵京澜随军出征,任副将。

六月底,南越直指九横关,双方血战七日,骁骑军险胜,南越兵退数十里,然而大和军势亦不乐观。

七月十六,南越派先行军趁夜烧毁粮草,骁骑军粮草辎重,不堪重负,南越援军赶至,骁骑军无力抵抗,痛失九横关。

消息传回上京,一时人人自危。

叶魏紫找陆舜华说起此事，眉目间忧虑一天天叠加，成了彻底的焦头烂额，甚至没有注意到她的针线扎破了手指。

血流到衣裙上，她看了两眼，喉头涌起一阵恶心干呕。

陆舜华捂着嘴，掩饰性地咳了咳，安慰叶魏紫："不会有事，我相信江淮。"

叶魏紫想要说点什么，陆舜华扶着额头，又说道："你也要相信姚黄。"

叶魏紫嘴唇嗫嚅着，狠狠地点了点头。

七月二十七，战报传到上京，胜败皆有，双方你来我往，互相胶着。南越皇帝似乎丝毫不在意颓势，筹划着一场又一场血腥的屠戮和进攻，骁骑军兵力尚能抗衡，先倒下去的却是人心。

打到现在，时间越久，人心越散。

一而再，再而衰，三而竭。

几场险胜和惨败后，从某天皇帝下令斩了一个逃兵开始，骁骑军便愈加松散，失了战斗的精气神，成日萎靡不振。

形式开始险峻，在勉力夺回九横关后，江淮不慎中了敌人的暗箭，箭斜斜擦过心口，只破了皮肉，未伤及心肺，但箭上抹了毒，江淮一病不起，军中留言甚嚣尘上，压力越发沉重。

江淮身负重伤，全力一战，勉强夺回芜州，皇帝亲自上城墙，却听到几个小兵小声议论，思念家乡以及希望皇帝割地讲和。

皇帝没说话，转头看着他们，心头想法万千，莫名少了丝当初斩落逃兵的狠戾。

打了那么久的仗，皇帝和士兵一样，都累了。也许他错了，不应该继续打下去，现在失去的不过嘉陵关和岘州，再打下去，或许……也许讲和也不是不可……讲和、割地……

"一派胡言！"

男人的声音沙哑，连日的病气和带病杀敌让他气息虚弱，江淮紧紧地攥着手里的长剑，另一手扣着胸前，似乎在抚摸什么。

江淮的脸上一点表情也没有，站在城墙之上，面对黄沙千里，声音响亮，一字一顿，气势如虹："我大和将士，只有战死，绝无后退！"

说完，却再也站不住，猛地咳出一口鲜血，晃了两下，被皇帝用力搀扶住手臂。

"不碍事。"江淮苍白着脸，摇头道："能赢的，表哥，你信我。"

不要讲和，不能讲和。

江淮看向前方血红的残阳，气喘不断："去借大臧的兵，与他们谈条件，请求支援。不管这一仗能不能打得漂亮，也一定得赢。"

江淮转头，看着年轻的皇帝，目光炯炯，坚定不改："陛下还在，上京也还在！我们——抵死不退！"

还有一句未说出口的话。

陆舜华，也还在那里。

还在等他回家。

八月初五，江淮伤重，死守芜州，仍不敌南越，骁骑军回天乏术，连连大败，退至隐州。

隐州与青霭关相连，南临绝望崖，北临青川河，距离上京不到三百里，是上京的最后一道防线。

一时间，上京动荡。

八月底，骁骑军先行军偷袭未果，折去将领三人。南越拦截前往大臧求援的士兵，堵了后路，军中元气大伤，隐州十二城大半失守。

消息传回上京，叶魏紫刚准备告诉陆舜华，推门进去却发现她伏在桌上睡着了。

手臂下压着的，是绣了一半的嫁衣和提笔刚写完没多久的家书。

叶魏紫望了许久，叹口气，重又关上门出去。

九月中，江淮出战，与叶姚黄行声东击西之计，大败敌军于青霭关。

或许上天开眼，颓废许久的骁骑军因这一仗重新鼓舞了军心，势如破竹，接连打了好几场胜仗。

九月二十五，江淮带领先锋战队，夜袭敌方军营，里应外合之下，生擒敌方主将与军师。

这一擒，擒出了转机。

机会到来，一喜一忧。

喜的是战况越发明朗，主将抗不住酷刑，交出南越军力分布图，忧的是军师抓错了人。

抓到的军师原来是女子假扮的，皇帝知道抓了个假的军师，气得要斩杀了那个女人，不料却被倒戈的敌方主将透漏出个天大的秘密。

假军师是女子假扮的没错，但这个女子的身份却极为尊贵，乃是南越前朝公主。敌方主将是南越公主娘家表哥，平民出身做到将军位置，他此行并非扛不住酷刑，而是怕他们对南越公主不利，方才倒戈。

皇帝听后，眸色渐深，问江淮："她一个女人，跑到战场上来找死？"

江淮说："据说是越帝下令，非要她和自己一同出征。"

"那她又为何逃跑？"

江淮停顿了一下，说："她怀孕了。"

皇帝心中一跳，问："谁的孩子？"

江淮垂下眼睑，答："越帝的。"

"越帝？"皇帝拧眉道，"他和前朝公主？"

江淮垂手站在一边，微微点头。

骂了几句，皇帝气顺了，皱眉道："传令下去，好生照顾她，不得有闪失。"

"是。"

九月底，南越与大和战事越发激烈之时，南越突然以极其卑微的姿态讲和，越帝亲入大和军帐，与大和皇帝私谈一日，归去后便收兵，退后三十里，承诺不战，归还大和所失土地及所有战俘。

消息传来，上京紧张的气氛为之舒缓。

陆舜华时隔一月收到江淮寄来的家书，险些落泪。

信上简单的几句话，交代自己平安，让陆舜华多照顾自己，声称战事已结，不日归来。

叶魏紫见她这副模样，倒没笑陆舜华，叶魏紫和赵京澜互诉衷肠后便算定了终身，叶魏紫与陆舜华是感同身受，每次收到赵京澜的信时，也是这样激动。

仗打完了，南越退兵了，他们赢了。

江淮要回家了。

陆舜华抑制不住自己激动的心情，战事吃紧时她不好意思总是写信给江淮，怕扰乱江淮作战的心绪，现在战事告结，陆舜华巴不得能抽出几千几万张纸，把自己这几个月的心情事无巨细地统统写上去，把她所有不敢说出口的焦急和担心全都让他看一看。

刚提笔写了两句，瞥见叶魏紫瞅过来的眼神，陆舜华红了脸，伸手捂住信纸，急急忙忙地遮掩。

"妾已有……"叶魏紫促狭地念着，挤眉弄眼问她："有什么呀？说来让我也肉麻一下。"

陆舜华恼羞成怒，气得拿笔戳她："你不写？我就不相信你不写给赵二公子。"

叶魏紫拍拍手："写什么呀，明日我就出发去青霭关了，到时候见了他直接告诉他就是。"

陆舜华一愣，问道："你要去青霭关？"

"求我阿爹带我一起去的，反正前方战事已了，真要打起来，城门一关我先跑了就是，怕什么！青霭关这么近，战场又如何，我阿紫可是将军虎女，才不怕！"

陆舜华心念一动，把手中的信纸折了折，装进信封里塞到嫁衣底下，踌躇了会儿，问："阿紫？"

"怎么了？"

"你能不能，带我同去？"

陆舜华去青霭关的路程并不顺畅。

祖奶奶肯定不会同意她走，但好在前几日她又出去礼佛，留给了陆舜华足够的时间。陆舜华偷偷留了信，说自己要去叶家小住几日，无论是阿宋还是其他人，都不要来找她。

等他们有所察觉时，载着叶魏紫和陆舜华的马车已经到了青霭关门口。

叶魏紫探出马车外，说道："你何必那么心急，其实过阵子他们就回来了。"

陆舜华捂着嘴："你不也是。"

"我和你不同，你看你，明明不能坐马车还非坐，一路上吐个没完。"

陆舜华道："我不是因为……"

叶魏紫问："什么？"

陆舜华摇摇头，神色淡淡的："没什么。"

陆舜华轻轻抿起嘴角，摸了摸自己微微隆起的小腹。这些天来陆舜华强忍不适，没有和任何人说，就是为了能够第一个告诉江淮。

陆舜华想把这个好消息让江淮第一个知道。

叶魏紫放下车帘，转过头打量陆舜华，突然说："我怎么觉得你好像胖了点儿。"

陆舜华不动声色地反问："有吗？"

"有。"叶魏紫笃定地道，"腰粗了好多。"

"可能最近吃的多了些。"

叶魏紫："南越退兵的确是件高兴事儿，的确该多吃点，只是我看你最近吃什么吐什么，除了腰粗哪哪儿都瘦，等会见了你们家将军，他肯定得心疼。"

提到江淮，陆舜华脸色都好了些。陆舜华在心里默默想着，等会儿见到江淮应该怎么告诉他。

说起来，他们都不小了，战争结束了，有些事是该定下来了。

没想到转眼间，都过了这么多年。

天有些暗，她们走下马车，叶副将扶着叶魏紫，低声说："郡主，他们还在前方议事，烦请郡主等候。"

"无妨。"

陆舜华站到城门边，仰头看了看快消失的日头，叶魏紫左顾右盼，因为议事的人里并无赵京澜，叶魏紫欢喜地就要去找赵京澜。

叶魏紫想拉上陆舜华一起去，她却拒绝了。

"你先去吧，找人陪着我就好。"陆舜华用手撑住后腰，笑着说："等会儿我直接去找阿淮，你也放心地去看赵二公子吧。"

赵京澜早几月前从副将调任军师，军师与将帅不同住处，恰好是两个相反方向。

叶魏紫想见心上人的心情大过一切，笑眯眯地道："好啊，那等会儿我来找你。"

"好。"

叶魏紫走后，陆舜华带着身后的护卫慢慢走进关门，她看着"青霭关"三个石碑上的大字，心情有些复杂又有些释然。

日头完全消失了，她走得很慢，一步步地走到将军营外，隔了些距离站在尖锐的木制拦路桩外，守哨的士兵不认识她，没有给她放行。陆舜华刚想提步上前解释，脚忽然顿住。

她的眼红了。

风吹过那人的披风，江淮穿着铠甲的模样有些陌生，眉宇间多了些她不熟悉的冷漠，长剑佩在腰间，风霜打的面容颇为深刻。

他瘦了。

战场是吃人不吐骨头的地方，怎么能不瘦？

陆舜华撑着后腰，背后的风吹来，有股灼热的气息，她在风里，长发被风吹得四散。

她张嘴，用尽力气喊道——

"阿淮！"

江淮倏地一震。

江淮开始以为自己听错了,却仍旧下意识去寻觅声音的方向,抬眼四顾后,很快,他发现了站在远处的女人。

陆舜华披着黑色的长衫,含着泪,眼睛红红的,就这么近乎神奇地出现在江淮面前。

江淮的心像是忽然被锋利的刀锋划过一下,小小的细缝喷涌出热血,热血上头,骨骼里比起喜悦竟然疼痛居多,因为太久没见,因为太过想念,他几乎无法判断这是不是他的幻觉。

陆舜华看着江淮,又喊了一声:"阿淮。"

这下,连身边的赵啸澜都听见了。

江淮有些茫然,看着陆舜华许久,才想起应声。

"你……你怎么来了?"

陆舜华思绪翻涌,在短短的对视间,陆舜华什么话都忘记说了,只知道看着江淮。

江淮的脖颈翻涌出青筋,是用力咬着牙忍耐的结果。江淮的脸色似乎很痛苦,但细看之下又像是承受不住的狂喜,眼里全是红血丝,嘴角勾出奇异的线条,僵硬极了。

赵啸澜咳了一声。

陆舜华惊醒过来,她摸着小腹,摩挲着那个尚未出世的小生命,笑着说:"阿淮,我有话要对你说。"

江淮:"什……"

"报——急报——"

第十八章 寸血寸心（2）

一人骑着快马，发丝凌乱，满身尘土奔跑过来。马儿被拦路桩挡下，他直接飞扑向前，哨兵赶紧拉开木桩，他滚了两下，朝着江淮叩拜，嘶哑道："有，有急报！"

江淮心头一惊，拉起他问："怎么了？"

报信的是站在卫岗上望风的哨兵，他是老兵，作战经验丰富，当下四下看了看，眼神示意到营帐里说。

每个军队难免都会出探子，有些话不能光明正大来讲。

江淮放开他，往陆舜华的方向看去。

陆舜华明了，对他摇摇头，说："你先去吧，不碍事的。"

江淮紧了紧喉头，问："你要同我说什么话？"

陆舜华笑弯了眼："等你忙完，我同你单独说。"

江淮凝眸看她。

半晌，江淮挫败地皱起眉，走过木桩狠狠地抱住陆舜华。铠甲磨得陆舜华有点不舒服，但陆舜华没动，反而伸出手，温柔地将江淮环抱住。

"没事的。"陆舜华说，"我等着你。"

江淮一行人带着哨兵进去营帐，因为是私密战报，陆舜华不便旁听,江淮多拨了几个士兵给她,护送陆舜华先去赵京澜那儿。

青霭关和隐州十二城相连,附近来往有许多百姓,虽然绝壁崖深不见底,幽深可怖,北川河浩瀚壮大、气势磅礴,但不影响这里的人生活精细。一方水土养一方人,他们骨子里流淌着大好山河带来的爽朗,也保留了大和子民的温情小意。

这里没有黄沙漫天,但给陆舜华一种更张扬的粗犷感。

大抵是血性,青霭关是上京的最后一道防线,其实不然,这里的百姓才是最后的防线。

城在人在,城破人亡,肉身筑就的防线,力保上京不失。

陆昀生前也是武臣,陪着先帝马背上打下来一片天下,因此陆舜华对青霭关感到格外亲切,去找叶魏紫的路上不时左右看看。

"嗯?"陆舜华低低一声疑问,脚步停下,目光顺势望着城门边一个趴伏的身影。

陆舜华问身边的士兵:"这是什么人?"

士兵看了两眼,也是不清楚,说:"可能是没来得及处理的尸体吧,郡主不必理会。"

陆舜华轻轻摇头:"都还未看过,万一是活人呢?"

那个身影趴在门边半人高的草地上,穿了件和草色相近的衣衫,一时半会儿竟然真的没人察觉。

陆舜华一手揉着小腹,一手拉住襟口,说:"我们过去看看。"

他们走过去,士兵抬起那人,将他翻转过来,这个人一动不动,披头散发,士兵伸手拨开他的头发,露出一张紧闭双目,满是青肿的脏污面庞。

他的喉间,一道血痕深可见骨。

陆舜华捂着嘴,连退三步。血腥味太浓郁,她犯恶心,忍不住就干呕起来。

士兵见此情状,也是难忍,忙放开尸体,却在下一刻起了疑惑。

"咦,这人我好像在哪儿见过。"

陆舜华转头问:"是你朋友吗?"

士兵不置可否,凑近去看,仔细辨认尸体的脸,突然想起来:"我想起来了,这不是看守监牢的小虎子吗?怎么回事,他怎么就死在……啊——"

他的话没说完,就被人一口咬住了喉咙。

鲜血四溅,惊呼声骤起。

咬住他的不是别人,正是已经"死去"的小虎子。

"救、救命!"他惊恐地喊出来,浑身抽搐。

小虎子现在哪是人样,根本是一头嗜血的兽!

另一方向,营帐。

"你说什么?"江淮狠狠地一拍桌案,似乎想通过疼痛让自己清醒一点。

江淮跨步上前,眼里几乎喷出火来:"南越公主逃了?怎么逃的!"

哨兵哆嗦着,一边回忆一边说:"不,不知道。看门的几个兄弟突然魔怔了似的,非要去给她解开锁链!他们好像变了个人,眼睛全是红色!听不懂人话也不会回应!我们出手阻拦,他们就像不会痛似的,根本不为所动!我们只好下了杀手,却发现竟然、竟然打不死!"

"什么!"赵啸澜脸色一冷,"什么叫作'打不死'?"

"他们根本不会痛,也根本不会停,仿佛成了受控的傀儡!"哨兵想起那个场景,脸色煞白,"几个还清醒的兄弟都被打伤了,迫不得已之下只能一刀砍头,但已经来不及了,让那南越公主逃脱了去……他们,他们还去了陛下的营帐!"

"荒谬!"江淮眉头一跳,手指紧紧握成了拳头。

他瞳孔几度收缩,拼命稳住气息,吩咐道:"快去陛下营帐,保护陛下周全!"

"是!"

"报!前方情况有异!"

江淮头疼欲裂,嘶吼道:"又怎么了!"

几个士兵抬进来一个人,此人衣衫带血,脖颈处一个深深牙印,不断地向外喷血。他一手捂着脖子,身体不断痉挛抽搐,像是痛到极点。

"不好了!郡主,郡主……"

江淮心跳一窒,扑上前,抓着他的衣领道:"你说谁?六六怎么了?她怎么了?"

士兵强忍着痛,一字一句地答道:"郡主,被,被他们扑到了门外……"

"什么意思?"江淮眼睛赤红,手掌上青筋节节爆出,全身一直颤抖,"你给我说清楚!把话讲明白!"

"好多傀儡……像死人,都在向青霭关过来……"士兵吐出血,勉强用最后一丝力气道,"小虎子把郡主扑、扑到了门外……来不及了,只能关城门。他们,他们……"

"他们怎么了?他们把郡主怎么了?"

"他们……"士兵终于撑不住,气息越来越弱,吐字也渐渐模糊,"他们都是我们被南越关押的战俘,还有好多尸体,没来得处理的尸体……突然全都活过来了,变成,变成了血傀儡!"

大和九年,十月,南越本应允大和退兵三十里,归还失地,然而南越皇帝失信,不知于何处请来巫蛊师,给活人和尸体种蛊,控制人心智,使其成为见人就咬的怪物。

南越军队避战于数十里外,派人放出蛊虫,仅仅两万傀儡军,因其不怕疼痛,毫无自觉,只能砍断头颅方才令其彻底死亡,骁骑军一时无防备,竟溃败,不得已之下退居关内,紧闭关门。

青霭关关门沉重,以玄铁铸就,雄关固若金汤,傀儡军只会撕咬,手无武器也只能在外面徘徊。

血傀儡不辨敌我,见人便咬,南越大军也不敢贸然攻城,双方再次僵持起来。

皇帝知道此事，口吐鲜血，面露寒色。

他受了重伤，那日血傀儡杀进营帐，虽然被及时阻拦，但不防这几具傀儡竟然手指藏毒，皇帝不慎，中了血毒，随行的太医已经进行拔毒治疗，但因为关内物资紧缺，药物供应不上，无法完全康复，只能拖着、耗着。

"他承诺退兵，朕便会将南越公主毫发无伤地归还，他竟敢！"

皇帝抹去额头冷汗，嘴唇煞白，抖动不休，嘴边的血越吐越多，眼前阵阵发黑。

昏迷前，他只看见江淮失色的脸庞。

这次突袭，搅得各方方寸大乱。

皇帝昏迷不醒，粮草物资紧缺，关门紧闭，外面的血傀儡时不时地咆哮着扒门。

攻势一波接一波，双方僵持了没多久，南越兵将便派来了刀轮战车，轮子造得极高，站在车上的士兵全副武装，铁甲加身，傀儡上前时，他们便以长枪刺去，竟慢慢地行到了青霭关门口。

哨兵来传话，说是南越帝要求立即开门，否则，便杀光剩余俘虏，还有不幸被抓的平民百姓。

江淮眼睛泣血，徒劳而绝望地问："她呢？六六呢？找到她没有？找到没有？"

士兵跪伏在地上，颤声道："郡主，郡主在门外，死生不知。"

叶魏紫被赵京澜死死护在怀中，叶魏紫满脸泪水，脸涨得通红，吼道："什么叫'死生不知'？你给我说清楚！姓江的，你怎么不去救她，你快开门救她啊！"

赵京澜面露痛色，强行将叶魏紫按下，赵京澜的手也在抖，却一直哄叶魏紫："阿紫，你不要这样，不会有事的。"

"什么不要这样！六六在外面啊！她还在门外！"叶魏紫狠狠地咬在赵京澜的虎口上，挣脱赵京澜扑到江淮身前，揪着江淮的衣领，声嘶力竭,"你去救她啊!你们不是都要成婚了吗!你去救救她,江淮我求你了,你救救六六!"

叶魏紫哭得要背过气去,无力地滑坐到地上。

"以前是我错了,我不该对你凶,不该说你的不是,我错了!我给你道歉!江淮,我求求你了,你去救她,我求你了!"

叶姚黄面露不忍,他的嗓子也已哽咽,蹲下身去扶叶魏紫时,险些站不起来。

叶魏紫一把抱住叶姚黄:"哥,哥,你去救六六!你最喜欢她了,你肯定不忍心看她死的对不对!哥,你快去啊,去救她!"

无论叶魏紫怎么哭,怎么求,得到的全都是沉默。

所有人都清楚明白,这扇门开了,后果会是什么。

叶副将重重地叹息一声,示意赵京澜将哭得脱力的叶魏紫带走。

叶魏紫木木呆呆的,坐在地上仿佛失了灵魂一般,眼睛通红,死死地盯着江淮,哆嗦着抬起手指着他,厉声尖叫:"你不去救她,你为什么不去救她——"

赵京澜快步上前,将叶魏紫打横抱起,抱出营帐。

周遭又安静下来。

营帐外,天色如血,火红火红的,天边红云很美。

刚刚还阴沉的天,突然出了日头,像是嘲讽。

江淮不止一次地想,这会不会是幻觉,是幻觉吧?

可耳边的兵荒马乱,耳边的风声鹤唳,耳边的山雨欲来,都在告诉他,这是真实的。

叶家父子、赵啸澜都默不作声地看着他。

皇帝昏迷,他作为主帅,如今成了唯一的发号施令者。

江淮闭上了眼睛,咬紧牙齿。江淮的嘴唇突然颤抖起来,伸手下意识摸了摸自己胸口,那儿空空荡荡的,护心镜在某次战斗后就碎了,被他小心收了起来。

他抓不到任何东西。

人世间最后一丝温暖，也消失殆尽了。

片刻后，江淮的腿动了动，突然不管不顾地冲向营帐门口。

叶副将冲过来，一把抱住江淮的双腿，"扑通"一声跪下，膝盖重重地磕在满是碎石的地上。

"小少爷，不能开啊！"他叫着这个从小到大叫了无数次的称呼，泪流满面。

"小少爷心系郡主，但是这门开不得啊！"

江淮一脚踹上去，叶副将吃痛，但手下力道不松。

江淮吼道："让开！把门打开！"

叶副将牢牢抱住他，不住摇头。

叶姚黄面露不忍，别过头去。良久，静静地跪下，和父亲一同跪在他脚边。

赵啸澜重重一叹，背过了身。

江淮声色凄厉："我说把门打开！"

叶副将说："小少爷，门开了，上京怎么办？皇上怎么办？黎民百姓怎么办？"

一旦开了门，便是国破家亡，所有人都会死在这里。

江淮倏地僵住。

"当啷"一声，他的佩剑重重地掉在地上。

一股难言的痛苦浮现在他的面庞。

叶副将知晓他已明了，默默地松开手，叶姚黄起身扶起父亲，深深地看了他一眼。

那一眼极为复杂，同情、怜悯、敬佩、悲恸……所有的情绪凝聚在一个眼神里，重逾千斤。

江淮抬起头，看向营帐外城门的方向。

风里，隐隐约约传来凄厉之声，不知是何人在哭泣。

江淮缓缓弯下腰，捡起佩剑，但是手却一直痉挛着，根本握不住剑。

江淮的眼角全是红血丝，手撑在桌案上，几乎快站不住了。

叶姚黄抬起头看向江淮，只一下，又调转了眼神。

叶姚黄不忍心去看。

安静的营帐里响起低低的呜咽，像头受伤的小兽。

江淮死死地扣住桌案，将呜咽声堵在了嗓子里。

江淮猛地丢开剑，面向城门的方向，突然重重地跪下。

咚、咚、咚——

江淮对着城门方向，用力地磕了三个响头。

痛苦让他发出长长的嘶鸣，嗓子哑到快听不清："传我令，全力守城，没我命令，谁都不许开门。"

多年以后，史书记载着青霭关一役，史官笔走龙蛇，书写着这场艰难的战役，年轻的将军以少敌多，拼死守住了上京的最后一道防线。

皇帝昏迷，傀儡流窜，南越频频攻城，骁骑军主帅江淮奋力抗敌，命主将叶姚黄于月光岭夜间凫水而出，带领精锐部队向大臧请求支援，主帅江淮为断后，身受三剑，险些丢了性命。

半月后，大臧援兵已至，傀儡虽多但终究寡不敌众，经过数日血战，南越请来的巫蛊师趁乱出逃，南越节节败退，南越帝和南越公主被逼至南越皇城，守门不开。

青霭关外，成了真正的尸山血海。

血傀儡、流民、将士的尸体堆积成山，黑压压的一片几乎没了落脚之地，空气中有种极其浓郁的血腥味，烈风吹来，不能消去半点味道。

到处都是破碎的尸块，到处都是鲜红发黑的血液。

南越使用傀儡攻城时曾放言，倘若守门不开，便将生擒的剩余俘虏全数丢到绝望崖里，活人祭崖。

不知道如今，绝望崖底下有多少枉死的冤魂。

青川河里的血红色，又不知过多少年才能彻底涤清。

残阳如血。

兵戈之声如厉鬼，诉说着多少孤魂再也找不到家。

这是最后一场战役，在一波又一波的反复攻势下，所有人都已经筋疲力尽，打到现在，这场仗开始的意义在哪里已经无人深究，战马力竭，精锐伤亡，所有的一切都只等着一个结束罢了。

喊杀声渐停，江淮抬起头，望着眼前巍峨的南越皇城，它平静得像是在等待束手就擒。

江淮等了很久，终于等来了这一天。可他失去的，却再也没有机会重来。

城楼外，大臧与大和的军队逼近，重甲兵先行，他们沉默地看着城门在一次次撞击中渐渐破碎。

一下。

两下。

三下。

"砰——"

南越城破。

身后刀剑声骤响。

史书工整，提笔待写。

离千古留名只差一步。

江淮仰起头，长出一口气。

所有人都在等江淮下一个命令，可他听不见了，也看不见了。

一切越来越乱，越来越模糊。

渐渐地，渐渐地，所见所闻全都成了模糊的碎影。

那影里，是父亲在教育年少的儿子，神情严肃。

"不许哭！男儿有泪不轻弹！"

是妻子在追随离去的丈夫，义无反顾。

"将军！你等等我！你不要丢下我！"

是沉稳的师长在夸赞出色的学生，满含欣赏。

"小少爷将来一定会成长成和将军一样的英雄，到时将军地下有灵也会十分欣慰。"

还有年轻的皇帝,下了死令要斩杀战俘,被阻止后恼羞成怒。

"朕说杀了他们,你为何阻止?你善待战俘,何人来善待我们?朕不允,朕非要杀了他们不可!你不许再为他们说话!"

最后的最后,凝成一个缩影。

是纷纷扬扬的桃花雨下,一个姑娘轻盈地迈步跳上台阶。

每踏上一级台阶,她就笑着喊一声:

"阿淮。"

"阿淮。"

……

流民和战俘,对史官而言不过匆匆一笔带过,更甚者或许只能在野史里找到他们的存在。

没人知道那些被关在门外的人里,其中也有将军心爱的姑娘。

陆舜华身后是敌人的千军万马,前方是死死堵着城门的爱人,叫天不应叫地不灵,眼睁睁地看着自己死去。

陆舜华死的时候在想些什么?

在恨他吗?

陆舜华要对他说的那句没说完的话又是什么呢?

江淮狠狠地闭上眼睛。

江淮想起皇帝醒来后下的第一道命令。

"传令,进城后不得杀戮……"

江淮没有说完,话已经碎在喉间,再说不出口。

江淮回头去看,目光扫过身后每个大和战士的脸庞。

每个人的铠甲上都沾满鲜血,风霜打的脸庞满满不甘和愤怒,个个双目血红,持刀握剑的手绷起道道青筋。

江淮的心突然生出一股厌倦。有没有哪一刻,他不为理想活着,不为大义活着,不为忠诚活着。

而是作为他自己,或者说,作为一个姑娘的心上人活着。

越族杀了他们那么多同胞,杀了他心爱的未婚妻,凭什么!凭什么能得到善待？

天道轮回，不是这么个轮回的道理。

"锃——"

利剑出鞘，冰冷的刀锋在耀眼的阳光下闪出雪光。

"传我令——"

去他的仁慈！

欠他的，一个一个，统统都不要放过！

他要他们——

血、债、血、偿！

"屠城！"

寂寥的黄昏下，青霭关前，暮色将江淮影子拉得老长，所有人马已经退去，江淮站在这里一动不动。

江淮在尸体堆里翻找了三天，什么也没找到。

远处有人走过来，踩过一地的尸体，走到江淮的身边。

"我恨你。"叶魏紫淡淡地说。

叶魏紫的面容干净素白、脸色灰败、眼神悲怆。

叶魏紫说："我知道这件事原本怪不得你，但我没有办法。你抢走了我最好的朋友，除了恨你，我不知道还能怎么办。"

江淮无言，本来就苍白的脸色更是又褪了最后一点儿血色。

叶魏紫轻轻地笑起来，笑声飘荡在布满尸体的原野上，苍凉又诡异。

"没遇到你就好了，至少她还活着。"

说完她就走了。

江淮抬起头，看到天空之上飘浮着几朵白云，阳光照在地面上，一切看起来温暖又和煦。

周围是惨烈的尸山血海，他却恍若未见，带着血气的风吹过，江淮低头看了眼自己的双手。

那上面沾满血腥。

他是杀人凶手。

叶魏紫说的没错，陆舜华没遇到他就好了。

江淮捂着眼睛，仰起头来，透明液体从指缝间滴落，他透过缝隙，看到暖阳。

天色依然这样好，半点没因为人间凄凉改变。

恍惚间，江淮想到了多年前，他还是静林馆的小少年，受了伤，被人好好安慰，却还是忍不住哭鼻子，厉声诘问。

那时他问了什么？

——"老天爷有眼吗？没有！就算有，也是瞎了眼！它看得见吗？"

江淮觉得好笑，真的笑出来。

江淮喃喃地问天："这就是你给我的答案吗？"

风吹过，无人应和。

半月后，骁骑军班师回朝。

这一仗大获全胜，南越彻底归降，归来的将领成了子民敬仰的英雄。

老夫人听闻陆舜华的死讯后一病不起，精神错乱，一会儿念叨着恭谦王，仿佛他人还在世，一会儿念叨着六六丫头，说怕她受欺负，要去地底下找她，给她撑腰。

江淮为她请了无数名医，依然无力回天。

再过不久，陆舜华下葬。

陆舜华的葬礼是江淮一手操办的。没有尸体，只有衣冠冢，入土的前一夜，棺木放在灵堂，棺材里是绣了一半的嫁衣。

陆舜华匆匆离开，不远万里去了青霄关，究竟为了什么，如今也再无从知晓。

江淮跪在棺前，静静地烧纸钱。

茗儿走过来，靠近些，轻声说："主子，阿宋过来求见。"

江淮点点头，示意她带阿宋进来。

阿宋也很不好，踉跄着过来，眼睛都红肿了，扑通一声跪在棺木前,哭着说:"郡主,郡主,对不起,都是我不好,我应该跟着你去的,我没发现,都怪我,我没有发现……"

江淮木然地望着阿宋。

阿宋的声音呜咽,看得茗儿也落了泪。阿宋哭了一会儿,便从怀里拿出一个信封,没去看江淮的脸色,手一横递了过去。

阿宋说道:"这是郡主写的信,没有名字,但我猜应该是给你的。"

江淮的表情终于有了变化。他伸出手,接过信封。信封有点儿皱,里面只薄薄地夹了一层纸,他看了眼,放到怀里没有打开。

阿宋也没在意,他又同棺木说了些话,便抹着眼泪走了。恭谦王府最近也不好,他得回去帮着他爹料理府中事宜。

茗儿送走了阿宋,再回过神去看江淮,发现江淮已经不在灵堂。

茗儿爹低声说:"主子去藏书阁了。"

茗儿一愣,随之有些担心,便同阿爹说:"阿爹,你去看下主子吧,主子的脸色看着实在不好。"

茗儿爹是将军府的管家之一,看着江淮长大,待江淮一向很亲近,闻言点点头,点了灯笼向藏书阁的方向走去。

老管家走到藏书阁内阁时,果然看到江淮背对着自己坐在那儿。

江淮的脊背挺得很直,一如他每次看书写字时那样,但当老管家走近了才发现,江淮竟然直直地盯着桌案上的一张纸,肩膀微微颤抖。

桌案湿了。

江淮在哭。

老管家搁下灯笼,慢吞吞地走过去,灯火明亮,一下子就看到了桌案上的纸张。

上面只有寥寥数语。

"妾已有孕,携吾儿日日盼君归。"

原来,这就是陆舜华没有说完的话。她是带着怎样的心情来到战壕,满心欢喜地想将这个好消息第一时间告诉江淮,又是带着怎样的恐惧无奈地死在了那里。

如今，都不会有人知道了。

老管家默不作声地叹口气，提着灯笼转身欲走。

江淮却在此刻出声制止了老管家，声音低哑，喉头酸涩。

江淮没转身，咬着牙问道："明叔，你说，今晚六六还会不会来？"

老管家怔了一下。

随即满脸悲悯。

江淮轻声说："我饿了。"

老管家看得眼睛发酸，心口也发酸，酸得泛疼。

老管家柔声说道："我让厨房给主子做点吃的，主子想吃什么。"

江淮却不回答，只是摇头，边摇头边哑声道："我饿了，我好饿。"

江淮似乎很委屈，又似乎终于能够宣泄出胸腔憋了许久的悲痛绝望，他一直说一直说，说到嗓子哑了，说到声嘶力竭。

"我饿了。"

"我好饿。"

"我，好饿……"

可惜从此，凉夜再深，也无人为他捧来一碗热汤。

也再无人会问他那句，阿淮，你饿了吗？

从此。

直到永远。

第十九章 鸟尽弓藏

"那后来呢?"小乞丐眼巴巴地问。

陆舜华温和地笑笑,说道:"没有后来了,这就是全部的故事。"

"将军没有去找姑娘吗?"

陆舜华说:"找了呀,但是没找到。那可是几万具尸体,她可能被丢进了青川河,可能被抓去祭了绝望崖,也可能变成傀儡身首异处,总之找不到了。"

"可是、可是……"小乞丐皱起眉头,十分纠结。

这约莫和他想象中的凄美爱情不太一样,沉重的铁门慢慢关上,隔出一道生与死的鸿沟,这么轻易地就斩断了所有一切,甚至连敌人举起屠刀的声音都听不见,甚至连一滴鲜血都没有。

有的只是青霭关门口成千上万具尸体和血色弥漫的残阳。

他们这样轻易地永别。

小乞丐偏着头想了很久,也没想出来自己胸口那股子闷气到底因为什么,他把这股气归结于自己听了一个极其憋屈的爱情故事,于是他抬起头认真地对陆舜华说:"你讲的故事一点也不好听。"

陆舜华笑了,她说:"先前是你缠着我要听的,讲给你听了又翻脸,你这个小孩儿好无赖。"

"那不一样,我以为……"他嘟嘟囔囔的,低下声音,"我还以为你要给我讲个英雄的故事呢。"

"这不是吗?"陆舜华轻轻地说,"将军拼死守城,力保上京不失,最终等来援军反败为胜,这难道不是个英雄的故事?"

"可是,他……"小乞丐欲言又止。

小乞丐想了又想,觉得这个女人说的好像没错。

没有任何反驳的话。

陆舜华:"你叫什么名字?"

小乞丐挠挠后脑勺:"土土。"

"土土?"陆舜华说,"大名叫什么?"

说到这个,小乞丐就一脸愤懑的表情:"我阿爹都要把我卖了,我还叫他给取的名字干吗?反正我阿娘叫我土土,我以后就叫土土!"

说完,脸上又浮现出一丝难掩的悲伤,小乞丐摸摸肚皮,叹口气说:"我好想我阿娘啊,至少她在的时候我从来不用饿肚子,可是我都忘了她长什么样子了。"

陆舜华沉默了一会儿,忽然伸出手来。她的右手泛着可怖的红斑,慢慢靠近土土。

土土看了那只手两眼,眼里没有丝毫害怕,只是初初一见,觉得有点惊奇。

陆舜华摸了下他的肩膀,又很快地缩回去,她含笑的声音在面纱下闷闷的:"我也有个孩子,如果生下来,可能跟你一般大了。"

土土说:"他现在在哪里?"

"没有福气,已经不在了。"

土土没有说话。

过了会儿,土土转过头,脏污满布的脸上意外的有丝红晕。他似乎非常害羞,小声地说:"我觉得你刚才那样,跟我的阿娘特别像。"

陆舜华拢住衣袍,捂着自己,脸上还戴着那块面纱,脸上只露出一双眼睛,泛着温柔。

陆舜华看着土土,这个世上除叶魏紫和江淮外又一个看过她伤痕的人，可是他不怕。

因为他不怕，所以陆舜华心里更加有种异样的柔软，她突然很想伸手去抱抱这个可怜的小乞丐，像个真正的母亲一样抱住他。

但她没有，在她刚动了动手指的时候，被一辆急速驰行而来的马车打断了。

马车上下来一个人，脊背有种天然的弯曲，看着很是卑微，但是眼神清明，细看之下还有着圆滑和狡黠。

马车停在他们面前，赶车的人面无表情，走过来的人细声细气地道："宸音郡主，有礼了。请郡主走一趟吧，皇上有请。"

进宫的路比想象中顺畅。

这种顺畅不是道路的顺畅，是心头的顺畅。

陆舜华不是没进过宫，也不是没见过皇帝，但每一次都没有这次来得平静，可能到底还是因为她已经死了，巍巍皇权再也震慑不住她。

土土之前说过，他最羡慕皇宫里的人，有吃不完的东西，永远不用担心挨饿受冻。

陆舜华看着门前紧闭的华贵殿门，脸上没有一点多余表情。

陆舜华在心里想，土土的这种想法或许是错的，宫里的人也许还羡慕外面的人。

因为自由，在这座皇宫里生活的人，没有人有真正的自由，不管是肉体的自由还是心里的自由。

"宸音郡主。"

殿内灯火幢幢，明明是白日却偏要点灯，昏黄地映在地上，映照出皇帝高大肃穆的影子。

皇帝走过来，绕着陆舜华走了两圈，然后站定。

"有影子啊。"皇帝瞥着地上两道修长的影子，要笑不笑地抬起头，"朕刚才还想着要不要差人在侧殿贴点镇鬼符，现在看来，原是不必。"

陆舜华沉默着抬起头，静静地看着皇帝。

皇帝没有穿龙袍，一袭黑袍滚着金边，说不出的贵气疏离。

毕竟是表兄弟，皇帝的长相与江淮有三分相似，但眼里的淡漠却显出是截然不同的两个人。江淮的淡漠是对人世间的厌倦，尚怀热血。皇帝的淡漠却是和巍巍皇城一样，那是权势深深扎根于骨血后流露出的，对世人如草芥般的轻蔑和不屑一顾。

"宸音郡主。"皇帝捏着陆舜华的下巴，将她的面纱一把扯下来，把她整张脸都抬起，"朕应该恭喜江淮，他的宝贝疙瘩居然从南越回来了。"

皇帝放开手，脸色猛地透出股诡异的阴沉。

"虽然难看了点儿，而且，是死的。"

陆舜华的目光轻飘飘地落到前方，眸色沉凝，说道："皇上想拿我对付阿淮？"

"对付？"皇帝似有疑惑，"他做错什么事了吗，为何要对付他？"

顿了一下，皇帝拍了下手掌，仿佛恍然大悟，说："郡主可是误会了。算起来，朕还是你义兄，对你这个妹妹却向来少了关心，青霭关之战时朕重伤昏迷，无力顾及你，听闻你遭受池鱼之殃心中甚是悲痛。如今你好端端地归来，朕很是欣慰，此次召你前来，不过叙旧而已。"

"叙旧？"陆舜华咬着牙，往后退了一大步。

果真陆舜华刚一动，殿门边守着的护卫登时亮出长剑，个个警惕地看着她。

是了，陆舜华心想，就是这样。

自由和权力，从来都羁绊相生。

他们都没有自由。

良久，陆舜华轻轻地皱起眉头："皇上要同我叙旧，那正好我也有个问题想要问问皇上。"

皇上笑了，笑声响在空荡荡的大殿内，有种空落的瘆人的感觉。

"你问。"

陆舜华动了动嘴唇，半边脸上的血痕显出狰狞的模样，似张牙舞爪的凶兽即将破笼而出。

陆舜华看着不远处的皇帝，缓缓开口，眼神里有几分不甘，几分洒脱，甚至还有鄙夷。

陆舜华字句清晰，问道："江家上下满门忠烈，皇上为什么要让他们落个如此下场？"

皇帝的神情僵在脸上。半晌，连那丝几不可见的诡异笑意都消失殆尽。他的脸颊绷得很紧，似乎皮肉都有了扭曲，那双黑不见底的眼睛里褪去伪装，露出温和外壳下的唯我独尊和强悍狠厉。

陆舜华的话如一把利刃，穿过血肉扎在他的心上。

他是见过陆舜华的，在陆舜华还是少女模样的时候。那时她是宸音郡主，不过一个娇俏讨喜的小姑娘罢了，无权无势，娘家也垮了，江淮喜欢，他便允了婚事。

他没想到，这个看着娇滴滴的小姑娘也敢这么大声说话，也敢说出如今大家心照不宣却谁都不敢妄言的话。

皇帝冷笑，黑袍之上的龙爪突然生出无限压力，他背着手，声音冷漠阴狠："满门忠烈？如此下场？郡主当真敢说。"

陆舜华抬起头，语气强硬，眉宇里的英气越发凌人，衬得脸上血痕都稍逊几分。

"我为何不敢，江家父子为国为民，我怎么不敢说？皇上猜疑防备也好，暗中监视也罢，现在抓我过来，是要拿我去换些什么，兵权，还是阿淮的性命？"

皇帝嗤笑，帝皇之尊此刻难得有些失态："他若无谋反之心，交出兵权又算得了什么。这些年他江淮享受的够多了，都是朕给他的，现如今不过让他还回来而已。"

陆舜华说："恐怕皇上要的不止如此。"

皇帝勾唇："他江淮也不过是朕手里的一把杀人刀，朕想要什么，难道还需要考虑一把刀的感受？"

陆舜华皱眉，面对皇帝几近阴沉的目光，她胸中蔓延出无限失落。

陆舜华下意识地想到了青霭关的血流成河，想到了紧闭的铁门、繁华的上京，还有那么多无辜百姓和将士的枉死……

陆舜华的语气越发凌厉，丝毫不畏："皇上这么做，就不怕地下的镇远将军知道了寒心吗？"

就这句话，整个大殿突然静了下来。

护卫们下意识地连呼吸都放轻，像是烈火烧到最高点，突然被一盆冰水浇熄，瞬间连火星子都没了。

皇帝的脸色更寒，他紧攥着一只手，怒道："放肆！"

陆舜华冷脸看他。

"镇远将军又如何？是，当初是他助朕登上皇位，可是这些年朕给江家的难道不够多吗？可是你看看，你看看江家是如何回报朕的！当初朕要杀战俘，江淮力劝朕善待他们，可青霭关一战，朕让他不要动手，他又是怎么做的？越族皇帝重伤叛逃，朕发了十二道诏令命他退兵，他凭什么视而不见、听而不闻！'将在外君命有所不受'？好一个不受！他江淮有能耐，屠城！灭族！他这是违抗君令，朕又如何罚他不得！凭什么所有人都来阻止我！"

皇帝说着说着，浑身颤抖着，牙齿咯咯作响，厉声道："百姓尊他为天，他算什么东西？不过只会行军打仗的莽夫！江家是想反了吗？江彻是朕的舅舅没错，江淮是朕的表弟没错！但江家是将门，不是摄政王！"

大殿之上，明亮的烛火已灭，皇帝喘着粗气瞪着前方站着的女人。

陆舜华的脸色苍白，脸上的血痕鲜红，眼神却明亮，她不卑不亢，没有被皇帝一番质问吓倒，反倒在句句逼问后平静了下来。

权力的角落里哪有兄弟情，或许早在多年前，在南越皇帝用一场血腥的战役教会他什么是"赢的人才有资格讲道理"以后，他就变了。

绣着金丝龙纹的黄袍，佩着珠玉垂帘的宝冠，后宫里枕头边滋生出的狼子野心，满堂真心或假意的迎合奉承，终究是吞噬了昔日满腔热血的赤子之心。

这座皇城是真正的陵墓，安葬着每一位自由者的灵魂。

陆舜华望着皇帝，安静了一会儿，轻声开口，眼底不知是嘲讽还是悲愤。

"皇上可还记得当年，西疆初降，反势未定，南越强盛，虎视眈眈。恰逢先皇去世，东宫未立，三王夺嫡，京军三大营各为其主，朝野一片混乱，是镇远大将军手握二十万大军，排除万难让皇上坐稳龙椅。

"皇上是否又还记得？两位皇子联合南越，兴兵北上，意欲谋朝篡位。还是镇远大将军率领精锐，平定叛乱，最终生擒反贼，击退南越，自己却命丧嘉陵关，死无全尸。

"八年前，南越撕毁停战协议，以巫蛊之术制成傀儡，大和节节败退，隐州十二城大半失守。当时皇上为鼓士气御驾亲征，不料中了贼人埋伏命悬一线，又是谁拼死守住青霭关，等来大臧援军，血战数日，誓死不降，最后反败为胜。"

银牙轻咬，满目霜雪，字字诛心。

"这些皇上怕是都忘了吧？到如今，镇远大将军长眠地下，征南大将军成了皇上手里最利的杀人刀，天下太平，大和安康，皇上就要开始做那寒心之事？飞鸟尽，良弓藏！狡兔死，走狗烹！"

万籁俱静。

沉默过后，皇帝近乎疯狂地笑，眼里闪过疯狂和悚然。

他松开握紧的拳头，一下一下拍在桌案上，"啪啪"的响声中，他整个人似乎都被撕扯着，山呼海啸，惊惶、疑惑、急怒、释然……各种情绪翻涌，最后成了惊涛骇浪。

皇帝紧盯着陆舜华，强压下内心那点不安与愧疚，沙哑地开口："宸音郡主，你是如何用这副死人身体从当年战场回来的？你现在成了蛊人，朕有理由怀疑你已经成了南越余党派来的奸细。"

皇帝笑起来，声音渐渐平和，褪尽不安后依然是高高在上不可侵犯的皇帝。

"既然是死人，就该安心地躺在坟墓里。"

皇帝震怒，下令将陆舜华扭送去渲汝院地牢。

渲汝院有去无回，侍卫不带半点温柔地将她丢进去，刚巧从门口拖出来一团带血的肉。

说是肉毫不为过，因为那实在不能称之为"人"，四肢扭成不可思议的角度，身上还散发着浓重的烧灼味和腥臭味。

一路拖出去，留下长长一道未干的血痕。

押送陆舜华过来的侍卫是第一次来地牢，见了这情形当即没忍住，弯下腰就吐起来。

吐着吐着，苦水都吐没了，抬头一看，旁边的陆舜华还是神色淡淡的，似乎司空见惯。

果然是活死人，这都受得了。

侍卫眼看都到了渲汝院地牢门口，陆舜华又是小小的一个，思量她也没能力逃跑，于是懒得再行羁押，直接提着刀鞘顶住她后背往里推。

赶紧进去，他真是不想在地牢多待一刻。

侍卫和地牢看守做交接，皱着鼻子快步走出门。

陆舜华站在地牢门口，面无表情地打量着周围关押的刑囚。

地牢看守见过的奇奇怪怪的犯人多不胜数，哪怕眼前这个姑娘看着弱不禁风也不敢怠慢，他和几个人小心提着刀和锁链，正欲给她套上，却听闻一道声音响起："住手。"

侍卫认得这个声音，忙收回链子，低头恭敬地道："赵大人。"

赵京澜脸色淡淡的，没有多话，走到陆舜华面前问："她犯了何罪？"

"不知道。"看守回答，"皇上亲自下令关进来的。"

"有听闻因为何事吗？"

看守说不知道。

赵京澜点点头，示意他："下去吧，不必关着了。"

看守犹豫道："可是赵大人，这是皇上下令要羁押的人，您看这……"

赵京澜："下令羁押在渲汝院地牢，现在不就正在牢中，也没把她放出去，你先下去。"

看守只好告退。

赵京澜背着手,慢慢走到她面前,抬起手示意陆舜华:"坐。"

铁制的牢门前,有一套极其简陋的桌椅,陆舜华没多推辞,从容地坐下。

赵京澜坐到她对面,光明正大地看着她。

地牢里的血腥味太重,间或掺杂着审问犯人时的凄厉惨叫,可他俩跟没事人一样,隔着一张旧桌对望。

气氛静谧,只有灯火不时发出噼啪响。

"宸音郡主。"

陆舜华挑眉。

赵京澜双手抱臂,他已是不惑之年,鬓角有了些许白发,但人看着还很年轻,不过三十出头的模样,笑起来甚至有些意气风发的模样。

"原来真是你,那日我竟没认出来。"

陆舜华不说话。那天剑拔弩张,她又蒙着面纱,他当然认不出她。

仿佛看出她心中所想,赵京澜说:"我本还疑惑,这世上还有何人能让江淮这般失态,想来想去也想不出个名堂,果真还是你。"

陆舜华侧目,终于开口:"你和我说这些做什么?"

"没什么,只是叙旧。"

又是叙旧。

陆舜华差点失笑。

全天下的人都找她来叙旧,她自己都不知道自己何时多了这么些故人。

赵京澜:"说起来我要替阿紫道个歉。"

陆舜华道:"怎么了?"

赵京澜道:"这些年,她一直很难过,总觉得如果当时她没带你去青霭关,甚至阻止你嫁人,你就不会发生意外。这几年想到你,她就感觉很不好。"

说完一停,约是想到了叶魏紫平时与江淮针锋相对的模样:"不过阿紫嘴上是永远不会承认的,她将所有责任都推给江淮,只是想心中好受些。但我是她的夫君,她说不出口的话我得替她说,宸音郡主,我们当年实在对不住你。"

陆舜华心下微微悸动,不过片刻又平静下来,她说:"无妨,这不是她的错。"

"多谢。"赵京澜勾唇,手指在桌上点着,问,"那我能否再问郡主一事。"

"什么事?"

赵京澜收起手指,目光倏地锐利起来。

"郡主今后,有何打算?"

陆舜华听出他的言外之意,有些好笑,说:"我不是南越余党的奸细,赵二公子不用这样提防我。"

赵京澜理理袖子:"关心则乱,郡主不要见怪,该问的还是得问清楚。毕竟……"

他的话没有说完,眼神在她侧脸一扫而过。

陆舜华指尖抚着侧脸,喉头干涩,轻声道:"阿紫是我最好的朋友,我不会害她。"

"那便好。"赵京澜站起身,冲她抱手一礼,"方才是我唐突,还请见谅。"

陆舜华摇头:"你也说了,关心则乱,何况赵二公子没把我套上锁链关进牢里,已是客气,我不会不识好歹。"

赵京澜一愣,突然朗声大笑,边笑边摇手,道:"郡主真是误会了,我赵京澜可不是这么客气的人,不把你关进去,只是没这个必要罢了。"

陆舜华疑惑地问:"什么意思?"

此时,地牢门口传来一阵骚动。

脚步声渐近。

赵京澜站起身,拍了拍身上并不存在的灰尘。

他抬头望向门口,笑道:"你看,这不就来了。"

陆舜华顺着他的眼光，看到了踉跄着走进地牢的江淮。

江淮看着着实不是很好，脸色是不正常的微红，衣襟凌乱，明显是随意穿起来的，走路的脚步有些虚浮，但眼神中带着雷霆之怒，一把将陆舜华拉过来，揽到自己身后。

迎着那冷箭般的目光，赵京澜无辜地举起双手，说："别这样看我，可不是我将她抓来的。"

江淮稍稍敛起神色："我们走。"

赵京澜拢着袖子走过来："走什么，你搞出这么大动静，明目张胆来地牢抢人，走不出两步皇上的亲兵就到了。别走了，在这儿等着吧，还省点力气。"

江淮眸色沉下去，抓着陆舜华的手微微用力，整个人如拉紧的长弓般绷起来。

陆舜华试着挣扎了一下，被江淮用更大的力气握住。江淮发着高热，手心的热度烫人，衣襟口还能看到露出一角的白色纱布。

江淮的嘴唇很干，起了痂皮，脸色微红，唇上反而褪尽血色。

大抵是一听说陆舜华被抓的消息就赶过来了吧，连衣服都没好好穿。

赵京澜："坐吧，左右也走不出去，别多费力。"

江淮还是冷着一张脸。陆舜华看了看情形，说："坐吧。"

说完从容地坐下，还是原来那个地方。

江淮没有说话，也没多余表情，但是顺着陆舜华的力道跟着慢慢地坐了下来。

赵京澜也坐到对面，道："你们打算怎么办？"

江淮阴冷地盯着赵京澜。

赵京澜头疼道："你别这么草木皆兵行不行？知道你心疼小郡主，但真不至于这样。"

江淮脸色这才稍霁。

赵京澜跷起腿："咱们皇帝陛下其实也没想要你的性命，还不错，比他老子仁慈多了。但他现在在逼你做选择，就看你愿意给什么了。"

江淮转头，看着陆舜华的眼睛都能溢出一汪水。

江淮抓住陆舜华的手，说："他想要什么尽管拿去。"

"哎，舍得呀？"赵京澜捅捅江淮的手肘，挤眉弄眼地道。

江淮没理赵京澜，还是看着陆舜华。

陆舜华慢慢地坐直身体，别过头避开江淮的目光。

陆舜华说："你不必这样。"

江淮嘴唇张了张，想说点什么，他的目光有一闪而过的受伤和迟疑，但他还没说话，门口就急急忙忙跑进来一个看守。

"赵大人，陛下的亲兵正在门外。"

第二十章 新的身份

再次回到大殿,其实也不过半个时辰。

皇帝明显已经等了有一会儿,江淮和陆舜华进去的时候他正在看一本书,见到他们也没有多少惊讶,仿佛对于江淮劫牢这件事已在意料之中。

皇帝放下手里的书,抬起头淡淡地说:"怎么把自己弄成这样?"

江淮行礼道:"小伤,多谢皇上关心。"

"都伤成这样了还是小伤?"皇帝皱眉,吩咐身边太监传御医,道,"那些人下手真是没轻没重,你也是,一贯不懂爱惜自己。"

江淮低声道:"臣无妨。"

皇帝看见江淮紧紧地牵着陆舜华的手,明明那只手都浮有恶心的红斑,江淮还是牢牢地抓在掌心不放。皇帝勾出一抹笑,说:"工部侍郎前几日给朕上奏,说是找到了自己多年前流落在外的小女儿。那孩子是妾生女,娘亲去世得早,很小就走失了,想来真是可怜。"

皇帝的语气平淡,江淮和陆舜华一时间拿不定他想说什么,都不作声。

皇帝嗤笑一声,接着说:"阿淮,朕把她嫁给你,你说好不好?"

江淮脸色骤变,放开手,"咚"的一声跪下,说:"臣已有妻子,不愿……"

皇帝："不愿再娶？"

皇帝玩味地看着陆舜华，扬起下巴，说："不是早就死了吗？全天下谁人不知。"

江淮俯下身子，身体微微颤抖着。

皇帝绕过桌子，走到江淮身前，手掌搭在他的肩膀上，眼睛却望着陆舜华，说："宸音郡主早就已经死了，南越即便归降，但与大和血海深仇，无论如何她都不能复活于世。大和容不下她，上京的子民更不可能让南越蛊人活着。"

江淮强撑道："她不是……"

"阿淮。"皇帝笑着提醒道，"你忘了那天的探子还逃了一个吗。"

江淮的脸色灰败下去，在皇帝漠然的眼光中抬起，涩声问："皇上想如何？"

皇帝看见江淮身后几缕苍白的头发，看见他绝望中带着祈盼的面孔，停顿了一下，缓缓说："工部侍郎的女儿前几日失足落水，朕看着她与宸音长得倒是有几分像。既然做不回宸音郡主，那做侍郎家的小女儿也没差多少，左右不过换个新的身份，做谁都一样。"

陆舜华轻声说："失足落水？"

皇帝甩甩宽广的衣袖，笑道："是啊，真是可怜极了，才刚见到她爹，怎么就死了。"

陆舜华低下头，摸着自己的侧脸："工部侍郎他……"他怎么会愿意，让别人顶替自己女儿的身份。

"朕看工部侍郎这些年劳苦功高，已调任他去做了渲汝院副掌事。"

陆舜华理了理其间的错综复杂，心下明了。

皇帝要和江淮做交易，给陆舜华一个新的身份，让她能够重新"活着"。

工部侍郎用一个从小到大都没甚感情的女儿换来一片坦荡仕途，两全其美。

打得一手好算盘。

够阴毒，够狠厉。

只是那侍郎家的小女儿，当真是"失足落水"的吗？

江淮说："六六，你出去下。"

他咬紧牙关，手紧握成拳。

"臣有些话，想与陛下单独说。"

陆舜华看向江淮。

江淮第一次没有回应陆舜华的目光，只是冷冷地望着皇帝。

那目光里，有很多东西。

陆舜华最后看了江淮一眼，被侍卫领去侧殿，和刚进门的御医擦肩而过。

外头有日头，陆舜华坐在阳光下，殿内很安静，因为距离远，她听不见他们讲了什么。

不知过了多久，江淮推门走了出来。

陆舜华转过身，江淮向她走过来。

日头下，江淮的脸色好像更加苍白了些，陆舜华注意到他的手臂和肩膀上有了新包扎上去的纱布。

江淮走到陆舜华身边，站了会儿，殿里太安静，他开口说话的声音沙哑且虚弱。

"走吧，六六。"江淮说，"我们回家。"

他们走到殿门口，没有人拦他们。

一个侍从打扮的人站在一辆马车前，抚弄着马儿的脑袋。

江淮用左手撑着跳上车，然后伸出手给她，单手将陆舜华拉上马车。

侍从随手上车，驾车离开。

马车里相比大殿只多了驾车的声音，他们谁都没开口，陆舜华低头，眼神没什么焦距。

不知过了多久，慢慢地有了热闹的人声，大约是出了宫门。

江淮本来闭着眼，忽然说："难怪当初你不让我去做骁骑卫。"

陆舜华冷不防，疑惑地"嗯"了一声。

江淮摇头道："原来当官真的不好。"

马车迎着春风疾驰，眨眼间就到了将军府门口，停在了门前。

江淮脸色苍白，他坐着没动，左手扣着陆舜华的手，也不让她动，眼神中有千言万语。

陆舜华隐隐觉得不对，江淮声音微哑，额头上冒出冷汗，传入耳中仿佛还带着克制的颤抖。

"六六，我不后悔。"

江淮没看陆舜华的脸，左手的手指在陆舜华的手背上摩挲着，声音略微模糊。

"父亲的教导，是忠于社稷，忠于主君，为国为民，此生绝不做一件有愧于心的事。"江淮慢慢说道，汗水迷了眼睛，"可我刚才，做了件大逆不道的事。用他人的性命换了你，我有愧于父亲的教导，我很难过。"

陆舜华无言。

江淮又说："如果，如果真的有来生的话……"

江淮的呼吸沉重，渐渐不支，强撑着说话：

"如果真有来生，就让我下无间地狱去，我犯的罪孽我一人来赎。"

"可我，不后悔。"

陆舜华揪着马车帘子，沉默了一会儿，压低声音问："工部侍郎的小女儿，真的是失足落水死的？"

江淮脸上浮起悲悯，点点头说："是溺死的，但是……"

"但是什么？"

"是被工部侍郎的儿子推进池塘里的。"江淮说，"他的小女儿是个花娘，找回来以后工部侍郎不想认，他的儿子又厌恶极了那位妾室，趁没人注意把她推了下去，一院子的人，没人敢去救。"

于是就这么眼睁睁地看着她死了。

江淮说："皇上允诺他，只要他肯把这个身份给你，就不会追究他儿子杀人的事,还升他做渲汝院副掌事。对工部侍郎来说这是天大的好事,他当然不会拒绝。"

"果然……"陆舜华喃喃地说。

"六六。"江淮低声说,"我答应了皇上的要求,过几日工部侍郎会将你的名字写进族谱。"

他叹口气,眼底发红,右手的手臂抖个不停。

"就算有罪,也是我的罪,要下地狱的话,也是我一个人下。"他违背祖训,逆了初心,答应这种只手遮天的腌臜勾当,放弃了他一直坚持的所谓公正道理。

江淮不后悔,若是有罪,也只怪他一个人就好。

"工部侍郎的女儿,叫什么名字?"陆舜华问他。

江淮想了一会儿,说:"花名叫丝丝。"

陆舜华对江淮说:"那你告诉工部侍郎,族谱上就写这个名字。"

生前不幸,死后总得留名。

江淮"嗯"了一声。

陆舜华缓步走下马车,走进将军府便向祠堂走去。陆舜华没有等江淮,一路不停。

不知道那个叫丝丝的姑娘临死前是什么心情,这种眼睁睁地看着自己死去,周围却无一人愿意伸出援手的感觉,甚至本应是她最亲密的父亲、兄长,一个拿她的死亡换了仕途,一个亲手将她推进池塘,当时是多么绝望。

好不容易找到了父亲,她当初应该也是很高兴的。

活着的时候进不了族谱,死了能把名字写进去也好,哪怕只是一个花名。

只是,可惜了。

江淮的调令很快下来。

封长平侯,封地奉天城,不日启程迁往封地。

奉天城位于芜州西边，地方不大，但常年风调雨顺，百姓安康，算起来倒是个人杰地灵的好地方。

可他本是征南将军，战功写进史书，世人敬仰百姓爱戴，突然成了个挂着虚名的侯爷，还被发配到了遥远的边境之城，如此明升暗降，江淮能忍，有的人却忍不了。

小酿第一个便受不了。

小酿去找陆舜华的时候，陆舜华正从祠堂里上香回来，远远看着一个娇小的姑娘站在别院门口，陆舜华往前再走一步，小酿就伸手将陆舜华整个拦住不放。

陆舜华问："什么事？"

小酿的脸色不好看："你就是那个郡主？"

陆舜华说："是。"

小酿扬起下巴，露出一张满是怨恨的脸："你知不知道将军封了长平侯，过几日就要迁去奉天城了。"

"知道。"

长平、奉天，皇帝的心思真是昭然若揭。

小酿看了她一眼，越看越觉得不顺眼。她不是没听说过宸音郡主的事情，但仔细想想，这个郡主来将军府不过几天，将军先是受伤，再然后是丢了兵权成了闲散侯爷，无论是不是她从中作梗，小酿都觉得她是个祸害。

小酿看着陆舜华，她这么瘦，像个病秧子，脸上的一道道血痕，快看不清本来面目，但她脊背笔直，看人的眼神也不闪躲，莫名的傲气和贵气。

小酿撇撇嘴，因为江淮平时对下人不多管束，她长到现在也没吃过什么苦头。没吃过苦的女孩儿总是天真无忌，说话也最能一针见血。

小酿道："我听说你是从南疆回来的，南疆那地方很不好，你是不是也沾了什么不干净的东西，怎么你一回来将军府就满是晦气！"

听到"南疆"二字，陆舜华的眼神顿时黯淡下来。

小酿继续说:"我觉得你这人特不吉利,不如你走吧!将军现在重伤恐怕也是你咒的吧,我听我阿娘说他伤得好重,连筷子都拿不了了。哎呀,总归你走吧,你来之前都没事的,你一来就发生这么多事儿,肯定是你的问题!你走了将军府就没事了,不管你来这儿为了什么……"

陆舜华闭上眼。

小酿的话一句句传进耳中,果真童言无忌,说出来的话比刀子扎得还疼。

小腹处的刺痛又开始了,尖锐的疼痛渐渐遍布全身,她依稀能感到血肉正在被咀嚼。明明只是几天,她却觉得仿佛过了很久,久到她差点忘了自己当初回来究竟是为了什么。

是啊,她不远万里,拼了命也要回来,为的到底是什么?

"反正不是专门来祸害将军的吧。"

小酿从袖袋里摸了个东西,递到陆舜华面前。

陆舜华看见那是一把精美的匕首,因为多年未使用光泽有些暗淡,但是难掩其中精巧。

是陆昀当初留给她的那把匕首。

小酿说:"我听阿娘说这是你的东西,我趁她没发现带出来了。喏,给你,你拿着赶紧走吧。"

她把匕首塞到陆舜华手里,说:"这把匕首拿去卖了也能换不少钱,你不要留在将军府了,快些离开。"

陆舜华慢慢握紧匕首,她深深地吸了一口气,闭上眼睛,再睁开,看也没看小酿一眼,直直地从她身边走过,走进房内关上门。

一声门响,将小酿的叫骂声一同关在门外。

陆舜华回到内室,静静地端详着手里的匕首,握着手柄将它打开。

匕首在阳光下射出锋利的光,当初陆昀将它交给她,说这是削铁如泥的好东西,很适合女孩子用。

刚才小酿问她,她来这里究竟为了什么?

陆舜华的感觉很奇怪,她为了什么,她其实很清楚,她要给祖奶奶吹一曲《渡魂》,上三日香,做完这些祖奶奶的魂魄就能得到安息,进入轮回。

"都结束了。"陆舜华拿起匕首,指腹在匕首上重重擦过,手指头立刻破出一条深可见骨的肉缝,却没有流血,亦没有疼痛感。

陆舜华拔出匕首,匕首的锋芒映着她漆黑的瞳孔,渐渐地,右眼似乎出现一丝血丝,又慢慢地凝成红点。

陆舜华身子突然开始抽搐起来,钻心的痛从小腹处传来,蔓延全身,仿佛无数把刀子扎进身体,又似有万虫噬咬、烈焰焚身。

在这样的剧痛里她重重跌倒在地上,连带着匕首也落到地上。

陆舜华战栗着,越来越痛,神智快要模糊。

"不要。"她低声说,"求求你了,不要……"

她费力地翻过身,一步一步地往前爬,手指用力伸向前,紫红色的尸斑突然一鼓一鼓的,手指甲完全成了黑色,眼里的光华也慢慢陨灭。

陆舜华咬着牙往前爬,用尽全力抓住匕首,她坐起来,头靠在桌子上,浑身痉挛。

太疼了,实在太疼了。

她终于忍不住,捂着自己的小腹叫出来,但即便是叫,声音也是很轻,完全没了力气。

"不要了,好痛……"

匕首划过地面,响起刺耳的响声,手臂抬起,匕首的尖锋对准小腹。

这八年如同炼狱,她被折磨,被试炼,被丢弃,每一天都是煎熬。

头脑昏昏沉沉之际,陆舜华颤抖着握紧匕首,闭上眼睛,重重向小腹捅去。

第二十一章 世道如此

预想中的疼痛没有到来。

有人冲进房门,跌跌撞撞地跑过来,一只手握上锋利的刀锋,匕首扎进骨肉,顿时鲜血四溅。

有人在尖叫,有人在嘶吼,有人在跪地求饶。

而她被拥进了一个温暖的怀抱,那人的身上有着熟悉又陌生的枯草味道,混着麦芽的芬芳,江淮的右手诡异地垂挂着,左手沾满鲜血,却一下下温柔地抚摸拍打她的后背。

"没事了,六六,没事了……不要怕,我在这里。"

江淮还说了很多很多,一直说一直说,直到身上的疼痛褪去,陆舜华清醒过来。

陆舜华睁开眼睛,看到眼前宽厚的胸膛,头顶传来江淮沙哑的声音。

"六六,你没事吧?"

江淮伸出左手,手掌已经被纱布包扎好,隐隐还有几丝鲜血渗出。

江淮用手掌握住了她想要自裁的匕首。

"你……"陆舜华脑子里一阵迷糊,说,"你怎么在这里?"

江淮苦笑:"我担心你,过来看看。"

没想到一来,就看到了令他肝胆俱裂的一幕。

陆舜华拿着匕首,狠狠地往自己小腹上戳去,江淮几乎没有犹豫,冲过来就握住了刀锋。

……

陆舜华想死。

那些隐藏在心底的惴惴不安,终于有了答案。

她身上的死气和淡漠,她的无动于衷,她的空洞茫然,原来她早就不想活着。

江淮用左手扶起陆舜华,低声问:"能不能和我说说,这八年究竟发生了什么?"

陆舜华沉默下来。

"不说也没事。"江淮喃喃着道,"以后再说。"

可是……

"阿淮,"陆舜华抬起眼,"没有以后了。"

江淮恍若未闻,把匕首收到自己怀中,单手扶起碰倒的椅子。他的神情专注,像是极为认真地在做这些事。

陆舜华继续说:"你放下吧,不要再记着这些事,去一个新的地方,开始新的生活。"

江淮慢慢地转过头,他没有回答,神情像是在笑,又像是在哭,眼中压抑着重重的悲伤,还有不知所措的茫然。

"放下?"他摇摇头,说:"放不下的。"

陆舜华说:"你只要放过自己就好了。"

"是吗?"江淮坐下来,左手摩挲着衣摆,问,"那以后呢?"

"以后就像你说的,以前如何,以后就如何。"

"我说过这种话?"

陆舜华点点头。

江淮说:"我说错了,我做不到。"

"你做得到的。"陆舜华的声音十分冷静,"你曾经要我这样做,如今你自己也可以。"

江淮的脸色越发苍白:"我做不到。"

陆舜华低下头，轻轻地笑了，笑容意味不明。

江淮就是被这个笑容彻底击垮，他其实比谁都清楚，陆舜华骨子里最初的一些东西，热忱、天真、浪漫、憧憬都已经死在了青霭关下，被踏成了血泥祭了春色，碎得不成样子，再也回不去原来的形状。

他很难过，甚至绝望，他们第一次将八年来的事情摊开说，她却要他忘了，要他放下。

怎么放得下呢？只要还爱着，就放不下。

他爱她，从过去到如今，至死方休。

江淮："六六。"

江淮从来不是一个感情外露的人，此刻竟然格外委屈，如同稚子，声音里有着散不开的痛："你不要这样对我。"

江淮的声音低下去，轻如蚊呐："求你了。"

陆舜华愣住，可过了一会儿，她还是摇摇头。

总会结束的，就算不是现在，也是不久以后。

江淮沉默了很久很久，想要伸手去拉陆舜华的手，被陆舜华躲避过去。

江淮不管，又伸手过来，陆舜华就再躲开。

最后不管不顾，左手直接越过桌子，去碰她的衣袖。

陆舜华忍无可忍，推开江淮的手掌，拢着袖子起身后退："别碰我。"

江淮恍若未闻，执着地想拉住陆舜华的手。

陆舜华皱眉道："你疯了。"

江淮倒情愿自己疯了："六六，你看我，看看我。"

江淮布满血丝的眼睛盯着陆舜华，胸膛起伏不定，他的眼神大片大片全是混浊，唯一的一丝清明全放在她身上。

陆舜华转身就走。

江淮唰地起身，想要跟上来。

陆舜华生出恼意，还有鱼死网破的心思，拎起身后桌案上的瓷器往江淮脚下丢去。

"走开!"

白瓷狠狠地砸在地上四分五裂,江淮像是看不见,一脚踩过去,左手手掌握成拳头,鲜血湿透纱布,顿时每走一步都留下血印子。

江淮走了几步,弯腰捡起一块瓷片,走到陆舜华面前盯着她,声音里是种空荡荡的失落和极致的痛楚。

"你看着我,六六,你看着我。"

陆舜华扭过头去,被江淮钳着下巴掰回来,强迫与他对视。

江淮把手中的瓷片扣到陆舜华的掌心,强拉过她的手,她抵抗不得,被他握在掌心。

他笑得很难看,红着眼,似是再也无法忍受,握着她和那块瓷片,在脖颈处划过去。

"你杀了我,杀了我吧……"

白瓷染血。

……

原来世道如此,报应这种东西,根本从来都没打算放过谁。

陆舜华吓得手一抖,使力往回抽,但江淮用的力气太大,脖颈仍旧被划出一道浅浅的血痕。

瓷片掉在地上,陆舜华自下而上地看着江淮,抖着唇伸出腿,将瓷片远远地踢开。

江淮要靠近过来,被陆舜华推了一把。陆舜华的手刚好撑在江淮的胸膛上,他咝声吸气,手臂重重一抖,有个什么东西从他怀里掉出来。

江淮单手抬起,从一地碎瓷里捡起那件东西。

"我答应了皇上。"江淮开口艰难,手掌朝上摊开,露出手里那根旧了的桃花簪。

江淮的眉眼凹陷进去,眼底挂着青黑,但嘴角却勾着一抹笑,笑容在这张憔悴的脸上说不出的畸形,眼中仍有淡淡光彩,似在期待。

"我去奉天城,此生永远也不会再回上京。他也答应让我带走你,不会派人阻拦。"

江淮收紧手指,牢牢握住桃花簪,声音涩然。

"我们一起去那里,忘掉所有痛苦的事情,以后我们的日子……"他微微转过神,低声说,"都是甜的。"

陆舜华扶着墙壁,痛苦地摇头。

江淮依旧固执地看着陆舜华,但眼里通红的血丝显出不平静。

"你还在恨我吗?"

江淮的指缝里淌出血,却仿佛感觉不到疼痛。

"我当时没有办法了,真的没办法。对不起,是我的错,是我没保护好你。我以前答应过你,等我回来一切都会好,我没做到,对不起……"

陆舜华听见江淮颤抖的声音,对上江淮通红的眼睛。陆舜华看到江淮眼角的纹路,发间的白丝,心头一阵难过。

她陆舜华不住摇头,缓缓地垂下眼帘,有种无力的虚弱感。

"我不跟你走。"

江淮心里酸痛,无奈且凄楚地道:"为什么?"

陆舜华不说话。

"如果你恨我,我们可以扯平。"江淮语无伦次,左手垂落下来,嗓音干哑,"一刀不够,可以有两刀,两刀不够,还可以有第三刀、第四刀……我的手臂,我的双腿,我的眼睛,你想要什么,都可以拿去,想要我的命,也可以拿去。"

如果这样就可以扯平,可以消除她的恨、她的怨,那他心甘情愿。

情是情非,难以言说,但这么多年的恩恩怨怨,总得有个了结。

陆舜华:"我不恨你。"

江淮的嘴唇紧抿:"那你……"

"我也不跟你走。"

江淮低下头,沉默不语。

江淮突然有些不敢看她,面前的女人很近,却又好像远到触不可及,他费尽全力想去抓,只能抓到虚空中的碎影。

"你做得其实很好,换作是我当时也会做出跟你一样的决定,阿淮,我不希望你对此觉得愧疚。你觉得愧疚,哪怕只是一丝,也等于你心里承认了那是一个错误。可那不是的,我们都知道。你做得很对,如果当时开了门,你才会是千古罪人。"

江淮低声说:"做得很对吗?"

陆舜华依旧是那句:"换作是我,也会那么选择。"

江淮听着,轻轻地摇了摇头,缓缓地说:"那你呢?"

陆舜华哑然。

江淮喃喃地道:"不是我的错,那是谁的错……越族已经被灭族,南越已经归降,前锋大将军也死了,不是我的错,那你呢?你算什么呢?这样算什么呢?"

他的声音越来越沙哑,脸色发青,紧紧地盯住陆舜华。

因为多处受伤,伤口渗血,脖子上、手掌上、胸膛上皆有,江淮说话慢慢地开始费劲,额上的汗水渐渐成了汗珠滴下,淌过血红的眼角,流进衣襟。

"你算是什么?现在这样算什么?"江淮伸手拉住陆舜华,"是我下的命令,我违抗了皇令屠城!我用了三天三夜烧尽南越皇城,灭了他们的皇族!我把他们从史书上抹杀,我让他们永生永世都低进泥土里,对大和俯首称臣!我让当时那场战役里所有人都得到了报应,我让他们血债血偿!"

陆舜华退后一些:"你冷静一下。"

江淮自顾自地说下去:"我经常做梦,我梦到你还在上京,还在将军府,就在那里。"

江淮伸手,指了指窗外,那儿一棵桃花正盛开。

"我梦到你就在这棵树底下一直等着我回来。你绣着嫁衣,等我打了胜仗,回来娶你做将军夫人。"

江淮说着说着,目光涌出悲怆。

"在那之后好多次九死一生，我从鬼门关前转了几遭回来，醒来时都在想你怎么不见了呢？后来才想起，是我亲口下令将你关在门外的。我越想越难过，越想越睡不着，我们本来应该很好的，是我没保护好你，我答应过你的我没有做到。你说这不是一个错，你说我做得很对，可是……"

江淮陡然激动了起来，他的左手还牢牢地抓着陆舜华，右手一动不动，满头是汗，身体抖个不停，脸色由红转白，再转红。

"可是我到现在都还记得！你知道吗！"江淮颤颤巍巍地继续说道，"我到现在都还记得我当时说了什么，我说'传我令，没有我的命令，不许开门'，就是这句话！就是这句话把你关在门外！我还记得，是我自己选择了放弃你！"

他的声音轻下去："我一直在想，你死的时候在想些什么，是在恨我，还是在怨我？或者你在想祖奶奶，叶魏紫……我一直想一直想，想你那时候痛不痛，想你那时候后悔不后悔，这么多年了，我想着想着，把自己想成了这样。"

陆舜华嘴唇紧抿，江淮每说一句，她就忍不住打晃儿，他们自从见面以后都有意识地回避着这件事情，谁都不愿意提起，仿佛当它不存在。

可他的一番话，将记忆拉到了八年前，拉到了那场连残阳都是血红的战役里。突然的回忆让她有些恍惚，心口猛地疼痛起来，所有的淡然和冷漠消失不见，理智还没反应过来，沉淀了很久的情绪先从寂灭的身体里翻涌起来。

陆舜华跟着颤抖起来，跟着难受，眼前的场景渐渐从别院的房间变成了无边旷野。陆舜华躺在尸堆里，右手臂被撕咬了一大块皮肉，泛着可怖的黑色，血水不断地流出体内，她眨眨眼，看到天空中的圆月，那月亮竟然也是血红血红的，或许是她的眼睛里都是鲜血。

她死的时候在想些什么？

绝望崖冷风犀利，她在想自己还没享受为人母的喜悦，她不想死，她哭泣、哀求，心如死灰。

陆舜华在想凯旋的士兵，在想昏迷的皇帝，在想偶尔午后闲谈听见的邻国新皇的传奇人生，她想了很多很多，最后想起江淮。

权倾朝野的将军用无量功德换她一个圆满，可她却像是故事之外的旁观者，冷眼看着生离死别和爱恨嗔痴，波澜不惊。

她不恨，可她不甘心。

"你后悔吗？"

轻飘飘的四个字，让屋里突然久久安静下来。

陆舜华抬起头，就着江淮抓着自己的动作，身体往前探过去。

"你后悔了吗？"

江淮紧紧抿着嘴唇，神色晦暗不明，不知是身体太虚还是因为她的动作突然，他惊得退后两步，身体虚晃两下，手缓缓地垂落下去。

陆舜华的袖子上，还留着几个鲜红的血手印。陆舜华紧追不放，似乎每一句话都是逼问，非要他吐出个回答，声音渐响，响在整个别院屋里——

"我问你，你后悔了吗！"

陆舜华几乎是声嘶力竭地吼了出来，两个人隔了两步远，她不复冷漠的表情，脸上全是疯狂，江淮嘴唇嗫嚅着，什么话也没说，双目通红死死看着她。

陆舜华仿佛受够了的模样，一把扯住江淮的双臂，手指用力得几乎嵌进肉里。陆舜华狠狠地攥紧江淮，字字诘问，字字诛心——

"你不是说你很难过？你不是说你很痛苦？你问我有没有后悔？你问我怨不怨你？那你呢？江淮，我问你，你当初做了那样的选择，你有没有后悔？你有没有后悔过？"

陆舜华的声音几近嘶吼，手下用力，指节绞紧，力道奇大。

江淮痛极，却没有伸手推开陆舜华，江淮近乎悲怆地望着陆舜华，眼里翻腾着绝望。

陆舜华步步紧逼，江淮步步后退，良久，陆舜华的手松开，无力地往后靠在墙角。

后悔不后悔,这个问题其实谁都无法给出答案。

"你不要后悔。"陆舜华扶着墙壁,垂下眸子,"我说过了,那不是一个错误,所以你不要后悔。不后悔才是对的,我知道,你也知道,我们都知道。"

江淮想起刚才惊心动魄的一幕,喉头发涩。手臂被她抓得泛起钻心的剧痛,但他想着那时的场景,只觉得心神俱裂,说话都颤抖着:"我们去奉天城,离开这里,离得远远的。"

他又在重复,仿佛笃定离开上京一切都会好起来。

"你放不下,没关系,我们慢慢来。以后还有很久,还有很长时间……"

江淮零零碎碎地说着,一直说着,他其实并不是一个不敢面对的人,但连陆舜华都能看出来他在逃避,刻意回避了很多,比如她的八年,比如她的抽搐,比如她的自裁。

陆舜华靠着墙缓缓蹲下去,她摸着自己的右手臂,那里腐烂,长满尸斑,是一个死人的标识。

陆舜华没有呼吸,没有心跳,长着尸斑,长着血痕,她是一个孤魂野鬼。

可江淮不比她好过多少,他是一个可怜人,在这世上没有任何亲人,一直是孤家寡人一个。他孤单地活着,对人冷漠,将所有正常的感情都摒弃,但那些年少时的记忆却仍旧深深刻在骨子里,他们之间发过的天真的誓言,许过的庄重的承诺,都被他永远铭记。

世事无常,造化弄人。

他们以前是什么样子?

后来怎么又成了这个样子?

江淮也跟着蹲下来,江淮几乎成了个血人,身上没有一处完好,但仍旧伸出血淋淋的手去拉住陆舜华。

江淮颤抖着声音道:"六六,你看看这里,看看这个地方。"

江淮说:"我负你良多,但这个世界没有,它明亮、干净,一如往昔。不去奉天城也没关系,我们去别的地方,去哪里都行。"

江淮说:"无论为了什么,为山涧清风,为雪落黄河,为青霭落日……为了什么都好,六六,留在这里。"

留在这个人间。

陆舜华低低轻笑,说:"阿淮,我说了我不跟你去的。"

江淮脸色沉下去。

陆舜华淡淡地说:"是活死人蛊。"

第二十二章 情之一字

陆舜华叹了一口气,自重逢后便不肯正视江淮的眼神,此刻终于与他进行对望,只是眼中全是悲悯,甚至还有可怜。

江淮颤抖了一下,难以置信地看着陆舜华:"你说什么?"

陆舜华抬起手来解开了袖口的系带,一寸寸,露出紫红发黑的尸斑。

颜色比初时更深,再往上几寸的手肘处有个深可见骨的牙印,周围皆是烂肉,却不见血水。

陆舜华抬起手,指甲已经是淡淡的黑灰色,她将手臂递到江淮的眼前,唇角露出一个无奈的笑,说道:"阿淮,我真的没有办法跟你走。"

江淮眼神一闪,目光落在斑驳的尸斑上,深沉的眼眸浮现出震惊,强撑着道:"无所谓,什么蛊都没关系,我不在乎。"

陆舜华握紧衣袖,嗓音低哑:"你在不在乎有什么用呢?蛊虫发作起来,无人能解。"

就连当年养出蛊虫的巫蛊师都不能,否则她作为一个试蛊人不会被轻易地丢弃。

江淮一下按住陆舜华的手腕,指尖抵在尸斑上,感受肌肤传来冰冷的温度,语气茫然到极点:"怎么会这样……"

江淮说话的语气倏地转狠:"去找大夫。宫里的御医不行,就去民间寻访,我不信天底下没有人有办法治好你!"

陆舜华轻轻地挣扎了一下:"不用找了,来不及了。"

江淮:"怎么来不及,我……"

陆舜华收回手臂:"你如果想知道八年来的事,我现在就可以说给你听,但奉天城我真的不能去。"

陆舜华漫不经心地系上带子,边系边说:"走不了了,我快死了。"

人世间很好,可她早已经不是世间人。

江淮伸出的手臂就那样猝然停在了半空,良久,江淮又按上陆舜华的手,一点点,紧紧攥着,手指摩挲着衣料,将她没有脉搏跳动的手腕握在掌心里。

江淮的眼中陡然出现很多很深沉很复杂的东西,使他无法再问出为什么,他只是固执地去触摸陆舜华,手心里的鲜血染上袖口,再开口时声音沙哑:

"跟我走吧。"江淮唇角弯起一个笑得像哭的弧度,"六六,我们走吧。"

陆舜华笑了,笑着笑着,干涩的眼角像是能流出泪来。但她仍旧摇头,在江淮近乎血红的眼睛里,像看到了十三年前,她觉得自己又望见那个在黑夜里一个人吹着笛子痛哭出声的小小少年,当时的他眼神也像现在,这么无力,这么绝望。

"阿淮。"陆舜华说,"你和我不一样,你会千古流芳,万世景仰。"

"我不要这个。"江淮颤抖着声音说,"不跟我走也可以,那你要去哪儿,能不能带我一起走。"

陆舜华想拂开江淮的手指,可江淮抓得紧,根本不松动。

陆舜华停顿了一下,抬眼看着江淮。这个人其实从未负过她,无论是十三年前还是十三年后,世事负了她,命数负了她,唯独江淮没有。

陆舜华手指点上江淮皱起的眉心,说:"阿淮,你要记得,你没有错,所以不要自责,也不要后悔。放下吧,你是一个英雄,我以你为傲。"

江淮用力握住江淮,江淮浑身是伤已然痛极,却还在强撑,嗓音呜咽如同受伤的小兽,却无话可说。

陆舜华站起来，带着江淮的左手一块拉他起身。

陆舜华拍拍身上皱了的衣裙，低声说："活死人蛊至今无人能解，当年那个巫蛊师也不能，你不用白费力气。皇上猜疑你至此，你去奉天也好，不要回来了，活着总比死了好。"

太阳落山，室内尽是昏黄的余晖，江淮的神情在刺目的暖色下有些模糊不清。

江淮说："会有办法的，我找到他，让他治好你，给你解蛊。"

陆舜华任江淮自言自语，一语不发，看着江淮的目光越发怜悯。

陆舜华终于没忍住，上前拥住江淮，仅仅一下又放开。

"你找不到他的，没人能找到他。就算找到了，他也没有办法解蛊。他收集了上千具尸体制成试蛊人，那么多……全都彻底腐烂掉了，没有一个例外。我们全都是失败的试验品，没有人熬过蛊虫噬体之苦，所以我们都被丢弃了，我也快死了。"

南越，也就是如今的南疆，向来擅长巫蛊之术。传说巫蛊之术能够生死人肉白骨，控人心智为己所用。

传说向来真假莫辨，事实上南越蛊毒尚未到如此高深地步，至少那个将陆舜华捡去的巫蛊师便不高明。

陆舜华不记得自己是如何死去的，也许是被血傀儡咬了一口，也许是被人用刀剑割破喉咙，也许是在青川河里溺了水，总之她的的确确已经是死了的。

当她再一次醒来，便是在南越巫蛊师的炼房内。

依稀听见是磁性的男性嗓音，在低声解释："我本就无心参战，南越帝承诺将俘房给我做试验，我才去的这一趟……灭族便灭族吧，与我何干。"

另一个女性的声音响起，娇蛮里透着埋怨："你要试蛊，何必跑去战场？刀剑无眼，你要想试，我去替你弄几个人来就是了，净做些危险的事。"

"不必了，我回来时顺手在战场上捡了些尸体，正好拿来试蛊……

哎,师妹,你别拧我的耳朵,你这是干吗?快放开!"

女子道:"好你个天枢,你给我说清楚,几万具尸体,你怎么选的全是女人!"

天枢吃痛,讨好道:"哪有都是女人,有男的,有男的!师妹,你快放开,你再不放开我这耳朵干脆别要了。"

"哼。"

……

再以后的日子,陆舜华不愿去细想了。

几千具尸体,一个个被种了活死人蛊,蛊虫控制他们重新"活"过来,能动了以后,一些人仍是痴痴傻傻的傀儡模样,一些人却已经有了心智意识。

傀儡模样的尸人被做成真正的傀儡,成了天枢的奴仆,有了心智意识的尸人则被拉去种下新炼出的活死人蛊。

一次次种下,一次次试炼,他们不需要吃饭、睡觉,被关在几间大屋子里,每天需要做的就是忍着极致的疼痛,熬过蛊虫噬体的痛苦,想尽办法"活"下去。

没熬下去的试蛊人被随意丢弃,或者扔进养蛊炉,八年的时间几千个尸人便也只剩下几十个。

天枢的目标是通过活死人蛊操控,做出和活人一般无二的真正"活死人",有熬不下的试蛊人尝试逃跑,但逃出迷阵以后仍旧死于蛊虫吞噬。

蛊虫以尸人体内的精血为食,种下之后便与试蛊人成为共生体,蛊虫以自身为献祭,提供给蛊人必要的行动支撑,当试蛊人体内精血耗尽,蛊虫再无食可进,便是蛊虫反噬,生食其肉之时。

他们都是本不该继续存活于世的怪物,也是逆天而行的失败的试验品,万幸的是她没有被挑去祭了万千蛊虫,巫蛊师在确定她已无用之后,便将她随意丢弃在迷阵外的尸堆里。

而她靠着体内最后一点精血,强撑着回到了大和。

"那最后的精血。"陆舜华笑得惨淡,"是我腹中的胎儿。"

真相如此惨烈。

大约是已经绝望到了极致,江淮此刻的神情竟然没有多少变化。江淮像是麻木了,听完陆舜华讲的整个故事,脸上竟然还有一丝茫然。

江淮也终于明白了,原来陆舜华真的是来告别的。

江淮想到刚才陆舜华痛得歇斯底里,甚至想要自裁的模样,这一回,他没有勇气再说出口让陆舜华跟他走的话。

"还有多久?"江淮低声问。

陆舜华说:"也许半年,也许一个月,也许就是明天,反正很快了。"

于是江淮的脸上又出现了那种孩子般无奈又绝望的神色。

江淮的目光落在陆舜华的手臂上,想去抱她,手臂却重逾千斤。

右手灼烧般的痛楚令江淮乱了心神,但也许不是手臂的痛。江淮恍惚了一下,觉得外头暖红的夕阳竟然又和八年前的青霭关重合。

江淮左手遮住自己的眼睛,笑起来三分落寞七分苍凉:"老天当真一点都没变。它一直在看着我,看我还能遭受怎样的报应,它给过我的答案一直都没变,永远也不会变。"

陆舜华的目光闪了闪,深深地长出口气。

两个人一时间谁也没说话,室内一片静谧。

江淮放下手掌,启唇还想再说点什么,家仆却在此时过来禀报,说门口有个小乞丐一直吵着闹着要进来,谁都拦不住,扬言要找一个穿斗篷的女人,谁都劝不走,别人去拦他,他就咬人。

江淮皱眉,他对任何想接近陆舜华的人都抱有戒心,因此想也不想就说让人将小乞丐赶走。

陆舜华上前:"我认得他,将他带进来吧。"

江淮问:"他是谁?"

"一个萍水相逢的小孩儿。"

土土很快就被带了进来，他刚一进门口，探着脑袋往里看了两下，甚至没发现角落里的江淮，望见陆舜华站在门边，眼里发光，笑道："原来你真的在这里呀，我就知道没有找错。"

土土的头发有些乱，本就脏污的衣衫沾了更多淤泥，但他毫不在意，笑呵呵地对陆舜华说："我还以为你被坏人抓走了，担心死我了。"

陆舜华说："我没事，很快就回来了。"

"可我看他们的样子不像好人。"土土说，"我跟在马车后面好久，可是没吃饭使不上劲，没跟多久就丢了，只好一直在门口等你。"

陆舜华轻轻笑了，方才眼中的悲痛消去大半，她走过去，半弯下腰道："你担心我？"

土土点点头："我一直在门口等你，还好你回来了。你怎么又哭了？"

陆舜华抬起手指抚上自己的眼角，那儿干涩一片，什么也没有流下来。

土土抓着她的手，轻声说："你不要难过。"

陆舜华摸了摸土土鬓角的头发，说："谢谢你。"

土土有点不好意思，他往后退两步，左顾右盼，掩饰着道："都说了别碰我嘛，我身上不干净……"

陆舜华说："你饿不饿，我带你去吃点东西好不好？"

土土摸摸肚子，羞赧地道："还好……"

"可你说你很久没吃饭了，不吃饭就长不高。"陆舜华说，"别担心，不要你给钱。"

土土眼珠子转了下，踮起脚尖，轻声说："我真的还好……可是我觉得他好像很不好。"

陆舜华转头看过去，对上江淮微红的脸庞和皲裂的嘴唇。

也许是刚才和土土说话过于专心，陆舜华一时忘记了房里还站着江淮，而江淮一直没有出声，默默地站在他们身后，当土土提醒时陆舜华才发现江淮的状态很不好。

江淮闻言，皱眉瞪了土土一眼，想要将手背到身后去。

可那只右手此刻却分外不听使唤，江淮皱眉的样子看起来似乎真的在使力想要挪动手臂,但无论怎么样,那只右手仍旧垂挂在身侧,丝毫不动。

最后他只好将身子微微转过去。

陆舜华微微一怔,目光落到江淮的右手,紧盯不放。

陆舜华感到江淮在躲避,越发觉得怪异。

"你的手怎么了?"

大夫从房里出来的时候,长长地叹了口气。

他掐着手指开始细算:"脖子上一道、胸上三道、小腹处一道、左手掌两道。还有右手手筋,征南将军真是奇人,铁打的身子骨。"

老管家明叔听得一阵哆嗦,花白的胡子一直抖着,问:"这都是怎么弄的?"

宫里探子的事情他知道,但那也不过伤及胸腹,怎么短短两天,伤势突然严重成这样?

大夫说:"不知道,医者只悬壶济世,不探病人秘辛。"

陆舜华坐在土土身边,看着他狼吞虎咽地咀嚼着如意糕,闻言眼角一跳,问道:"右手手筋怎么回事?"

大夫提笔写方子的手一顿,低声道:"断了。"

"怎么断的?"

"挑断的。"大夫的神色莫名浮上沉重,"没有危及性命,但伤了主脉,恐怕……"

陆舜华沉默了。

土土扒东西吃的声音都极有眼力见地低去几分。

片刻后,陆舜华问:"还能拿剑吗?"

大夫抬眼看了陆舜华一眼,斟酌着道:"能拿筷子。"

话到此处,已不需要再问什么。

陆舜华想,一把剑对于武将来说的意义是什么。

莫过于功名之于仕者,油盐之于平民,薪火之于寒冬,星辰之于良夜。

那是烙印在生命里的，极其深刻的存在。

可是那只拿剑的手以后只拿得动筷子了。

"怎么回事……"陆舜华喃喃道。

有人推门进来，慢慢走到陆舜华身边，将一件东西搁到她眼前的桌上。

陆舜华低头看见一支短笛和那支桃花簪。

茗儿说："郡主，这是刚才从主子身上掉下来的，烦请郡主先收着。"

陆舜华看向她，茗儿的眼底一片默然悲哀。陆舜华没有去接过那些东西，坐了好一会儿，土土识趣地低头，装作什么也听不见。

"江淮是怎么受伤的？"

茗儿轻轻摇头："奴婢不清楚。"

"手筋，伤了主脉……"陆舜华哑声，突然看向土土，"你说这天下，还有谁能，还有谁敢挑了他的手筋？"

土土一愣，呆呆地摇头，嘴角还沾着白屑。

陆舜华用手指将那点白屑抹去，手下动作轻松，脸色也平淡。

"是啊，没人能做到。"

陆舜华放下手，目视前方。

"除了他自己。"

陆舜华突然想到，之前江淮将她从大殿带走前，和皇帝在内室待了很久。

那时候并不止有他们两人，还有御医。

江淮走出来的时候脸色很不好看，伤口全部重新包扎过，包括手臂的伤，纱布从腕骨缠到了臂膀，可她记得她夜里去看他的时候，探子根本没伤到他的手臂。

从宫里回来时，江淮的右手臂一直在颤抖，额头冒的汗不曾停过。

在那以后，江淮做什么都惯用左手。

陆舜华摇摇头，她闭上眼睛，试图甩开纷乱的思绪，却因为这个举动脑海里更加乱。

陆舜华的身子颤抖着，鼻间突然闻到浓烈的枯草味，这样的味道比任何都浓，她伸手捂住自己的眼睛，喉头发出低低的嘶吼。

土土犹疑道："大姐姐，你又在哭吗？"

陆舜华放下手掌，她的眼睛里有很浓郁的悲伤，但没有掉下一滴眼泪。

原来是这样。

皇帝不会就这么轻易地放一个重臣远走，他要了兵权，要了功名，仍然不够，还需要一个光明正大让江淮离去的由头。

还有什么比武将拿不动剑更正当的理由？

褫夺兵权，封侯远走，断了江淮右手的手筋，夺了江淮一世的功名。

一个残废的人如何领兵打仗，江淮此生都不会有机会再接近兵权半步。

皇室中人，血大概都是冷的。

她终于抬头，直直地看着茗儿。

茗儿对上她的目光，微微俯身，手指指着桌上的短笛："八年前，主子在藏书阁吹了一夜《渡魂》。"

她说："我们都以为郡主当时已死无全尸，主子更是。他害怕郡主无法魂归故里，便拿着笛子吹了整整一夜。笛声一夜未停，主子一直在等你回家。

"这些年，主子不好过。人人都说这不是他的错，可是他拒绝被原谅，拒绝被理解，八年过去了，但对主子来说却永远过不去。

"郡主，即便你心中恨他怪他，也请你看在往日情分的份上，同主子多说两句话吧，他不是个凉薄冷血的人，他一直都很念着你。"

陆舜华听后，沉默许久。

她慢慢伸出手，将短笛和簪子紧紧握在手中。

命运弄人，情之一字，谁能分得清对错。

不过是来时汹涌，撕咬不放。

去时如刀,血流不止。

大半个太阳都沉下山去,不知过了多久,天色暗下来,月上柳梢,已是夜深。

土土趴在桌子上睡着了,陆舜华坐在他身边,手中仍旧抓着那两样东西,她看着面前灯火闪了些,听见门外传来些微响动。

门打开,江淮走了进来。

陆舜华抬起头看了江淮一会儿,还没说话,江淮先行一步。江淮靠在门框上,瞥了陆舜华的手掌两眼,说:"我找了许久,原来丢在你这儿了。"

陆舜华默默地放开手,低下头别开眼睛,问江淮:"你的伤……"

"没事。"江淮摇摇头,关上门。

江淮坐到桌边,看土土已经睡着了,声音也放轻下去:"你说过的,活着总比死了好。我和皇上之间走到现在这一步,他无论如何也不会允许我无事地走出上京,迟早都会下手的。"

所以,不用自责。

陆舜华又转眼看江淮。

而陆舜华也正沉默地望着她。

好半天他们彼此都没说一句话,经过白天激烈的争吵,到现在把事情一桩桩一件件全都摊开来,反而开始陷入沉默。

八年的时间太久了,他们都变了太多太多,似乎都快忘记怎么彼此相处。

屋子里安静极了,陆舜华看了眼旁边的土土,对江淮说:"我想收养他。"

"收养他?"

陆舜华低声说:"也不是,应该说,我想请你收养他。"

江淮毫不犹豫地点头:"好,我们一起养着他。"

又问:"他叫什么名字?"

陆舜华说："土土。"

江淮皱眉，这名字委实太像个贱名，不够正经。

"大名叫什么？"

陆舜华摇头，说不知道，又伸手推了推趴伏着的土土。

"醒来了就别装睡了，快起来。"她说，"这可是真正的买主，得他同意了才行。"

白天时江淮被带去疗伤，土土和她等在房间里，当时土土被一桌子的佳肴给震惊得不敢眨眼，嘴里塞着菜，左手和右手各握着一个包子，脸颊鼓鼓的，吞咽都费力。

土土一边咀嚼着，一边红了眼眶。

陆舜华怕土土呛着，给他倒了杯水，他却没接，只是哽咽着说："我好久没吃过这么多东西了。"

土土抽了抽鼻子，不争气地想落泪，但始终倔强地不让眼泪从眼眶滑落："我能不能卖到你家去？"

陆舜华愣了："什么？"

土土放下包子，似乎有点不好意思，将手背到身后，小声说："你真的好像我阿娘，跟我阿娘一样漂亮一样好。你能不能买了我，我不要钱。"

抬起头，目光全是殷切的期盼，但约莫觉得自己实在没底气，他绞尽脑汁地想了下，吞吞吐吐地道："我吃得少，我可以给你家干活，我什么都能做的，只要你们不打我，不要再把我卖了，我一定努力干活！真的，我发誓！"

第二十三章 天上人间

陆舜华感觉有些心酸,她摸着土土已经洗干净的头发,柔声道:"快些起来了,将军答应收养你了。"

土土这才从臂弯里抬起一张红扑扑的脸。他洗干净了以后才发现眉眼还算耐看,至少算清秀,竖着头发打扮整齐的模样,和做小乞丐时相去甚远。

土土似乎很怕江淮,声如蚊呐道:"将军。"

江淮闻言,微微皱起眉头,土土便吓得一缩脖子,往陆舜华的怀里靠,更轻地说了句:"主子。"

陆舜华将土土搂紧,在他背上轻拍抚慰他:"别怕。"

又转头对江淮说:"你吓着他了。"

江淮面上浮上疑惑:"我又不可怕。"

土土在她怀里猛地打了个哆嗦。

好吓人,上京城里有名的杀神果真名不虚传。

江淮道:"你大名叫什么?"

土土摇头,声音闷闷的:"没有大名,就叫土土。"

江淮说:"这不妥。"

陆舜华说:"重新取一个吧。"

土土从她的怀里抬起头,大概真是小孩心性,长久以来有不少人对他释放过善意，他也经历了一些阴暗，但独独只有陆舜华对他真正予以温柔。

这个女人长着恐怖的血痕，看起来极其脆弱，但她给了他很少见的体会，自从他阿娘死去后再也少有的温暖。

土土抓着陆舜华的袖子，低声问："我能不能跟你姓？你好像我阿娘啊，但我不记得阿娘叫什么了，我想跟你姓。"

陆舜华微怔，随后说："当然可以。"

土土脸上露出惊喜的表情，他的声音提高了，说："那我，我可以叫你阿娘吗？"

陆舜华这回完全怔住了，她没多想，当下就要拒绝。

土土问她为什么，陆舜华想了很多说辞，最后还是决定和他说实话。

陆舜华抚着土土的脸蛋，有些不忍："因为我快要离开这里了。"

土土是个极其聪慧的小孩儿，知道大人口中的"离开"有时并不只代表一个意思，他思考着，模样很深沉，乍一看竟和江淮有几分像。

半晌，土土再抬头，坚定地说："没关系。我喜欢你，我想要你做我阿娘。"

这一瞬，陆舜华心软到完全无法再次拒绝。

土土的眼睛里有满满的信赖和喜爱，总让陆舜华忍不住想起当年那个孩子。

如果生下来，也许和他是一个模样。

土土问："我们以后住哪里？"

土土掰着手指，试图理顺关系："将军也要收养我，你又做了我阿娘，那我们以后都给将军府干活吗？"

土土的问题很多，也许重新得了归属感，竟然一时无视了江淮，又问："阿娘，你姓什么，你要重新给我取名吗？"

陆舜华说："我姓陆。"

土土笑了："那我以后也姓陆。"

陆舜华点点头，侧头看江淮。江淮的神色在昏暗的烛火下有些不明,她搂着怀里的土土,心下的念头一下下闪过,"我可以做你阿娘,但你以后都要听将军的话,将军才是收养你的人。"

想了想,又说:"我们过几日,一起去奉天城。"

江淮没说话,眼神清冷,只在听到最后一句时微微闪烁。

土土在怀里一动不动,陆舜华抱住他,轻轻开口:"阿淮,你愿意养着他吗?"

回应她的是一声低低的"嗯"。

"我说的是一辈子。"

江淮道:"我说的也是一辈子。"

哪怕这个孩子将来一事无成,或资质平庸,或潦倒纨绔,说养一辈子那便是养一辈子。

陆舜华低声说:"谢谢你。"

土土跟着说:"谢谢将军。"

江淮摇头:"你算我名义上的养子,不必叫我将军,更不用叫我主子。"

土土抿了抿唇,绷着脸,严肃地道:"义父。"

去奉天城的时间定在半个月后,江淮遣散了家仆,只留了茗儿一家,阿宋如今和茗儿早已成婚,他们带上一对儿女以及明叔和宋叔,总共不过十几人,行李收拾起来很简单,只求轻装上路。

这期间倒是小酿过来闹了一次,说是不肯走,江淮让茗儿去处理此事,再后来陆舜华也就再没见过她。

土土依然叫她阿娘,叫江淮义父,似乎亲疏之间隔开了万丈距离。土土知晓江淮才是真正对他有恩的人,但更喜欢赖着陆舜华。

有时陆舜华和土土一起在院子里说话,江淮也会过来。土土怕他怕得紧,每次江淮一来都要躲着。偏偏江淮又喜欢往他们这儿凑,次数多了,陆舜华都看不下去,叹息道:"你不要总是吓他。"

江淮:"我没有吓他。"

"你绷着脸，他看了害怕，这难道不是吓？"

也许是听了她的话，江淮以后来找他们时总是努力在脸上挤出一个微笑，但看着越发瘆人，土土更不爱亲近他。

但江淮也不介意，他来找的是陆舜华，拿给孩子取名当由头，每天只想多和她说两句话。

江淮的伤势除了右手，恢复得都很快，陆舜华偶尔问他几句伤情如何，也被他云淡风轻几句话盖过去。陆舜华知道江淮不喜欢谈自己的伤，于是也不多问。

叶姚黄和叶魏紫来探望过她几次，叶魏紫仍旧坚持要带她离开，但陆舜华的态度十分坚定，叶魏紫愤愤几句，被叶姚黄低声劝服，走的时候还是不甘心，说下次再来。

时光似乎慢慢沉淀下来，陆舜华时不时思考给土土取个什么名字，想着想着就会出神。

在南越的八年陆舜华其实很少回忆与江淮的过往，因为痛苦占据了大部分，但最近不知怎么她越来越喜欢回想过去。

陷入回忆以后，无论是爱意还是怨怼都仿佛蒙上一层阴影，渐渐模糊开去。

初见时，江淮是个失去双亲的倔强少年，而陆舜华为江淮点亮了黑暗中的一盏灯。至如今，江淮成了人人敬仰的杀神将军，陆舜华成了个不死不活的怪物。江淮深受怀疑，脱下一身战绩，陆舜华勉强"活着"，等待不知何时离去的那天。

战争和生命太过沉重，岁月洗涤了一切，剩下的全是如初时的干净。

这么久过去了，这么多年过去了。

陆舜华不知道未来会怎么样，总之过完一日算作一日，静静地等待着一切归于虚无的那一刻。

这一天很快来临。

起初谁也没在意。

那天大概是叶魏紫再一次来劝陆舜华，无奈之下离去后。陆舜华靠在东院的桃花树下给土土讲故事，顺便问土土想叫什么名字，还没说完话，脸色却蓦地白下去。

其实陆舜华早有感觉，大概在这几天，身体时不时就会出现剧痛，但陆舜华强忍着没有多说，这回却是再也忍不住，土土甚至只来得及喊了声"阿娘"，陆舜华就猝然倒在地上抽搐起来。

江淮赶到时，陆舜华已经痛到麻木。

陆舜华躺在床上，瘦得仿佛只剩下骨头，曾经那么明媚飞扬的女孩子，躺在床上形同枯槁，仿若游魂，再也无法让人联想起昔日的宸音郡主。

陆舜华像一个脆弱的瓷器，上面布满了丝丝裂纹，随着时间推移裂纹渐渐加深。江淮知道总有一天她会碎裂，但仍旧希望陆舜华能够好好的，希望这一天能来得迟一点，再迟一点。

没想到……

屋子里没有人，几个大夫看了半个时辰，什么办法也没有。

现在只有他们两个人，江淮来到床边上，轻轻地俯下身，隔着被子拥住陆舜华。

陆舜华迷迷糊糊的，但还是凭着感觉认出了江淮。

"阿淮。"陆舜华的双眼已经没了焦点，极致的痛楚让她分辨不太清眼前看到的东西。

江淮"嗯"了一声。

"阿淮，我快听不见了。"陆舜华抬起头，费力地说，"你还有什么话要对我说吗？"

江淮目光痛苦，江淮低喃道："六六……"

陆舜华枯瘦的手从被子里伸出来，皮包着骨头。

陆舜华没有害怕，也没有丝毫恐慌，更多的还是一种宁静与释然。

陆舜华轻轻抚摸着江淮的脸，自她回来后，他们第一次这样亲密。

"你说不出口，那便听我讲好了。"陆舜华慢慢笑了，"我想问你，如果有来生,我……我都忘记了,我分明是一个没有来生的人。你呢,如果有来生的话,你想做什么?"

江淮摇头,他根本说不出什么。

陆舜华转头,眼神缓慢地移动到江淮的脸上。陆舜华无力地笑了,手指挨着江淮的眼下,摸到了一抹湿润。

"不要哭。"陆舜华像哄着孩子,"我说过了你是一个英雄,你是我的骄傲。英雄怎么能哭呢。阿淮,快回答我的问题,我真的快听不见了。"

江淮面部隐忍到扭曲,似用尽全力,道:"做一只鸟儿,不用足踩大地,一辈子自由自在。"

没有国家,没有大义,不管苍生亦不管百姓,只和她一起。

可惜陆舜华已经听不太清,只听到了江淮的前半句回答:"下辈子都还想看着自己保护了一辈子的江山吗?"

江淮抱紧陆舜华,低声说不是的。

可陆舜华迷迷糊糊的,根本无法辨别声音。也许是回光返照,陆舜华的神志有了片刻的清明,强撑着回抱住江淮。

"阿淮,没事的,都过去了。你放下吧,听我的话,能过去的——"

陆舜华缓缓靠近江淮,闻到他身上淡淡的枯草味,目光里有一丝依恋和一丝不舍。

相逢太短,一生太长。

阿淮,男儿郎保家卫国,是大义亦是责任,你从未做错,我也从未怨恨。

我是怀抱着必死的心,回到了这片我深爱的土地。我熬过了无数生死关头,跨越了数九寒冬,从尸山血海里挣扎出来,万里相隔的土地,用脚步来丈量。

我的躯体已经腐烂,我的感情已经麻木,死亡如悬颈屠刀让我一度退却,残缺破烂的身躯让我也再难面对,可我仍记得那些明媚的岁月。历史的洪流和无尽的战火让人流离失所,我们不过是史册下小小的笔墨,我不能再为你捧起热汤,唯愿你此后夏有祥云,冬有瑞雪,一生敞亮,不负天地。

纵然万劫不复,依旧百死不悔。

我爱的人,你是一个英雄,亦是我的骄傲。

光影在眼前扭曲又重叠,意识迷离之际,陆舜华喘息着,忆起了从前。

陆舜华做了一个模模糊糊的梦,梦中的陆舜华还是那个她,江淮却不是那个高高在上一人之下万人之上的将军,梦里他还是少年郎的模样,张狂又意气风发。

陆舜华是梦里的看客,置身事外又身在其中,陆舜华看着梦里的她,十五岁的陆舜华,还有十六岁的江淮,那时候多好啊,所有人都知道江淮迟早会娶陆舜华,府里的下人明面里叫她小姐,私底下都拿她当夫人对待。

那年杏花微雨,江淮练得一手好剑,身影摇动之间有无数花瓣落下,他身形落拓修长,冰冷的剑在他手上也被舞得分外好看,而陆舜华就坐在边上安安静静地看他。

半晌,江淮停下练剑的手,颇有些无奈地看着她:"不要盯着我。"

陆舜华笑了:"可你好看啊。"

江淮的脸上泛起了淡淡的桃花红:"难道所有剑舞得好看的你都盯着看?"

"不不不,我只喜欢看你,别的人我理都不理的。"像是为了证明自己,陆舜华又加了一句,"我这双眼睛就只长在你身上。"

饶是江淮再清冷的性子,也被陆舜华一句话说得脸面通红。英勇无比的少将军居然在一个女子毫无顾忌的眼光下红了脸皮。

也是那年,战火四起,黑云压城城欲摧。

陆舜华被扑倒在门外,叫天不应叫地不灵,被人杀,又被捡去炼了蛊虫。

蛊虫,很大一只,钻进陆舜华的身体里,绞得她痛到打滚。有人受不了以头撞墙，只求一死。她却死死地咬牙坚持着。

陆舜华能感到蛊虫在体内蠕动，吞噬着自己的骨肉精血。

孩子，那么小小的，还没出世的孩子啊。

被蛊虫一点一点吞噬，没来得及叫一声爹娘的孩子啊。

天枢把陆舜华带到炼蛊房，认真地检查了一遍，最后只是皱着眉头不耐烦地道："我说怎么比别人坚持久了些，原来是个孕妇。"

一把放开抓住陆舜华后颈的手，将她随意丢出门外。

"比别人多了这一点儿精血有什么用，还不是要死。这活死人蛊怎么这么难炼？摇光这死丫头……"

陆舜华被丢出去，丢在障眼迷阵里，丢在白骨累累里，不知自己身在何方，更不知可去何从。

明明心中痛极，却流不出泪来，陆舜华变成了一个彻头彻尾的怪物，是邪祟，是妖魔，是逆天而行存在着的失败品。

陆舜华捂着小腹，跟跟跄跄地支撑着行走。她要回去，要回到大和去。

祖奶奶还在等她，阿淮还在等她，还有阿紫、姚黄、阿宋……

可是怎么回去，孩子已经被蛊虫吞噬了，她也快死了，不是吗？

孩子啊，不要怪你的父亲。

他是一个英雄，他没有对不起我们。

这一世没有缘分，你先去地下等着娘，等过段时间娘就会来找你，然后我会保护你，我们一起在桥边，在河边，在能等到的地方等着你父亲。

等百年之后，我们一家重聚。

……

陆舜华捂着小腹，声嘶力竭地喊出来，她大口大口喘气，眼前一下是障眼迷阵，一下是将军府的房内，她疯狂地喊着，嗓子都喊哑了，似乎要将这些年的委屈和难过都发泄出来……

"我好痛啊……"陆舜华抓着被子，脚下蹬着，双目空洞，脱力道,"阿淮,我好痛……阿淮,救救我,好痛……"

江淮将陆舜华的双手按住,紧紧地把她搂在怀里,任由她一下下打在自己的伤口上也不愿放开。

陆舜华只有左手能用,半个身子压上去,眼中已经大半都是血丝。

陆舜华哭着喊着,江淮也同样痛苦,最后终于落下泪来。

江淮靠近陆舜华,在她耳边说:"六六,如果真的这么痛苦,就睡吧,没关系,你先睡,等我来找你们。"

江淮在陆舜华的额头上落下一个浅浅的吻,哄着她柔声道:"乖,睡着了就不会痛了。"

睡着了,再等一等,就能看见他。

碧落黄泉,天上人间,以我之身,死生相殉。

陆舜华却仿佛听清了江淮说的话,目光有一瞬间的迷茫,手脚也停止了挣扎,只是愣愣地看着江淮,像是听不懂他的话。

江淮安静的,执起陆舜华的手放在唇边一吻。

可江淮的神情又是那么难过。

陆舜华看着江淮,一直看着,看到自己轻轻笑出来,笑着笑着,又想哭,但依旧流不出眼泪。

你说,这个人,他当初要是不问她讨教那两句就好了。

他没问,一切都没了开始,任他是仇恨浇筑出一颗冰冷的心,还是上京从富贵养出的金贵身子都和她没有关系。可他问了那两句,平生的故事就这么开始了,平生的冤孽也就这么开始了。

体内的剧痛稍稍有所平息,陆舜华还想说点什么,却没了力气。

江淮仍旧拥着陆舜华,喘息渐渐平静下来。

"你……"陆舜华低声慢慢地说,但刚讲了一个字便停下来。

门被叩响,茗儿推门走进来,身后还跟着一个花白胡子的大夫。

"主子,这位是宫里来的御医。"茗儿说,声音轻了些,"南疆来的,说是对当年的血蛊颇多研究。"

江淮直起身子，转过头看了他一眼，怔怔地问："你有办法？"

御医沉默地摇摇头。

江淮嗤笑："滚。"

"侯爷。"大夫缓缓开口，"这种蛊虫世间尚无人能彻底拔除，但不是没有续命之法。"

江淮问："什么办法？"

御医说："蛊虫食人精血为生，如今反噬不过因为姑娘已经到了油尽灯枯之际，再无力喂养。说来其实简单，只要继续养着它，姑娘自然性命无虞。"

江淮瞪大眼睛，几步走过去将御医拉到床前："快治！"

江淮很着急："你需要什么，我去命人取。"

御医被江淮拉个踉跄，好不容易站稳身子，摆摆手叹道："侯爷莫急，且听我说完。"

江淮抓了把头发："你说。"

御医望着床上的陆舜华，说道："虽则无虞，但侯爷应当知道，天地万物皆有寿命殆尽之时，没人知道血蛊的寿数几何，即使暂时救活了，蛊虫枯死之日，姑娘还是难逃一死。况且，以他人之血养蛊终究不是上策，我这些年研制解蛊之药，也不过能让血蛊麻痹最多三个月，如此一来每三个月便要行一次换血之术，窃以为不很值得。"

江淮："我不管值不值得，既然有办法，现在就去治。"

陆舜华却在此时伸出手，手背上清晰地能看出骨头的形状。陆舜华用这只枯瘦的手捏住了江淮的衣袖，没怎么费力就将他拉到身边。

"不用了。"陆舜华的眼神很冷静，语气很平淡，仿佛放弃的并不是自己的生命。这种平淡里又带有一点儿决绝和轻松，像做了一个让自己无比愉悦的决定。

"陪我说说话吧。"陆舜华用力支撑着自己想坐起来，但也只是抬了抬手。

江淮赶紧上前，扶着陆舜华靠在自己肩头。

"我们很久没有好好说话了，阿淮。"

江淮将陆舜华搂在怀中，屋外有光透进来，洒在被子上，让陆舜华看起来有了些人间烟火气，陆舜华弯起了嘴角，一恍惚还是当年那个灵动的小姑娘。

江淮抬起左手，将陆舜华圈在身前，将她一缕遮住眼睛的头发捋到了耳后。江淮的动作轻柔，甚至也带着点轻松，就在刚刚她说"不用了"的那刻，江淮奇异地感到了释然。

江淮仿佛听见了陆舜华心里未说出口的那些话。

此前种种都埋下种子，生根发芽，枝节缠绕，最后指向了此刻的告别。

那就这样吧，江淮想。

其实这也不是多么可怕的事情，百年之后，一抔黄土，他们还会再见的。

如果放弃对陆舜华来讲是更轻松的选择，那么江淮不拦着她。

衣服挂在陆舜华身上显得有些空荡荡，陆舜华靠着江淮的左肩，想了很多，最后开口说的却是："你以后能不能不要总是吓土土。"

江淮皱紧眉头："我说了好多次，我没有吓他，是他自己胆小。"

"你是他的义父，对他温柔点。"

江淮说："你很喜欢他。"

陆舜华点头："他是我的希望。"也是她留在人世的，最后一颗火种。

江淮垂下眼帘，没再说话。

第二十四章 恩义两绝

屋子里一时变得安静下来。

陆舜华的身上很冷,也许因为她本来就是一具尸体,而她一直没有呼吸,所以江淮无法感知她是不是还醒着,他只是握紧了她露在外头的手,指甲已经变成了全黑,昭示着她逆天得来的多余寿命正在缓缓地流逝。

"你还记得吗?"江淮突然问,他轻声说,"当年算命的人给我批的命格。"

陆舜华眯着眼,几不可见地点点头。

江淮低声:"命格主杀,戾气过重,唯恐天地不容。"

陆舜华嘴唇动了动,她抬起头,费尽力气发出声音,目光虽然已经浑浊,但透露出难掩的坚定。

江淮低下头看过去,更容易听见她在说什么。

陆舜华说"不是的"。

"不是这样的,阿淮。"

江淮笑着摇摇头,他说:"我一直追问上天,想要一个所谓的答案。我自认为无愧天地,不知道它为何要这样对我。可其实仔细想想,它其实也并非完全无情,至少它将你带给了我。"

十三年前,在静林馆那个吹着温柔夜风的竹林间,江淮第一次遇到同在馆内求学的少女。

陆舜华说土土是她的希望,是她在人世间生命的另一种延续,她又何尝不是他的希望。

在那样漫长的岁月里,陆舜华用自己的柔软包裹他所有不为外界理解的冷硬,用她所有的耐心等待着江淮实现心中的大义。

陆舜华为他点燃了一盏夜灯,让他找到了回家的路。

江淮扣紧陆舜华的手指,声音沙哑:"清风在上,明月为证。"

"江淮此生情之所钟,唯宸音郡主一人。若能娶之,必定珍重有加,决不相负。"

"上穷碧落下黄泉,此言必践。"

暖融融的光有些退去,大概夕阳西下,屋子里泛起了暖红。

陆舜华有些贪恋地蹭了蹭江淮的脖颈。陆舜华感受到江淮吹拂在发丝上温热的气息和萦绕鼻尖的最熟悉的枯草味道。

这让陆舜华最后一点恐惧都湮灭,只余下宁静。

此时格外美好。

忽然间,外头传来喧闹声,将两人的注意力都吸引过去。茗儿正欲起身去看个究竟,房门又被一把推开。

一个瘦瘦小小的身影猛地蹿进来,扑到陆舜华床边,抬起头时满脸都是泪水,眼睛红肿着,声音哽咽。

"你怎么了呀?"土土抹了把眼睛,"为什么他们都说你要死了,你不是说还要很久的吗!你是不是不喜欢我了?不想当我阿娘,所以你骗我的!对不对?"

一字一句,孩童的嗓音却像匕首,撕裂开心肺,再用力扎进去。

陆舜华看出土土的伤心,陆舜华完全没预料到土土会冲过来,土土现在趴在床头哭泣的模样,比当初他说自己被亲生父亲卖了还要难过。

"你还没给我取名字呢。"土土抽泣着说。

陆舜华说:"对不起,我……"

"我不要对不起!"

土土忽然大声吼道:"我不要你说对不起!我要你做我阿娘,我要你活下去!"

陆舜华全身一颤,被江淮搂得更紧。

江淮面无表情地摁住土土的手,将土土拨开,转头对茗儿说:"把他带走。"

土土挣扎起来:"我不走!"

土土伸出两只手,抓着陆舜华露在外面的手,攥紧了陆舜华的手指头,说:"我以后会乖乖听话,会好好干活,听义父的话也听你的话,你不要走好不好?"

陆舜华又陷入了茫然。屋外里大片刺目微光,她靠在江淮的怀中,什么都看不真切。

土土伏下身子,肩膀一抽一抽的。

"爹娘不要我,你也不想要我了吗?"

陆舜华闭上眼睛,无声地摇摇头。

陆舜华想去触摸土土,但距离太远,她够不着,于是茗儿将他扶起来,重新让他坐到床边。

可土土似乎听不进去,嘴里一直重复着阿娘两个字,一直叫一直叫,叫得整个人都背过气去。

也不知道是在叫自己的母亲,还是在叫眼前的陆舜华。

土土小小的身子蜷缩在一起,厚厚几层衣服居然包裹不住突出的脊骨。土土曾经过了很久的苦日子,好不容易被收养,一夕之间得到了自己想要的温暖,却又猝不及防被告知失去,根本承受不住如此打击。

"你答应过我的,你忘记了吗?"陆舜华温柔地说,"你说没关系的。"

土土抽噎着说:"我骗你的,有关系!有关系!我不要你死,我要你活着!"

陆舜华有些无奈："你们义父义子怎么一样，都出尔反……"

可惜陆舜华的话还没说完，便断在江淮满含痛苦的眼里。

这双眼睛里全是绝望，里面藏着的东西很重，重到让人相信他完全已经无力负担，可江淮仍旧什么都没说，只是静静地看着她，像在看黑夜中的最后一捧火。

可江淮的神情却又分明写着，他再也等不到夜尽天明那一刻。

"阿娘。"土土弯下去，脸贴着被面，"我知道不守承诺不是好孩子应有的担当，所以你能不能不要走，你好好教我，我都听你的话。"

陆舜华低声说："别哭了。"

土土的哭声压下去，肩膀还在细细地打战。

也是到现在，陆舜华的神志勉强清醒了些，才发现身后的人似乎也在颤抖。

江淮其实还是在害怕着的，可他选择了什么都不说。

陆舜华轻轻笑了，她摸着土土的头发："如果我好起来，你是不是就不哭了？"

土土一愣，猛地抬起头，用力点头，脖子上青筋毕现。

"那你别哭了，我会好起来的。"陆舜华眼里的决绝散去，换上的是一种更为热切的期盼。

陆舜华拱了拱江淮的肩头，声音有些发涩，低到快听不见："你也是。"

江淮手掌扣住陆舜华的后脑，轻声说："好。"

江淮将陆舜华放回床上，吩咐茗儿带走土土，土土还不肯，江淮直接提着土土的领子将土土提出去。

"在门外等着，别碍事。"

土土一贯怕江淮，吓得噤了声，眼看着门缓缓关上，只敢趴在门上听声音，焦急等待。

江淮走回来，问御医："要怎么做？"

御医打开随身携带的医箱，说："我会施针将蛊虫逼至此处。"

指了指陆舜华布满尸斑的右手。

"割开姑娘腕骨血脉后,侯爷届时再用鲜血为诱饵,蛊虫受到感应,自会过来吸食。"

江淮坐回床边,替陆舜华掖了掖被子。

江淮问:"不能将它直接取出来吗?"

御医摇头说:"蛊虫和姑娘是共生体,取出来姑娘就死了。"

"吸了血以后,她还会痛吗?"

"不会,但三月为限,若不及时再行喂养,姑娘依旧疼痛难忍,犹如万蚁噬心。"

江淮用牙齿咬开左手包裹着的包纱布,几圈过后纱布脱落,露出里面深可见骨的伤口。江淮用力握紧成拳,殷红的血便滴滴答答地淌下来,溅在床沿炸开血花。

江淮说:"开始吧。"

御医却退后三步,正经地向江淮行了个礼,说:"侯爷,皇上还有一话命我带到。"

"什么?"

御医说:"皇上知晓侯爷即将动身前往奉天城,命臣一路跟随,专心伺候姑娘伤病,为姑娘研制解蛊之法。"

江淮冷笑:"我如今连剑都拿不动,还需要派人来监视我?"

御医身上一颤,道:"侯爷莫要妄言。"

"皇上扣押了你的家人?"

御医低头,身子伛偻着,说道:"小女前几日入宫,刚被封了嫔。"

江淮点头:"知道了,我不会为难你,你跟着就是。但你若要无事生非,我便也不能保证你女儿的安全。"

御医摇头:"臣对蛊虫之术研究多年,大言不惭地说一句,除了当年那位巫蛊师恐怕无人能出其右,如今皇上派臣随行去奉天城,实乃皇上大恩……"

江淮不耐烦地道:"我自会去谢恩,你无须多言。"

御医拿起银针，托起陆舜华的手臂，缓缓下针。

御医深深地叹了一口气，看着眼前这个躺在床上据说是做了蛊人的郡主，又转头望着一身伤痕的年轻侯爷，想起太监给自己传的话，有些不忍心，但又思及自己还在深宫无依无靠的小女儿，终是把话说出了口："皇上让我告诉侯爷，此去一别，余生皆不必再见。"

御医抬头，浑浊的眼睛透出看透世态炎凉的无奈。

"他与侯爷，从此恩义两绝。"

江淮勾了勾唇，笑意未到眼底。

"知道了。"

御医不敢再耽误，即刻施针，江淮在一边静静地候着。等到血脉处依稀能看到蛊虫凸起的痕迹，御医迅速在腕骨处隔开一道深口子，江淮便将左手递了上去，紧紧按在那口子上。

伤口处传来被吸吮的痒和细微的刺痛，江淮却恍若未觉，只盯着紧闭双眼的陆舜华看。

半刻后，御医再次下针，蛊虫像是终于饕足，缓缓平静下去，皮下又恢复平滑，没了凸起。

御医拿出白纱布替他包扎，江淮侧过头，轻声问："蛊虫大约还能在她体内活多久？"

御医答道："臣不知。"

江淮低低地"嗯"一声。

御医埋头包扎好，收起医药箱便离开。

屋子里只剩下江淮和陆舜华。

江淮俯下身子，拉过被角，遮到了陆舜华的下巴处。

陆舜华还在沉睡着，面色依旧苍白，手臂垂挂在床外，江淮将手臂攥紧，重新塞进被子里。

这样睡着真是种酷刑，江淮苦笑，他都判断不出陆舜华到底是否还"活着"。

江淮叹口气，手指在陆舜华瘦削的脸颊上抚过去。

"不管怎么样,这里的一切都结束了。"江淮淡淡地说,也不管床上的人听不听得见。太阳完全沉到山底下,万丈金光化作余晖,遍洒人间。

江淮眯着眼睛低喃:"全都结束了。"

叶姚黄的婚期定在下月初三,但按照圣上旨意,他们必须于五天后出发去奉天城,江淮此前一拖再拖,拖到现在再也拖不得了方才出发。

阿宋和茗儿这几日一直在整理行李,去奉天想要带的东西不多,只是以后将军府就此封了,里面的大小物件都需要清理一番,着实费力气。

叶魏紫劝了很多次,后来赵京澜将叶魏紫带走好生讲了一番利弊,叶魏紫思量过后便也放弃了。

无论出于何种思量,陆舜华的确跟着江淮远走是当下最好的选择,上京城容不下一个做了蛊人的郡主,奉天城至少天高皇帝远,很少有人认得陆舜华,陆舜华在那儿会生活得很好。

临出发前三天,叶魏紫来了趟将军府,带了一坛酒,和陆舜华坐在东院的石桌边,开了酒封畅饮。

说是畅饮,其实也只有叶魏紫一个人在喝。

"我哥下个月成亲。"叶魏紫说,"可惜你来不了了。"

陆舜华笑着摇摇头。

叶魏紫从怀里掏出一支金步摇,上头簪着一朵并蒂莲,颜色已经暗了,叶魏紫将金步摇递过去:"我哥让我带给你的,他说他就不来送你了,祝你一路顺风。"

陆舜华接过来,慢慢地摩挲过去。

叶魏紫说:"以后再没青霭落日,谷深崖绝了。"

陆舜华把金步摇收进怀里,想了想,道:"不知道奉天城是什么样子。"

"跟上京还是差了些的。"叶魏紫饮了一口酒,含糊道,"以后若是得了空,我和赵京澜还有我哥一定去看你。"

陆舜华点点头。

叶魏紫似乎有些醉了,话语不甚清晰,说道:"怎么最后还是跟了他呢,这个人……"

陆舜华顿了顿,才说:"江淮很好。"

叶魏紫嗤笑:"你从小到大都这么维护江淮,哪怕别人再不喜欢他,你总是说他好。"

叶魏紫真的醉了,什么话都敢说:"当初你要是嫁了我哥多好,嫁给我哥可不就没这么多事了。"

陆舜华的头低着,她一直在安静地听叶魏紫说话,叶魏紫絮絮叨叨地说了很久,陆舜华几乎没怎么插话,只是陆舜华沉默了许久,听叶魏紫讲完,突然问了一句:

"你说,如果当初是姚黄主帅,他会关城门吗?"

叶魏紫的话戛然而止,手紧紧握住了酒瓶。

陆舜华没头没脑的一句话,突然让叶魏紫从无边的醉意里清醒了过来,叶魏紫从没思考过这个问题,如果那时换了别人,会是怎样的光景。

风吹了起来。

陆舜华像很享受,慢慢地放松了自己,在微暖的风中舒适地眯上眼睛。

叶魏紫沉默了很长时间,依旧没给出答案。

陆舜华笑了一声,说:"我们谁都没有后悔过,这就已经很好。"

如果时光真的能够倒流回最初,陆舜华还是会做出同样的选择,选择去在那个寂静的夜里接近那个孤寂的少年。

而陆舜华也相信真要回到了战役发生的那天,江淮的选择也不会变。

他们都是永远坚定着彼此初心的人,所以熬过了命运弄人和世事无常,最终还是走在了一起。

叶魏紫咂咂嘴，撇开脸，再不去提及这个话题。叶魏紫眼角的余光瞄到了在不远处玩耍的小孩儿，皱眉问："他就是你收养的那个小孩儿？"

"嗯。"

叶魏紫饶有兴致地问："多大了，叫什么名字？"

陆舜华说："土土。"

叶魏紫一挑眉："这是什么鬼名字？"

陆舜华往后伸展了一下身体，视线望向土土那里，笑道："刚给他取了个新名字。"

"叫什么？"

陆舜华说："陆追。"

叶魏紫讶异道："跟你姓？"

随后仿佛又想到什么，颇为满意地拍拍手："跟你姓挺好的，就该跟你姓！"

叶魏紫站起身，拍了拍衣裙上堆起几片的桃花瓣，手靠在嘴边大声喊了一句："喂——陆追小公子，什么时候得了空，记得来上京，我带你玩好玩的去！"

可惜土土还不知道自己的新名字，被叶魏紫这一声吼得吓了一跳，蹲在树下迷茫地看着他们。

叶魏紫像是看到了什么新奇的事物，抱着肚子哈哈大笑。

等叶魏紫走后，土土才磨蹭着走过来，挨着陆舜华在石凳上坐下。

现在还是日头正足的时候，阳光炙热，照在地面上。

地上拉出一个修长的人影，有人缓缓地走了过来。

土土瞥了一眼，赶紧把头埋下去。

陆舜华没有回头，一只手支撑着下颌，一只手在土土发间梳理。

陆舜华说："我取了个名字，你们听听看觉得好不好。"

江淮在对面坐下来，伸出左手将桌上的酒瓶推开些，瓶口碰撞发出清脆的声响，土土把脑袋埋得更低。

陆舜华也学他埋下脑袋，下巴撑在交叠的手臂上，眨眨眼道："叫陆追。"

陆舜华略略抬起眼睛，问道："叫陆追好不好？"

土土闷闷地说了声好，他不识字，总归她说什么他都觉得是好的。反倒是江淮听完，重复一遍："陆追？"

陆舜华解释："往事不可追，化作烟云散尽。"

江淮点头："陆追，挺好的。"

陆舜华用手揉了揉土土的发顶，说："那以后你就叫陆追了。"

土土埋头说好。

陆舜华直起身子，用手指戳了戳土土的脸颊，感受到土土的僵硬，有些好笑："你怕什么，江淮又不吃人，以前都没见你这么怕过。"

陆追抬眼，和江淮的视线撞了个正正，连忙又把头低下了。

过了半晌，陆追又悄悄把头抬起来，见江淮还在看着自己，小手在桌底下慢慢伸去摸住了陆舜华的手，鼓起勇气压下心头的敬畏，和江淮对视着。

陆追年纪不大，但人生得机灵，有些事心里门儿清。

陆追清楚地知道面前这个看似威严的男人并不是表面上这样冷酷，也很明白江淮对自己并没有任何感情，包括同情都不曾有，江淮会收养他，也只是看在了身边这个温柔的女人的份上。

陆追将陆舜华当成了自己的阿娘，却始终叫他作义父，也是因为心里找不到亲近感。

或许是因为江淮把所有的温柔都给了陆舜华，剩下的一星半点分给世人，就不够用了。

陆追的眼睛一直看着江淮，脖子梗得很直，像一头故作威风的小老虎，但看着看着又泄了气，整个人软下来，声音也软下来：

"阿娘。"他叫了陆舜华一声，眼睛瞄了下江淮，问道，"我能叫他爹吗？"

陆舜华和江淮都是一怔。

陆舜华先反应过来，问陆追："你不是说他很凶吗？"

陆追瘪了瘪嘴，又不说话了。

陆舜华抱陆追在怀里，安慰道："你别怕，他虽然很凶，但是不会把你卖掉的。"

陆追这才抬起头，怯怯地喊了声："阿爹。"

"……嗯。"

陆舜华捏了捏陆追的脸，她转头看了眼桃花树，不知怎么忽然说："好可惜。"

江淮问："可惜什么？"

陆舜华道："以后将军府的桃花都是别人的了。"

江淮："等去了奉天城，我命人在城里种满桃花，整个奉天城的桃花都是你的。"

说到这里江淮停了下，眼神扫到陆追，顿了顿才补充说："都是你们的。"

陆追从陆舜华的怀里侧过脸，小声地问一句："真的？"

江淮说："你不喜欢？"

陆追摇摇头，眼里浮现出犹豫，他说："喜欢，可是应该只能看看吧，不能折……"

陆追的声音低下去，想到自己以前折了一个世子府上的花枝，被人追着打了好几巴掌，不由得害怕起来。

"折花的话，会被打的。"

江淮正色道："不会，你喜欢尽管折了就是。"

陆追："为什么？"

江淮开口，语气复杂，似是失落又似是欢喜："也许因为，桃花也喜欢你。"

陆舜华骤然抬头。

陆追眼神迷茫，似懂非懂地点点头，从陆舜华怀里下来几步跑到树底下玩去了。

陆舜华望着陆追奔跑的背影,忽然抬头,伸出手时一片花瓣正好落在掌心。

陆舜华合拢手指,感到花瓣微微压在指下,贴合着干燥的皮肤,指甲上黑灰褪去,只余了淡淡的暗色。

江淮突然说:"祖奶奶的事情,对不起。"

微微停顿了一下。

"还有很多。"

陆舜华无声地摇摇头,将手打开,风吹拂过去,掌中的花瓣飘远。

陆舜华望着前方,低声说:"命运弄人罢了。"

江淮坐过来,离陆舜华更近了点。

陆舜华转头看着江淮,说:"祖奶奶其实很喜欢你。"

"我以为,祖奶奶该讨厌我才对。"

"不会的。"陆舜华否认,她想起了更早以前的回忆,"祖奶奶以前跟我说过,你很像我父亲……"

当年的恭谦王陆昀也是如此,纵横捭阖、扬名立万。

陆舜华:"祖奶奶如果地下有知,你也会是她的骄傲。"

江淮的左手捂住了自己的眼睛,他用的力气大,眼角留了几个指痕。

不知是不是错觉,陆舜华似乎看到江淮眼尾染了淡淡微红。

"那我……"江淮停顿了一下,仿佛不知所措,"日后见了她,也能叫她'祖奶奶'了吗?"

陆舜华奇怪地回头:"你不是一直这么叫吗?"

江淮一愣,局促地摸了摸自己后颈,讷讷道:"好像是。"

陆舜华看着这样的江淮,不知怎么就觉得有点好笑,后来竟真的笑出来。

弯成月牙的眼里,之前的沉郁散去很多,余下的只有岁月的凝重和无言的释怀。

他们熬过了时间,熬过了战火,熬过了颠沛流离,如今的上京繁华依然,将军府的桃花仍旧笑着春风,人间这样灿烂,就是当下,就是现在,一切都是最好的时候。

你问以后会怎么样。

谁知道呢。

那是以后的事了,不是吗?

他们用尽了全力,看过了这一场历史的大戏,到最后无论是谁都会归于尘埃。

不悔就好了。

不悔就够了。

"以后你就是长平侯了。"

"嗯。"

"你真想好了要让陆追继承爵位?"

"想好了。"

"可他不姓江。"

"没关系,他是我们的孩子。"

"镇远大将军知道了会不会不高兴?"

"镇远大将军会理解的,就算不能理解,他的怨气我一力担了便是。"

"阿淮,我困了。"

"那睡吧,等会儿我叫你,醒了以后我们出发去奉天。"

"好,你记得叫醒我,陆追还等着我给他讲故事。"

"嗯。"

"阿淮,我真的睡了,你千万记得,一定要叫醒我。"

"好,你放心睡吧,我一定叫你。"

"……嗯。"

番外一 一封家书

吾妻六六：

  人生在世，百年不过弹指瞬间，就连陆追也在不知不觉中长这么大了。

  前几年皇上允了他继承爵位，他现在已经是长平侯，偶尔会回去上京，跟我说说他和赵韫之玩耍的趣事。

  我有时照镜子，会认不大出里面的人，这两年我的身体大不如前，陆追亲自去上京请了最好的御医过来，却也束手无策。

  我知道，我已经到了该去见你的时候。

  我已经很少再去回忆从前，但依稀记得你曾说你是一个没有来生的人，然而我又何尝不是。

  不管是出于自愿还是为了保家卫国，只要上了战场，每个人的双手多少都沾了血腥，身上都有着几笔血债。我年轻时为大和征战四方，沙场只有你死我活，可细想来死于我手的人，又有几个是真正有罪的呢。尽管心中有热血未凉，有铁血丹心，有家国天下，但夜深露重，依旧能听到那些无家可归的孤魂悲哀的哭泣。

  这一生杀戮太重，但就算死后下阿鼻地狱，我亦无惧。

  别人怎么说我，我不在乎，史书落笔时写的是毁是誉，我也不在乎。

你说让我记得要放下，在没有你的日子里我尝试过，也挣扎过，我花了很大力气去做过这件事，但最后我放弃了。

既然做不到，便听之任之。

我对死亡毫无恐惧，只是不知道这么长时间过去了，你还有没有在轮回道边等着我。

如果你还等着，那我会带你一起回家。

如果你已不在，那我会去找你，然后对你说出那句话。

江淮生生世世情之所钟，唯宸音郡主一人。若能娶之，沧海桑田，碧落黄泉，决不相负。

君子一诺，言出无悔。

番外二 长风有信

暴雨下了整整三天。

三个月前,都城叛乱,东宫失守,晋王携亲兵入城,跪行百步,金殿呈冤,状告誉王笼络人心、结党营私、通敌叛国……十八条罪状铁证如山,字字泣血。

誉王乃是老皇帝心属的储君,此事一出,老皇帝急火攻心,昏迷不醒,群臣一时哗然,人人自危。

誉王无奈,壁虎断尾,携护卫潜逃出京。晋王顺利把持朝政,张榜公布天下——寻得誉王者,赏黄金万两。

消息从朝堂传到江湖,各人嘴里辘轳了几轮,待传到奉天城时,赵韫之已将赌局开到第五盘,赌的是誉王几时死,晋王何时称帝,老皇帝离归西还剩几天。

陆追很看不起赵韫之:"堂堂宣汝院掌事,私下妄议君上,以此为乐,换作是我,杀你百次有余。"

赵韫之抛着手里的骰子,似笑不笑地看着他。赵韫之的脾气像极了赵京澜,眉宇间一派风流,望着人时眼神里有股天然轻狂的意气。

"杀我?"赵韫之笑笑,翻手一掷,那小粒玩意儿凌空而去,转瞬轻盈地落到另一人手中。

赵韫之跷起二郎腿,吊儿郎当地道:"晋王殿下舍得杀我?"

衣着华贵的男人摊开手，骰子正安静地躺在他的掌心，从露出的一截腕骨往上细看，玄色衣袖用的是金边滚线，绣着精致的青龙白鹤纹样。

晋王摇摇头，轻笑一声："韫之说笑了。"

赵韫之朝陆追得意地一挑眉。

晋王将骰子放下，转而看向窗外。窗外黑云阵阵，似是风雨欲来。

晋王低声说："要下雨了。"

陆追摩挲着指节，他自方才起便似在思考着什么，犹豫再三，终是开口。他道："殿下，誉王他……"

话未说完，后面半截在赵韫之的挤眉弄眼下生生失了话头。

"陆追。"晋王轻声说，"我以为你并不像你父亲那般迂腐。"

陆追沉默半晌，说道："阿爹不是迂腐。"

他只是……

陆追恍惚，一时竟不知该如何形容那个在他生命中留下极深印记的人。

——昔日的征南大将军，如今的长平侯江淮。

陆追始终觉得，没有任何言辞可以完整地描绘出江淮。

关于江淮的事迹，陆追亦是很久以后才得知"一二"之外的"三四"。

陆追少时被收养在江淮身边，从小乞丐一跃成为长平侯世子，因着对"征南大将军"的敬畏，在很长的一段日子里，都不怎么敢同江淮交心。

在陆追的心里，江淮是神，是天，是将陆追的生活从泥地拉到云端的贵人，陆追敬他、爱他，但更怕他。

这种心绪，直到江淮死前才得以改变。

陆追一直知道江淮身边带有一支短笛，却从不曾见江淮吹过，他以为江淮是不会吹，所以陆追自作主张地去学了一阵《渡魂》，旨在安息陆舜华的魂灵，却在被江淮知道后下令阻止。

江淮没告诉陆追原因，直到去世的那一日。

那天,江淮将陆追叫到床前,将已经破旧的短笛慎之又慎地交给了陆追。

江淮已到了大限,头发全然花白,掌背上的纹路更是犹如枯树,脊梁也已弯曲,瞳孔混浊,再没有年轻时的半分气概。可江淮的眼神却坦然,极为从容地接受了自己将死一事,没有丝毫畏惧。

江淮对陆追说:"我没有什么好东西可以留给你,这短笛算得上是我唯一的牵挂,权当是我的遗物,你且收着吧。"

陆追将短笛接过,泪眼婆娑。

江淮这个男人活了一辈子,到死时依然没改那副冷硬的臭脾气,江淮瞧着陆追的泪眼,神情仍是云淡风轻,浑不在意陆追已几乎碎了心肠。

"陆追,你知道人活一世,为的是什么吗?"

陆追摇摇头。

江淮的声音渐渐小下去,他说:"人活着是具皮肉,死后是抔黄土,可惜我这一生始终困于方寸,未及天地,轻易没能明白这一道理。待我死后,你可以尽情地做你想做的事,无须在意许多。只是千万记得,此生所行所言,皆要出自本心,无愧天地,勿负他人,懂了吗?"

陆追点头,说:"阿爹,我会记住。"

江淮这时已快没了力气,他瞥见那支短笛,不知想起了什么,神色倏地变得温柔。

江淮强撑着最后一口气,对陆追说道:"《渡魂》一曲,不必为我吹了。渡人即可,不必渡我。"

陆追哽咽道:"阿爹……"

江淮:"你娘,也不必了……她同我一样,都没想过来世。你不必超度我们的亡魂,我要去往生河、去奈何桥,你阿娘还在那里等我接她回家。"

再之后的情景,陆追已记不清了,约莫是不大愿意去回忆。

无论是江淮还是陆舜华,对于陆追而言记忆都太过于深刻,因为深刻，反而不想时时翻阅，去重复体会他们逝世时留给他的刻骨之痛。

陆追唯一记得清楚的，只是江淮临死时的眉眼。

江淮生前寡言少语，时常冷着一张脸，陆追只在江淮临死时见过他这般柔情似水的模样。

那天的夕阳很红，漫天红云绕着奉天城下的长平侯府，不知名的鸟儿采撷新枝，在树梢啼叫不休。

那是个很温柔的傍晚，最适合离别。

江淮的脸庞被蒙上了一层极淡的金光，抚过他满是疮痍的躯体与布满皱纹的面庞。江淮失去了力气，眼瞳却倏地从涣散转至清明，在回光返照的短暂一瞬，露出了一个少年意气的笑容，含着难言的青涩，似乎追忆起了几十年前的旧时光。

陆追只看见江淮笑过刹那，抬起手伸向前方，轻轻喊了声："六六。"然后便重重地垂下双臂，与世长辞。

江淮死后，陆追将他同陆舜华葬到一起，两块灵位一同供奉于侯府祠堂，生前多少离别苦难，死后终于得以长相厮守。

其实哪怕陆追同江淮已一道生活了近二十年，自认对江淮的了解仍只是一隅。这个男人的一生若是书卷一册，其中究竟如何着墨，陆追仅仅窥得一页，其余更多的书写，已经随着侯府漫天的纸钱，全数埋葬到了地下，不得而知。

"雨停了。"

陆追朝外望去，不知何时暴雨初歇，天色放晴。

晋王抱着双臂："明日之后，你们随我一道回京。"

赵韫之调侃般"哦"了一声，挑眉道："这么说，得恭喜晋王殿下了？"

或许再过不久，他们就得改称一句"陛下"。

"父皇病危，诏书已下，立储之事不会有变。"

晋王将手里的骰子捏起，随意放到桌上以潦草字迹书写的赌局布上，骰子滚了几番，最终于"晋王"之处尘埃落定。

晋王笑了，指节扣了扣布上的"晋王"二字，斜眼瞥见背对自己立于窗前的人，陆追的脊背挺得很直，半侧过脸，眉梢泄出的情态之间有种经年累月的淡然，并不因所谓的"输赢"动容。

于陆追而言，这一局仿佛真的就只是赌局一场，那些兵不血刃、命悬一线的时刻好似从未曾存在过。

晋王低声道："陆追，我们赢了。"

陆追没有回头，他静静地看着飘着几许乌云的天幕，虽说已经放晴，但放眼看去，仍然可见远处的阴鸷。

雨停了还会有雨，正如被权欲滋养过的人心，永不会有停止追逐的那日。

陆追低下头，负手转身，行礼道："陆追在此先祝贺殿下，如愿以偿。"

晋王抬手将陆追扶起，说道："你我之间不必如此，路程遥远，你同韫之今日早些歇息，我们明日一早启程。"

陆追低声称是。

晋王走后，赵韫之稍坐了会儿后便也告辞，陆追没有留赵韫之，将赵韫之送出侯府，自己只身一人折返，缓步行过长廊，来到一处僻静之地。

周围山石邻里，丛丛桃花开得正盛，陆追伸手自一块奇石之间轻巧一摁，那山石便自行向左右两侧分开，露出黑黝黝的洞口及长长的密道。

底下潮湿积累起的闷涩夹带着陈旧气息迎面而来，陆追面不改色，背着手沿台阶而下，待走到地牢尽头，打开精铁锻造的玄铁链，石门后是另一番华丽天地。

精致的桌椅用具，崭新的换洗衣衫，散发着清甜味道的宫廷糕点……若忽视掉手脚被细链困缚着的那人，说这里是皇宫倒也不为过。

陆追在桌后坐下，为自己倒上一杯热茶，抿过一口，方抬眼看着眼前的人。

"誉王殿下。"

坐在床榻上的男人披散着一头长发，虽然衣着素净，但面容却掩不住的憔悴疲惫。誉王的双手双脚被四条细细的玄铁链扣住，链子的另一头没入墙体，在墙壁的另一侧，是约莫千斤重的铁石，若非神仙在世，任凭何人本事通天也挣脱不得。

誉王见了陆追，神色平静，甚至未曾抬头多看陆追一眼。誉王被困此处多时，从初时的愤怒，及至后头的利诱、威胁，所有手段使了个遍，现下已完全明白了自己的处境。

誉王开口，因许久未曾言语，嗓音破锣似的沙哑："你来这里做什么？"

陆追放下茶盏，道："明日我便不在了。"

誉王不动。

"我走后，自会吩咐旁人好生照料殿下，请殿下安心待在此处。"

誉王嘴唇紧抿，沉默地看向陆追。

半晌，誉王忽然笑道："我若有一日从这里出去，第一个便将你千刀万剐。"

陆追沉默了一阵，道："陛下已下了立储圣旨，待晋王回京，便是册封大典。"

誉王瞪大眼，眼神发冷，浑身抖得不像样。

誉王指着陆追："你，你们——"

誉王疯了似的挣扎起来，铁链撞得叮当作响："你放我出去！陆追，陆追——"

陆追淡淡的，双手搭在膝上，瞧着誉王疯癫的模样，说："同立储圣旨一道下的，是对殿下的诛杀令。"

誉王倏地停下。

陆追摇摇头，唇齿间轻叹出声："誉王妃已服毒自杀，小世子贬为庶民，晋王悬赏万金，誓取殿下项上人头。"

誉王听而不闻，出神地看了陆追一会儿，忽而哑声大笑，形状疯癫："都死了，都死了啊！"

誉王红透了双眼，声嘶力竭地道："那你打算什么时候送我上路？

陆追,你既然投靠晋王,为何不将我交给他,还留着我做什么?"

陆追看着他,淡淡地道:"昔年我同韫之一道受教于太学院,韫之顾及无暇,同窗瞧我不起,处处同我过不去。殿下或许不记得了,你曾于侍郎之子手下救过我一命。"

"那又如何?"

陆追道:"救命之恩,铭记于心,陆追从不敢忘。"

誉王冷笑:"说得好听,你放我出去,让我亲手杀了晋王。"

陆追摇头道:"我效忠于晋王,自然不容他人做出伤害晋王之事。殿下,我保你一命,是为报恩,我效忠晋王,是从我本心。待晋王登基,再过些时日,我便寻人为你改换容颜,放你离开,还望誉王那时只做寻常布衣,莫要再到朝堂搅弄风云,否则晋王若动杀心,我保你不住。"

誉王狠啐一口,眼中是彻骨之恨,他是权力场的败将,落得这般下场,怨不得旁人,可陆追这副云淡风轻的模样,也着实令人生出恼意。

誉王冷不丁地一笑:"你可知长平侯的右手为何而废?"

陆追一愣,搁在膝上的手指微不可见地一颤。

誉王不无恶意道:"长平侯与父皇是何等关系,说起来我该唤他一声表叔。他为父皇打江山,守家国,却落得个如此下场。陆追,你扪心自问,你不知道是为什么吗?"

陆追别开眼去,沉默着不答。

誉王摇着铁链,笑得疯狂:"你以为如今的晋王信任你和赵韫之,你们的下场就会好?你太单纯了,我苦心经营多年也敌不过他的老谋深算,你看看这些,看看这里,你再看看我……"

誉王指着自己,眉宇之间是囚徒困兽般的决绝,要将眼前这人一同拉去地狱炙烤良心,叫陆追也同他一样不能好过,日夜难寐。

"你将来比我还不如!你比我还不如,哈哈哈哈哈,你比我还不如——"

凄厉的笑声从地下传至阶梯之上,陆追瞧着誉王,不知该如何劝抚誉王。

这一仗,誉王本来可以赢得漂亮,誉王为人处世小心谨慎,朝堂之上八面玲珑,根本抓不出错处,晋王能扳倒誉王,靠的也不过是日渐蓬勃的野心。

陛下活得太久,誉王已经等不及了。晋王乘了他野心的东风,终于平步至青云之上。

誉王倒在床榻上,笑得浑身抽搐,眼里却是空洞洞的茫然。

誉王仿若自言自语:"其实你何必效忠他呢,若我是你,趁势而起,杀了他自己做皇帝,不痛快吗?"

陆追站起身,深深地望了誉王一眼。

在离开前,陆追郑重地对誉王说道:"我从陆姓,却是自小被收养在阿爹膝下。江氏满门代代忠良,阿爹生前没造的反,我也不会造。"

然后弯腰行礼,最后一次以一个臣子的身份,慎之又慎地对晋王说:"殿下,保重。愿此生再不相见。"

春风吹过桃林,沉重的钝响过后,地牢的门再度缓缓关上。

陆追面色无波,背手走出桃林,踏过节节青石板走向祠堂,待上至台阶,忽闻身后传来簌簌响动。

陆追回过头,只见一行大雁行过天穹,很快消失于漫山遍野的桃花之后。

晴空朗朗,风吹花落,人东去,雁北回,长风有信,青石低语,似乎在目送一个时代的结束,同时歌颂着即将开启的新王朝和另一段新的传奇人生。

图书在版编目（CIP）数据

氤氲散 / 刀下留糖著. -- 北京：台海出版社，2021.11

ISBN 978-7-5168-3141-0

Ⅰ.①氤… Ⅱ.①刀… Ⅲ.①言情小说－中国－当代 Ⅳ.①I247.5

中国版本图书馆 CIP 数据核字（2021）第 190854 号

氤氲散

著　　者：刀下留糖	
出 版 人：蔡　旭	责任编辑：俞滟荣

出版发行：台海出版社	
地　　址：北京市东城区景山东街 20 号	邮政编码：100009
电　　话：010-64041652（发行，邮购）	
传　　真：010-84045799（总编室）	
网　　址：www.taimeng.org.cn/thcbs/default.htm	
E－mail：thcbs@126.com	

经　　销：全国各地新华书店
印　　刷：三河市兴博印务有限公司

本书如有破损、缺页、装订错误，请与本社联系调换

开　　本：880 毫米×1230 毫米	1/32		
字　　数：260 千字		印　　张：9.625	
版　　次：2021 年 11 月第 1 版		印　　次：2021 年 11 月第 1 次印刷	
书　　号：ISBN 978-7-5168-3141-0			

定　　价：49.80 元

版权所有　　翻印必究